HEYNE <

Zum Buch
Judytas Welt – das ist ein Leben im Gefühlschaos, voller Zweifel und chaotischer Alltagsepisoden. Dabei könnte für die 37-Jährige alles wunderbar laufen: Sie hat einen guten Job bei einer Frauenzeitschrift und lebt mit ihrer neuen großen Liebe Adam und ihrer 16-jährigen Tochter Tosia auf dem Land.
Doch was auf den ersten Blick so harmonisch scheint, ist für Judyta alles andere als entspannend: Tosias Erwachsenwerden stellt sie vor unlösbare Aufgaben, die Unzufriedenheit mit ihrer Figur versetzt sie in ständige Angst, Adam zu verlieren, und dann ist da auch noch ihre permanente Geldnot. Da käme die Finanzspritze, die ihr eine Freundin durch einen Investor verspricht, gerade recht, und wenn erst ihre nächste Diät gelingt, wird sicher alles gut, oder?! Doch natürlich kommt alles ganz anders als geplant …

Zur Autorin
Katarzyna Grochola, geboren 1957, hat unter anderem als Oberschwester, Korrektorin und Leiterin eines Zollhauses gearbeitet. Neben Romanen und Theaterstücken verfasst sie Fernsehdrehbücher und schreibt regelmäßig für mehrere Frauenzeitschriften. Im Jahr 2000 gewann sie den polnischen Theaterpreis Tespis. Ihr Roman »Die himmelblaue Stunde« stürmte die polnischen Bestsellerlisten und war auch in Deutschland ein großer Erfolg.

Lieferbare Titel
»Die himmelblaue Stunde« (3-453-86981-8)

Katarzyna Grochola

Allererste Sahne

Roman

Aus dem Polnischen
von Monika Cagliesi-Zenkteler

WILHELM HEYNE VERLAG
MÜNCHEN

Titel der Originalausgabe
SERCE NA TEMBLAKU

Umwelthinweis:
Dieses Buch wurde auf
chlor- und säurefreiem Papier gedruckt.

Redaktion: Frauke Severit

Deutsche Erstausgabe 03/2005

Printed in Germany 2005
Umschlagillustration: © age/mauritius images
Umschlaggestaltung: Eisele Grafik Design, München
Satz: Buch-Werkstatt GmbH, Bad Aibling
Druck und Bindung: GGP Media GmbH, Pößneck

ISBN: 3-453-58003-6

Der Pinsel

Ich habe mir wirklich kaum träumen lassen, oder schlicht vergessen, wie anstrengend das Zusammenleben mit einem Mann sein kann. Und Adams Gegenwart verlangt mir viel mehr Aufmerksamkeit ab, als ich je gedacht hätte. So finde ich zum Beispiel nichts wieder. Als ich noch mit Tosia allein lebte, kam es natürlich auch mal vor, dass ich etwas verzweifelt suchte, Blusen etwa, oder Röcke, oder meine schwarze Hose, die mir eh zu eng ist, selbst meine Wimperntusche oder meinen Lidschatten, und wenn ich die Dinge schließlich aufspürte, dann in ihrem Zimmer.

Ich will Adam um Gottes willen nicht unterstellen, dass er mir meine Klamotten oder meinen Lidschatten mopst. Nein. In dieser Disziplin hält Tosia tapfer die Siegespalme, und sie wird sie sich sicher nicht abjagen lassen. Aber ich hatte keine Ahnung, dass ein Rasierpinsel mein Leben so sehr verändern könnte. Und mir Tag für Tag bewusst machen würde, dass ich wahrlich eine Engelsgeduld mit diesem Mann habe.

Aber mal der Reihe nach.

Es sind bereits einige Monate vergangen, seit der Rasierpinsel in meinem Bad aufgetaucht ist, und zusammen mit ihm Adam, genannt der Blaue. Mit dem Rasierpinsel und Adam ist auch ein zweiter Computer eingezogen, dazu vollkommen überflüssige Gegenstände wie etwa eine Kettensäge, eine Kreissäge, eine Schleifmaschine und ein ganzer Haufen anderes Werkzeug, dessen Bezeichnung zu kennen mir jeglicher Ehrgeiz fehlt. Ich weiß nicht, wozu ein Soziologe verschiedene Sägen und eine Schleifmaschine braucht. Und schließlich hat er noch ein paar andere Dinge mitgebracht, hier Herrenklamotten, da Bücher, dann wieder Schleifpapier, oder eine ganze Minibar voller guter Tropfen, wobei mich das durchaus sehr freute, denn Ula mag auch gerne gute Tropfen.

Dem Rasierpinsel indes messe ich besondere Bedeutung bei, denn wie unsere neue Nachbarin Renia zu sagen pflegt: Solange der Mann seine Rasierutensilien nicht mitbringt, bist du für ihn ein Niemand.

Renia ist Ende Februar in das Häuschen am Waldrand eingezogen, das in ungefähr sieben Monaten aus dem Boden gestampft wurde. Häuschen, dass ich nicht lache! Das Häuschen hat dreihundertundzwanzig Quadratmeter im Erdgeschoss und einen noch nicht fertigen ersten Stock. Dafür hat Renia einen von den Bauarbeiten total fertigen Mann, der einen netten Eindruck macht, darüber hinaus hat sie wunderschönes, schulterlanges rotes Haar und einen Rottweiler, der das genaue Gegenteil von Renias Mann ist. Renia ist eine vielbeschäftigte Person, denn sie führt den Haushalt. Mit einer Hilfe zum Kochen, einer zweiten Dame montags und freitags zum Reinemachen und einem Jeep. Tja – Renia leidet an Zeitmangel.

Seit Renia in unserer ländlichen Gemeinschaft Einzug

hielt, hat das Leben an intensiven, rotbraunen Farbtönen gewonnen. Ula und ich haben Renia sehr ins Herz geschlossen, wenngleich sowohl Krzys als auch Adam bei ihrem Anblick verschwinden, aber vielleicht ist das auch besser so, schließlich ist Renia wirklich attraktiv.

Also (fange nie einen Satz mit also an, sagt meine Mutter immer), also, als Renia mir die Sache mit den Rasierutensilien erzählt hat, und dass die Zahnbürste ein tragbarer Gegenstand sei, sie sogar in ihrem Jeep einige liegen hätte, denn man könne ja nie wissen – da begriff ich, dass ich für Adam kein Niemand war, sondern jemand ganz Besonderes.

Aber heute bin ich wegen dieses Rasierpinsels wieder um ein Haar zu spät gekommen. An den Pinsel gehe ich nicht, obwohl er mir irgendwie auch ein bisschen gehört, weil ich ihn Adam zum Namenstag geschenkt habe, aber mit dem Rasierschaum ist es etwas anderes, und ich habe keine Ahnung, warum der Blaue schimpft, ich würde ihn aufbrauchen, wenn wir doch verabredet haben, dass ich das darf. Ich dagegen schimpfe nicht, dabei liegt von meinen Sachen nichts mehr an seinem Platz, denn er versteckt verschiedene nützliche Dinge an Orten, wo es mir nie in den Sinn käme, danach zu suchen.

Zum Beispiel heute früh. Ich habe eine Verabredung mit einer sehr wichtigen Person bezüglich eines wahnsinnig guten Geschäftes, das mein Leben verändern wird. Diese Person heißt Ostapko und ist ungemein unternehmungslustig. Aber ich will den Tag nicht vor dem Abend loben …

Adam bleibt zu Hause, weil er Studien betreibt. Wenn Adam Studien betreibt, dann bedeutet das, dass er durchs

Haus streift, bis ihm langweilig wird, er schließlich in den Garten geht und den Rasen mäht, sich mit Krzysiek ein Bierchen genehmigt und in der Hängematte baumelt. Dabei denkt er selbstverständlich nach.

Und ich muss arbeiten! Das ist ungerecht, aber Adam sagt, das ganze Leben sei ungerecht.

Doch zurück zum Wesentlichen. Das Wesentliche sieht so aus, dass ich noch drei Minuten habe, bis die Bahn fährt, ins Wohnzimmer stürze, in das Regal mit den Dramen greife, auf dem neben den Steinen aus Zypern mein Parfüm stehen müsste. Steht da aber nicht. Ich brülle also:

»Verflucht noch mal, wo ist mein Parfüm?«

Darauf höre ich Tosia von oben herunterbrüllen:

»Brüll nicht so! Ich habe es nicht genommen!«

»Ich hab doch gar nicht behauptet, dass du es genommen hast«, brülle ich. »Ich frage nur ganz ruhig!«

»Du fragst nicht, du beschuldigst«, brüllt Tosia. »Ich kenne dich!«

»Wenn du so redest, dann heißt das, dass du es genommen hast!«, brülle ich.

Tosia knallt oben die Tür, Adam brüllt aus dem Garten:

»Warum brüllst du Tosia so an?«

Der Kerl weckt das ganze Dorf auf! Das sowieso nicht mehr schläft, denn es ist kurz vor acht. Ich laufe zum Fenster, reiße es auf – was für ein wundervoller Tag, die Sonne steht hoch über den Birken, immerhin haben wir schon Mai, also brülle ich aus dem Fenster:

»Wieso brüllst du so, die Leute wollen schlafen!«

Adam winkt ab. Das gibt es doch gar nicht – ein paar

Monate Zusammenleben, und er winkt schon ab – und brüllt:

»Ich kann dich nicht hören!«

Das entschuldigt ihn ein wenig, aber trotzdem brülle ich:

»Hast du mein Parfüm gesehen?«

Ula lehnt sich aus dem Fenster und brüllt:

»Hallihallöle!«

Adam brüllt aus dem Garten:

»Hallo, Ula!« – und zu mir: »Es steht da, wo es immer steht!«

Ich brülle zu Ula herüber:

»Hi, entschuldige, dass ich brülle, aber ich kann mein Parfüm nicht finden!«

Ula brüllt verständnisvoll:

»Ach so! Dann frag doch Tosia!«

Tosia brüllt durchs Fenster:

»Ich habe schon gesagt, dass ich es nicht genommen habe!«

Ich brülle zu Adam herüber:

»Da ist es nicht!«

Adam brüllt:

»Sieh noch mal nach, ich habe es selbst da hingestellt!«

Ich wende mich wieder dem Zimmer zu, werfe noch einen Blick auf das Regal – na bitte, da ist ja der Witkacy, oh! Hemar ist auch wieder aufgetaucht!, sechzehn Steine, ein Krug, Tonkassetten, die eigentlich ganz woanders hingehören – ich weiß nur noch nicht, wo –, alles, bloß kein Parfüm.

Ich bin verzweifelt, ich muss wie eine Geschäftsfrau

aussehen und duften, und jetzt kann ich wegen dieses Rasierpinsels mein Parfüm nicht finden.

»Adam!«

»Es steht an seinem Platz!«

»Und wo soll dieser Platz sein?« Die Intelligenz meldete sich gleichzeitig mit dem Pfiff meiner Bahn, die gerade abfuhr.

Ich laufe zum Schuppen. Natürlich hatte ich Recht. Der Blaue wühlt mit schwarzen Händen im Rasenmäher. Soziologische Studien!

»Du«, sage ich. »Warum warst du an meinem Parfüm?«

»Du«, sagt Adam, »ich habe es auf das kleine Regal im Bad gestellt.«

Im Bad! Im Bad! Nie im Leben bewahre ich mein Parfüm im Bad auf! Im Bad befinden sich schon so viele andere Dinge! Warum also sollte mein Parfüm auch noch dort herumstehen, das doch greifbar sein muss, wenn ich mich im letzten Augenblick daran erinnere, dass ich eine elegante Frau sein will? Und in diesem letzten Augenblick bin ich für gewöhnlich nicht im Bad!

So also verpasse ich wegen des Rasierpinsels im Haus meine Bahn.

Tosia rennt zur Schule los.

Ich bin fuchsteufelswild.

Adam drückt mich mit seinen schwarzen Pfoten an sich.

»Kannst du nicht später fahren?«

Nein, kann ich nicht, auf gar keinen Fall, er soll mich sofort hinbringen, vor dem Treffen mit Ostapko muss ich noch in der Redaktion vorbei, sie werden stinksauer sein, allerdings, wenn wir schon, was ja nicht oft vorkommt, allein sind, so ganz allein, und wo es doch wirklich sehr nett ist, sich in diesem Schuppen so aneinander zu schmiegen, aber ich muss sofort los, mein Chef wartet auf mich, und Ostapko auch, das ist ein äußerst wichtiges Gespräch, ich darf nicht zu spät kommen, nicht eine Minute länger in diesem Schuppen, Adam geht ins Haus, nimmt die Autoschlüssel, so ein bisschen kann ich ihn natürlich küssen, damit vergebe ich mir doch nichts, auf zwei Minuten kommt es schließlich auch nicht an, außerdem mit dem Wagen würde es ja viel schneller gehen, wenn ich es tatsächlich so eilig hätte, aber es brennt doch nicht, es brennt überhaupt nicht …

*

Eigentlich kann ich auch die nächste Bahn nehmen.

*

Oder die danach.

Da ist ein Geschäft drin

Ich sitze in meinem geliebten Nahverkehrszug und bin ganz entschieden glücklich. So viele gute Dinge sind mir im Laufe des letzten Jahres widerfahren. Zwar habe ich beinahe vergessen, wie Ula aussieht, weil ich jetzt deutlich weniger Zeit habe. Das Haus am Hals. Und einen Mann. Adam mag keine Pizza, also sind die schnellen Mittagessen aus der nahe gelegenen Pizzeria passé. Tosia ist zufrieden, ich weniger. Aber insgesamt macht es Spaß, etwas für jemanden zu brutzeln, der darüber begeistert ist. Und es macht Spaß, mit Adam die Einsamkeit zu genießen – die natürlich relativ ist, denn manchmal kommt ja auch Tosia zu uns herunter, wenn sie sich mal wieder daran erinnert, dass sie eine Mutter hat. Und das Beste an alledem ist, dass es Adam überhaupt nicht stört, dass ich aussehe, wie ich aussehe, dass Tosia ständig etwas von ihm will und dass man ab und zu nach der WC-Ente greifen muss.

Nur habe ich weniger Zeit für die Welt. Manka habe ich Gott weiß wie lange nicht mehr gesehen, Ula erwische ich wenigstens gelegentlich am Zaun, und wir quatschen eine Runde, Renia schaut hin und wieder mal herein, aber sonst … Mit Agnieszka habe ich seit Monaten nicht mehr getratscht. Ein Mann ist sehr zeitraubend. Mir war das vollkommen entfallen.

Heute werde ich meinen Aufenthalt in der Stadt nutzen, um Ostapko zu treffen. Sie ist bombig, ich habe sie mal in der Redaktion kennen gelernt. Zierlich, grau, heiteres Gesicht, ständig auf Trab, sie tat mal dies, mal das, wenn etwas nicht klappte, fing sie wieder was Neues an, wohnte provisorisch bei Bekannten, war ungemein tapfer. Und vor einer Woche habe ich sie nach längerer Zeit zufällig wiedergesehen. Liebe Leute! Ich habe sie nicht erkannt! Wie Phönix! Irgendwer hupte mir auf der Straße hinterher. Ich dachte mir, so schlecht ist die Welt gar nicht, wenn mich noch jemand anhupt (ich lief auf dem Gehsteig). Stolz drehte ich mich natürlich nicht um, oder soll ich etwa auf so eine Anmache reagieren, aber mein Herz hüpfte vor Freude. Das Hupen hörte gar nicht mehr auf, und ich merkte, wie sich mein Rücken streckte und mein Gang elastischer wurde, da gibt es kein Vertun. Bis ich mich schließlich, Ungeduld vortäuschend, doch umdrehte. Und da erblickte ich Ewa Ostapko. In was für einem Auto! Mit Autos kenne ich mich nicht aus, vor kurzem erst hat mir Adam, ob meiner Ignoranz prustend vor Lachen erklärt, worin der Unterschied zwischen einer Limousine und einem Liftback besteht. Ganz zufällig betraten wir einen Nissan-Autosalon – Adams alter Opel fällt auseinander. Wir gingen also hinein, klare Sache, nicht um zu kaufen – wer kann sich schon so ein Auto leisten –, sondern um uns umzuschauen. Und in einem Ausstellungsraum bemerkte ich gleich drei Modelle – ein Coupé, eine Limousine und einen Liftback. Am besten gefiel mir die dritte Ausführung – aber Adam bekam einen Lachanfall, und wir mussten hinausgehen.

Den ganzen Heimweg über setzte er mir auseinander, dass eine Limousine mehr wie ein richtiges Auto aussieht, während der Liftback bei jeder Marke ein abgeschrägtes Hinterteil bezeichnete. Dann sprach er lange von Pferdestärken und ihrem Verhältnis zu Hubraum, von ABS, ASR, ESP usw. Das amüsierte mich alles überhaupt nicht. Ich behaupte weiterhin, dass bei einem Auto die Farbe am wichtigsten ist.

Jedenfalls bin ich mit Ewa in einer Kneipe gelandet. Mietwohnung, eigenes Auto, Klamotten – oh Mamma mia! Eine ganz und gar finanziell unabhängige Frau! Ich dagegen bekomme von Adam Geld für die Nebenkosten – zum Glück, davon abgesehen. Ich war sehr neugierig, wodurch sie diesen Wohlstand finanzierte, denn vom Journalistengehalt war das wohl kaum zu machen. Ewa sagte, das seien die Früchte guter Investitionen, sie hätte ihre Schulden bezahlt und denke jetzt über eine erste Ratenzahlung für eine Eigentumswohnung nach. Dann sah sie mich an und sagte:

»Wenn du willst, kann ich dich da mit reinbringen.«

Natürlich will ich gar nicht. Mir reicht das, was ich habe. Schließlich hat man so einiges gehört von irgendwelchen Kettenbriefen und wunderbaren Geschäften, für die man nachher jahrelang blecht. Ich bin doch nicht blöd. Aber Ewa hat mir geschworen, es ginge nicht um Wunder oder Glücksspiel, sondern sie hätte einfach einen Bekannten in Berlin, der Makler sei. Und gut investiert.

Außerdem wäre Adam bestimmt gegen solche Wunder. Er steht mit beiden Beinen fest auf dem Boden. Dennoch werde ich mich heute mit Ostapko treffen, ich bin ja ohnehin schon in Warschau, also was soll's. Und es ist doch nett, einem Menschen zu begegnen, der es geschafft hat.

*

Um dreizehn Uhr komme ich in der Redaktion an. Es stellt sich heraus, dass mein Telefonbüchlein zu Hause liegen geblieben ist, weil ich die Fahrkarten für den Zug gesucht und alles aus der Tasche auf den Tisch gekippt habe. Leider habe ich nicht alles wieder eingepackt. Ich rufe zu Hause an. Vor vierzehn Uhr muss ich mich mit Ostapko kurzschließen! Meine Zukunft hängt davon ab!

Ach, was für eine liebe Stimme mein Blauer doch hat! Mit einem Blick auf die Tür flüstere ich in den Hörer.

»Such mal für mich nach Ostapko.«

Adam sagt:

»Ist nicht da.«

Ich sage:

»Liegt auf dem Tisch.«

Adam sagt:

»Du überschätzt mich. Ich gebe dir mein Wort, da liegt sie nicht.«

»Mein Notizbuch«, sage ich.

»Ach so!«, sagt er erstaunt.

Idiot. Ich habe ihm doch gesagt, es liegt auf dem Tisch. Eine Weile höre ich nur Papiergeraschel im Hörer.

»Sie steht nicht unter O.«

Ich sage:

»Natürlich steht sie nicht unter O.«

Wie käme ich dazu, eine fremde Person, die ich nur

einmal in einer sehr wichtigen Angelegenheit anrufen sollte, unter O zu packen, das schon bis an den Rand mit Bekannten voll geschrieben ist, die auch mit O anfangen.

Adam:

»Also wo kann sie sein?«

Es ist logisch, dass ich Mutter unter M stehen habe, Vater unter K – wie Kanzlei, meinen Bruder unter S – weil er da wohnt, den Klempner unter W – wie Wasser, die Stadtwerke unter P – wie Projekt. Die Fußpflegerin habe ich unter B stehen – Beine, oder unter G – Goska, oder unter M – Malgoska, oder unter K – Kosmetiksalon, ich weiß es nicht mehr genau, aber was hat das schon für eine Bedeutung, wo ich sie doch immer wieder finde, die Gaswerke unter X – weil da noch viel Platz war. Ostapko könnte also unter X oder unter Notizen stehen.

Adam sagt, ich solle in zehn Minuten noch einmal anrufen, bis dahin hätte er vielleicht mein ganzes Telefonbüchlein gelesen und sich mit meiner überaus rührenden Art, es zu verfassen, vertraut gemacht.

Ich will nicht, dass er es ganz liest! Aber ich brauche die Nummer von Ostapko. Ich lege auf und blicke zur Uhr. Mein Gehirn läuft auf Hochtouren. Ostapko hat mal beim »Morgenexpress« gearbeitet, also könnte sie unter M stehen. Oder unter Z – Zeitung, oder unter R – Redaktionen. Wobei ich sie ja über Agnieszka kennen gelernt habe – also könnte sie unter A sein. Obwohl ich Agnieszka nicht unter A eingetragen habe, sondern unter G – Grzesiek. Also steht Ostapko vielleicht auch unter G. Bestimmt sogar.

Ich rufe zu Hause an, um Adam zu sagen, wo er suchen soll.

Besetzt!

Verflixt noch mal, mit wem quatscht er bloß, während ich hier stundenlang warte?

Ich rufe an. Besetzt.

Mein Chef schaut herein, er will wissen, wann er die Antworten auf die Briefe bekommt, und ob ich weggehen wollte, und wohin, und ob ich wüsste, dass Napoleon so eine Krankheit hatte, die den Penis immer weiter schrumpfen lässt. Das höre ich zum ersten Mal und lege gebührendes Interesse für Napoleons Krankheit an den Tag, um die Aufmerksamkeit meines Chefs von seinen ersten beiden Fragen abzulenken. Es stimmt doch, was Renia immer sagt – lenke ihre Aufmerksamkeit auf den Penis, und sie vergessen alles andere.

Ich rufe an.

Besetzt.

Ich bringe ihn um, wenn ich nach Hause komme. Würde der Rasierpinsel nicht in meinem Bad stehen, wäre mein Telefon nicht besetzt, und ich könnte mich in aller Ruhe anrufen! Mir fällt jedoch rechtzeitig ein, dass ein Mann im Haus schließlich auch ganz nützlich ist – so wird er mir gleich Ostapkos Nummer durchgeben und den Rasen mähen.

Na ja, und dann sind da noch die Nächte. Weit über dem Landesdurchschnitt. Ich gebe mich gerade Tagträumen hin, da klingelt das Telefon. Adam!

»Mein Gott, mit wem hast du so lange gesprochen?«

»Ich habe versucht, bei euch durchzukommen«, sagt er verschmitzt, »aber es ist die ganze Zeit besetzt. Ostapko steht unter keinem Buchstaben in deinem Telefonbüchlein. Wer ist eigentlich H. M.?«

Oh verdammt. Habe ich Hirek etwa nicht ein für alle Mal ausradiert? Das ist eine unbequeme Frage.

»Ich weiß nicht«, antworte ich süßlich. »Vielleicht der Klempner.«

»Die Klempner hast du unter W stehen. Wieso lauter Initialen?«

»Das ist bestimmt irgendeine Abkürzung«, sage ich. »Ist längst nicht mehr aktuell.«

»Und unter L steht Lieber Bär. Wer ist der Liebe Bär?«

Also, Leute, wirklich! Mich so zu testen? Wir sind doch nicht zusammen, damit ich mich die ganze Zeit kontrollieren lasse! Lieber Bär? Ich habe keine Ahnung.

»Warum wühlst du in meinen Privatsachen?« Ich beschließe, mich aufzuregen. »Ostapko könnte unter …«

»Tut sie nicht! Verstehst du? Sie ist nicht da. Unter keinem Buchstaben. Dafür gibt es hier viele andere Abkürzungen, zum Beispiel – Szymon N. Wer ist Szymon N.?«

»Hör mal, ich kann jetzt nicht mit dir sprechen, in Gottes Namen, ich bin bei der Arbeit!«

»Und der Graf?« Adam lässt sich nicht abwimmeln. »Ist das der mit den Eiern?«

Und in dem Augenblick fällt mir ein, dass Ostapko unter E steht – weil sie Ewa heißt und ich mir ihren Nachnamen bestimmt nicht notiert habe, damit ich sie nicht mit den anderen Ewas durcheinander bringe.

Und natürlich habe ich Recht. Adam seufzt und gibt mir die Nummer durch.

»Es herrscht ein bisschen Chaos in deinem Notizbuch«, höre ich zum Schluss.

Also, Leute, wirklich! Ich und Chaos! Ich weiß doch genau, wo was ist! Ich muss nur ein wenig nachdenken.

Irgendwann hatte ich beschlossen aufzuräumen. Danach konnte ich nichts finden! Und er mäht zu Hause gemütlich den Rasen, aalt sich in der Sonne und lässt kluge Kommentare ab – typisch Mann! Wie meine Mutter, ganz ohne vergleichen zu wollen. Oder mein Vater! Sie behaupten auch, ich wäre unordentlich.

Er legt auf, und ich rufe Ewa Ostapko an. Wir verabreden uns für sechzehn Uhr. Und jetzt, da hilft nichts, muss ich ran an die Arbeit und prüfen, welche Militärkommission das Schreiben der Eltern vom verzweifelten Robert G. aus Pruszcz annimmt, der ganz und gar nicht für den Wehrdienst geeignet ist, und, liebe Redaktion, hilf!

Ich rufe Adam an, damit er mir die Nummer des Landvermessers gibt, dann kann ich schon mal den Plan organisieren. Der Landvermesser steht unter S – Stadtverwaltung. Der Landvermesser könnte den Plan ganz schnell fertig machen, nur führe er morgen in Urlaub, somit müsste man den Plan heute noch abholen. Also rufe ich Adam an, er solle ins Auto steigen und diesen verdammten Plan holen fahren. Und bei der Gelegenheit auch einkaufen. Ich weiß, dass er durchs Haus streunt und vorgibt zu arbeiten, aber schließlich hänge ich ja auch nicht herum.

Noch anderthalb Stunden bis zum Treffen mit Ostapko, und ich weiß nicht, was ich mit mir anfangen soll. Ein Stapel Briefe vor mir, ich sehe ihn durch.

Liebe Redaktion,
meine ganzen Fähigkeiten lege ich in die Bodenpflege, aber mein Mann erkennt das überhaupt nicht an. Und

auch bei der Arbeit habe ich einen Ruf, den ich nicht verdiene. Nehmen wir mal so einen Tag, es war ein Montag, ich weiß es, als wäre es gestern gewesen, denn Sonntagabend …

Nein, das hat überhaupt keinen Sinn. Ich arbeite lieber zu Hause, in der Redaktion werde ich nur immer abgelenkt. Dieses ständig bimmelnde Telefon! Und Gespräche, und überhaupt! Zumal ich hier allein sitze und keinen habe, mit dem ich mal ein Wort wechseln könnte. Das sind doch keine Arbeitsbedingungen. Vielleicht sollte ich auf einen Sprung bei meiner Mutter vorbeischauen? Meine Verabredung mit Ewa liegt total blöd, der ganze Tag ist hin, und Adam sitzt gemütlich allein zu Hause und hat es nett.

Wieder klingelt das Telefon.

Jola!!! Die von dem von Jola. Sie möchte mir gern im Namen von dem Typen von Jola den Unterhalt überbringen, weil er ja so beschäftigt sei, und ob wir uns treffen könnten, denn ihr läge viel daran. Also, Leute, wisst ihr! Alles hätte ich erwartet, nur nicht, dass ich mit der von meinem Ex nett essen gehen würde. Ich habe sie nicht mehr gesehen, seit sie mit ihrem Bäuchlein daherkam und – leider – ausgezeichnet aussah. Ich weiß nicht, warum sich die Exfrau mit der jetzigen Frau seines Lebens treffen sollte, die ohnehin seine zukünftige Ex ist. Aber so viel Glück wünsche ich ihr nicht, oh nein. Soll sie sich doch bis ans Ende aller Zeiten mit ihm herumquälen.

»Ich hoffe, es macht Ihnen nichts aus, denn mein Mann ist weggefahren und hat mich gebeten …«

Ach, iwo! Was für ein Unterschied, ob er oder sie. Auf den ersten Blick keiner. Die beiden gleichen sich wie ein Tropfen dem anderen. Nicht auseinander zu halten. Sie kann mir nichts anhaben. Also werde ich zu einem netten Mittagessen gehen.

Kaum sah ich sie in der Tür, wusste ich, dass ich mich verrechnet hatte. Sechzig in der Taille, mit Kind. Pfirsichhaut, babyglatte Händchen. Gepflegte Nägel. Sie ist cool. Obwohl sie leichte Ringe unter den Augen hat. Schade, ich hatte mich geirrt. Ich kann doch nichts dafür, dass ich sie nicht mag.

»Guten Tag, sehr angenehm, verzeihen Sie, aber es ist einfacher für mich, mein Mann hat mich gebeten, ich möchte mich darum kümmern, doch ich habe Tosia nicht erreicht.«

Schlange. Sie soll mein Kind in Ruhe lassen. Auch ich kann Tosia nicht erreichen, denn die Zeugnisse stehen vor der Tür, und sie lernt ununterbrochen, meistens bei Freundinnen.

Jola legt einen Umschlag auf den Tisch, den ich sorgsam wegpacke. Ich habe überhaupt keine Lust auf eine Unterhaltung, was hat mich geritten, diesem Treffen zuzustimmen, ich weiß es selbst nicht. Hirnamputiert.

»Und deshalb wollte ich mit Ihnen wie mit einer Mutter …«

Um ein Haar hätte ich mich am Thunfisch verschluckt. Doch wohl nicht wie mit ihrer Mutter, in Gottes Namen!

»Denn Sie hatten doch auch ein Kind zusammen.« Jola sah mich mit ihren unschuldigen Augen an.

Früher hast du da irgendwie nicht dran gedacht, du Flunder. Da hat es dich nicht interessiert, dass du einem kleinen Kindchen seinen Papi weggenommen hast, der sowieso nie Zeit für es hatte.

Eigentlich sah Tosia ihn seit der Scheidung häufiger als vorher. Eigentlich war diese Scheidung gar keine so schlechte Idee. Eigentlich ärgere ich mich vollkommen unnötig über Jola. Schließlich habe ich es doch ihr zu verdanken, dass jetzt Adam bei mir ist.

Vor meinem geistigen Auge tauchten jedoch alle Szenen aus meinen Lieblingsfilmen auf, in denen die böse Frau ein böses Ende nimmt – mit dem Auto von einer Klippe ins Meer stürzt, in einem Schloss verbrennt, das im Sumpf versinkt, Gift trinkt, das sie für jemand anderes vorbereitet hatte –, also lächelte ich hinreißend und fragte, womit ich ihr helfen könne.

»Ich dachte mir, wenn die Animositäten zwischen uns der Vergangenheit angehören, ich mich von Frau zu Frau an Sie wenden könnte. Denn Sie kennen ihn ja doch besser …«, flüsterte Jola, und betrübt stellte ich fest, dass ihr Hals taufrisch war. »Ich wollte fragen, als Tosia geboren wurde, ist er da auch … Was haben Sie gemacht, um ihn zu Hause zu halten?«

»Sie müssten doch am besten wissen, dass ich ihn nicht lange zu Hause gehalten habe.« Interessiert sah ich Jola an. »Sie sind ja aufgetaucht.«

Zum Glück.

»Aber wir … das heißt … wissen Sie … Ich führe doch den Haushalt, treffe mich mit kaum jemandem, er hat wirklich alles, was er braucht … Und als Tosia geboren wurde … ist er auch gleich danach verschwunden?« Jola war entsetzt.

Leider stand ihr das sehr gut.

»Denn wissen Sie, ich pflege mich, und überhaupt ... Alle wundern sich, dass ich nach der Geburt so schnell wieder in Form gekommen bin, aber ich dachte, ich frage Sie mal, wie es am Anfang Ihrer Beziehung war. Denn Tosia hat gesagt, dass Sie Ihrem Mann keine Vorwürfe machen, denn Sie hätten auch wieder jemanden.«

Tosia reiße ich die Zunge heraus, wenn ich nach Hause komme. Dann pökele ich sie und vergrabe sie in drei Meter Tiefe im Garten. Und setze einen Riesenstein darauf.

»Ich weiß, es ist nicht das Gleiche, immerhin sind wir verheiratet.« Jolas Stimme wisperte ruhig vor sich hin, und in meiner Kehle wuchs ein Kloß. »Er versteht nicht, dass ich lieber mit ihm zusammen bin als allein ...«

Bitte schön. Eine abhängige Frau. Kein Mann erträgt das über einen längeren Zeitraum. Der Thunfischsalat in der Preislage von einem Kilo Rinderfilet. Der Tee mit Zitrone kostet so viel wie zwei Kilo Tomaten im Januar. Das Cremeschnittchen für den Preis von zwei Kilo Kartoffeln und einem Eisbergsalat im Frühling. Für dieses kleine Mittagessen könnte ich Tosia, alle Katzen und Boris durchfüttern. Und für den Himmelblauen würde es auch noch reichen.

Ich ging aus dem Lokal und war erschüttert. Jola fragt mich über meinen Ex aus? Bei dem Aussehen? Aber vielleicht wollte sie mich ja nur ärgern? Mir zeigen, wie eine Frau aussehen sollte? So schnell in Form nach der Geburt. Eine Schande. Fitnessraum, Schwimmbad, Kosmetika, und schau mal einer an, mein Ex ist ständig beruflich unterwegs. Das muss er wohl in seinem Job, der Ärmste. Vielleicht versteht seine Frau ihn ja nicht, und vielleicht schlafen sie nicht miteinander. Weiß man's? Mit den Männern ist es ja mal so, mal so. Viel hat Jola nicht von mir erfahren, ich habe ihr kurz erklärt, dass sie ihn sicher besser kennt als ich. Aber als sie wegging, habe ich ihr neidisch hinterher gesehen. Sie bewegt sich wie eine Göttin. Sie hat eine Figur wie Tosia. Nicht wie ich. Ich bin fuchsteufelswild. Die Fahrerei zur Arbeit kostet mich ganz schön viel Kraft. Gott sei Dank, wenigstens hat sich Ostapko als absolut fantastisch herausgestellt. Und ich rege mich vollkommen unnötig auf. Was kann Tosia denn dafür, dass sie Eltern hat, die sich den Unterhalt über die neue Ehefrau zukommen lassen? Gar nichts, die Ärmste.

*

Ich steige in den Zug.

Jola hatte einen interessanten Gedanken. Sie tut das Gleiche wie ich, nur sieht sie leider besser aus. Aber ich sitze auch zu Hause, koche und will lieber mit Adam zusammen sein als mit jemand anderem. Bin ich etwa eine abhängige Frau? Noch dazu sind wir gar nicht verheiratet. Die Sterne könnten schlecht für mich stehen. Ich sollte nicht so an Adam kleben. Warum bezahlt er die Rechnungen? Wir sind keine Familie. Aber er wohnt ja bei uns. Andererseits, was hat das alles für eine Bedeutung, wenn man glücklich ist?

Noch ein Weilchen, und er wird ersticken. Das, was in diesen paar Monaten so nett war, wird ihn erdrücken, wie den von Jola. Ich muss aufpassen. Ewa Ostapko hat gesagt, dass ich in dieses Geschäft mit einsteigen kann, natürlich nur, wenn Adam einverstanden ist – und sie hat mich irgendwie so angesehen … ich kann es nicht einmal beschreiben. So beleidigend.

Was heißt hier, »wenn Adam einverstanden ist«? Ich muss ihn nicht nach seiner Meinung fragen. Ich muss ihn nicht mit all meinen Entscheidungen belasten. Ich muss stattdessen daran denken, dass ich eine verantwortungsvolle, eigenständige und unabhängige Person bin.

*

Ich komme spät nach Hause. Tosia isst in der Küche Rührei, Adam sitzt auch dort, über Thunfisch im eigenen Saft. Daneben steht eine noch ungeöffnete Sardinenbüchse. Ich schiebe Boris weg, der mit seinen Vorderpfoten auf dem Stuhl steht und nicht einmal zu bemerken geruht, dass ich gekommen bin. Ich bin ihm weniger wert als eine Büchse Sardinen. Eine ungeöffnete noch dazu.

»Wie war's in der Schule?«, frage ich Tosia.

»Normal«, antwortet sie mit vollem Mund.

»Was heißt normal?«

»Wie immer.« Tosia wird allmählich ungeduldig.

»Ich würde gern einmal eine andere Antwort hören.«

Interessant, dass mich diese Erwiderung so aufregt.

»Und ich würde gern einmal eine andere Frage hören.«

Es ist, als hätte ich mir im eigenen Schoß eine Schlange herangezogen. Warum kann ein Kind in der Pubertät nicht lieb, nett und ruhig sein und normal auf Fragen antworten? Ich weiß es nicht.

Adam, so stellt sich heraus, hat nicht viel geschafft

und muss sich jetzt an die Arbeit setzen. So was, den ganzen Tag zu Hause und hat nicht viel geschafft! Der Rasen ungemäht. Nicht einmal Krzysiek hat er gesehen. Auf Männer ist überhaupt kein Verlass!

»Adam, du hast doch gesagt, du wolltest arbeiten!«, erinnere ich ihn leicht vorwurfsvoll. Ehrlich gesagt, hatte ich mich darauf eingestellt, einen netten Abend mit ihm zu verbringen und ihm alles zu erzählen, das heißt, wie ich dank Ostapko mein Leben verändern würde. Tosia sieht mich strafend an.

»Also, Mama, du bist komisch, er ist doch gerade erst wiedergekommen. Dafür hattest du mir versprochen, dass du mich heute von der Schule abholen würdest. Auf dich ist überhaupt kein Verlass.«

Auf mich ist kein Verlass! Auf wen konnte sie sich denn immer verlassen, wenn nicht auf mich? Auf ihren Vater vielleicht, der zu Jola gegangen ist? In meinem eigenen Haus werde ich angeklagt. Dazu schaut Adam mich auch noch so schief an. Jetzt habe ich schon zwei gegen mich, davon ist die eine meine eigene Tochter, mein Fleisch und Blut.

»Mein liebes Kind, warum ergreifst du ständig für Adam Partei und nie für mich?«, frage ich Tosia giftig, denn ich fühle mich gänzlich verraten.

»Ich bin nur objektiv«, sagt mein Kind und wischt sich den Mund am Geschirrtuch ab. »Adam hat eingekauft, war beim Landvermesser und hat mich von der Schule abgeholt. Du warst den ganzen Tag nicht zu Hause und machst uns wie üblich Vorwürfe. Und nenn mich nicht immer ›mein Kind‹, denn ich habe einen Namen und bin erwachsen.«

Tosia steht auf und geht demonstrativ aus der Küche. Adam blickt mich etwas erstaunt an.

»Du siehst gut aus«, sagt er.

»Weich nicht vom Thema ab.« Ich bin sauer. »Ihr habt euch gegen mich verschworen, und jetzt bin ich die böse Mutter ...«

»Hör auf, und nenn sie nicht ›mein Kind‹. Aus psychologischer Sicht ist das nicht allzu gut. Sie hat ein Geschlecht, sie ist weiblich und fast erwachsen, was du nicht bemerken willst. Und ich bin wirklich gerade erst zurückgekommen. Ich habe für morgen noch ziemlich viel vorzubereiten. Wie war dein Tag?«

So ist das also! Ich werde ihm nichts von meinen Plänen erzählen, wenn es ihn nicht interessiert. Keiner versteht mich. Da komme ich freudig und müde nach Hause, gehe davon aus, dass sich jemand um mich kümmert, aber nichts als Vorwürfe. In Ordnung. Ich muss meine Pläne mit niemandem teilen. Ich werde allen eine Riesenüberraschung bescheren. Ich werde meine Lebensentscheidungen selbst treffen.

»In Ordnung«, lächele ich zickig und öffne die Sardinenbüchse, obwohl ich überhaupt keinen Hunger habe.

»Und wer ist Szymon H., der unter H in deinem Adressbuch steht?«

Männer sind unmöglich! Das ist doch sein eigener Sohn! Unter H – von Himmelblau. Ist doch logisch. Aber ich kann es ihm nicht erklären, weil meine Mutter anruft.

»Wie läuft's bei dir?«, fragt sie.

»Normal«, antworte ich und fühle, wie sich mir die Nackenhaare aufstellen. Warum kann meine Mutter mich nicht einmal nach etwas anderem fragen?

»Du meldest dich nicht.«

»Mama, ich bin gerade hereingekommen, aber gleich hätte ich angerufen.« Ich merke die Anspannung in meiner Stimme.

»Ist was passiert?«, fragt meine Mutter beunruhigt, die irgendeinen mir unbekannten Radar besitzt, der unabhängig von der Entfernung funktioniert.

»Nichts, nichts.« Ich lege die gesamte Heiterkeit meines Gemütes in diese Antwort. »Alles in Ordnung.«

»Ich höre es doch.« Der Radar meiner Mutter ist kompromisslos. »Mein Kind, wenn ich dich störe, dann kann ich später anrufen ...«

»Nenne mich nicht ›mein Kind‹«, sage ich genervt und sehe, wie Adam sich von der Spüle wegdreht und sich ins Fäustchen lacht. Man hat überhaupt keine Möglichkeit mehr, mal in Ruhe mit den Eltern zu telefonieren.

»Ich rufe später an«, sage ich in den Hörer.

Meine Mutter belehrt mich noch, dass ich von Zeit zu Zeit meinen Vater anrufen sollte, denn wenn ich auch ihn so vernachlässige, dann ... und das sei doch nicht ihre Erziehung gewesen.

Ich lege auf und bekomme sofort Gewissensbisse. Ich habe wirklich schon seit einigen Tagen weder den einen noch die andere angerufen. Dieser Plan von Ostapko hat mich so beschäftigt. Aber wieso kümmert sich meine Mutter um meinen Vater, wo sie sich doch haben scheiden lassen? Sie hätten das nicht tun sollen. Sie hätten sich einige Kosten erspart, was die Telefonrechnung betrifft.

Ich erinnere mich wieder an das am Morgen liegen gelassene Adressbuch.

»Wo ist mein Adressbuch?«

Adam sieht mich so an, wie meine Mutter mich ansehen würde.

»Vor dir.«

Ich drehe mich um und stecke das Adressbuch in meine Tasche.

»Da wir beide den Rest des Abends beschäftigt sein werden, dann also auf Wiedersehen«, sage ich ruhig, stelle den Teller, von dem ich meine Sardinen gegessen habe, in die Spüle und gehe aus der Küche.

*

Ich setze mich vor den Computer. Solange meine finanziellen Mittel nicht steigen – und Ostapko hat mir versprochen, dass sich das von einem Tag auf den anderen ändern wird, wenn nur ... aber ich will nicht voreilig sein, ich muss die Briefe beantworten.

Liebe Redaktion,
ich habe mich in Alkurir verliebt. Er ist türkischer Staatsbürger, ich habe ihn in der Disco kennen gelernt, und bald schon hat sich herausgestellt, dass wir nicht ohne einander leben können. Ich kann nicht bei ihm einziehen, denn seine Eltern sind gegen diese Beziehung, aber wir haben dennoch beschlossen, unsere Lebenswege für immer miteinander zu verflechten. Als türkischer Staatsbürger ist er sehr nett und fürsorglich zu mir. Aber er sieht unsere Zukunft nur in der Türkei, wohin wir fahren wollen, damit ich seine Familie kennen lerne. Alkurir arbeitet in der Botschaft. Und das ist gut so. Aber

eine Freundin hat mir gesagt, ich solle hingehen und ihn kontrollieren. Was soll ich tun?

Ach, Mädchen … Jetzt ist er fürsorglich, aber wenn du erst einmal in der Türkei bist, wird er dich in ein Freudenhaus sperren und dich im besten Fall nicht einmal fragen, wie dein Tag war, wenn du müde von der Arbeit kommst. Du wirst dir eine Sardinenbüchse aufmachen und so tun, als seiest du glücklich. Besser wäre es, du würdest zehn, zwanzig Jahre mit ihm zusammenleben und prüfen, ob er ein guter Ehemann wird. Und nicht in der Türkei, sondern hier.

Liebe Aneta,
anbei die Anschrift der Türkischen Botschaft: ulica Malczewskiego 32, Warschau … Ich denke, es ist am besten, wenn du dich selbst mit der Konsularabteilung in Verbindung setzt. Ich kenne keine Einzelheiten aus deinem Leben, noch habe ich Informationen über deinen Verlobten, die sich als unerlässlich für dich erweisen könnten, damit du …

Pfeif auf die Sardinen. Schließlich ist das noch nicht das Schlimmste in einer Beziehung. Aber wenn sie wirklich hinfährt und ihr passiert etwas? Man nimmt ihr den Pass weg, bringt sie irgendwohin, weit weg? Und wenn er gar nicht in dieser Botschaft arbeitet und sie von Anfang an belügt? Und wenn dieser Verlobte sie wirklich liebt? Wieso soll ich wissen, wie jemand leben soll? Was soll ich ihr schreiben? Ich stehe auf und gehe zu Adam. Ich halte ihm den Brief unter die Nase.

»Was hältst du davon?«

Schließlich ist er Soziologe und weiß alles. Adam liest den Brief aufmerksam.

»Wenn du ihr einen Schrecken einjagst, wird sie nicht auf dich hören und könnte vielleicht … Sie soll überprüfen, ob er wirklich dort arbeitet … Sie wohnt doch in der Nähe von Breslau, und die Botschaft ist in Warschau … Sie soll aufpassen …«

»Findest du«, ich werde grundsätzlich, »dass Beziehungen auf Kontrolle basieren sollten?«

»Kontrolle ist eines, und sichergehen, dass alles in Ordnung ist, ist etwas anderes. Das ist kein Junge aus der Nachbarstadt. So eine Entscheidung kann unvorhersehbare Folgen haben. Sie soll vernünftig sein.«

Ich sehe, dass wir es nicht einmal schaffen, uns zu streiten. Vielleicht bin ich ihm gleichgültig. Es ist immer so, dass sich die Menschen nach einiger Zeit miteinander langweilen. Wobei er, was die Angelegenheit von Aneta betrifft, allgemein gesehen Recht hat. Ich kehre an den Computer zurück.

Wenn ich dir irgendetwas raten kann – so verzichte nicht auf die polnische Staatsangehörigkeit, gebe deinen Pass nicht aus der Hand, denn in einem fremden Land können verschiedene Dinge passieren, auf die du vielleicht keinen Einfluss hast. Möglicherweise solltest du dich vergewissern, dass dein Verlobter es ernst meint und dich nicht belügt. Bei der Botschaft kannst du dich auch nach den Rechten und Gebräuchen erkundigen, die in der Türkei gelten, und erst mit diesem Wissen solltest du dich bewusst für radikale Veränderungen in deinem Leben ent-

scheiden. Ich hoffe, dass du eine glückliche Ehefrau wirst, doch man sollte nie alle Brücken hinter sich abbrechen …

Sie wird ohnehin nicht auf mich hören. Die jungen Frauen tun immer, was sie wollen. Und wenn man verliebt ist, tritt man in einen anderen Bewusstseinszustand ein. Dieser Zustand ist ebenfalls symptomatisch für Menschen, die unter Drogen- oder Alkoholeinfluss stehen. Liebe macht blind.

Nach dem Türken folgen weitere Briefe:

- über einen Nachbarn, der seinen Zaun mit einer giftigen Farbe gestrichen hat, die für Bahngleise verwendet wird (hier sollte die Redaktion vielleicht mehr unternehmen, als nur einen Brief zu schreiben),
- über ein nach innen verdrehtes Katzenpfötchen,
- von einem Jungen, der nicht zum Militär gehen kann, weil er das Militär nicht mag,
- mit der Bitte um Hinweise, wie man die Vaterschaft abstreitet,
- und was man tun soll, um aus einem Vertrag für Zepter-Kochtöpfe wieder herauszukommen.

Als ich vom Computer aufstehe, ist es elf Uhr. Ich werfe einen Blick in Tosias Zimmer. Sie schläft wie tot. Ich hebe das Buch auf, das sie auf den Teppich neben ihrem Bett geworfen hat. *Ungeliebte Frauen, verlassene Frauen.*

Jesses Maria! Wieso liest sie das? Wegen mir? Weiß sie etwas, was ich nicht weiß? Oder ihretwegen? Noch schlimmer. Ganz leise nehme ich das Buch und gehe hinunter. Adam schläft. Ich schlage das Buch auf und beginne zu lesen.

Sich an einen Mann klammern

Seit dem Morgen sitze ich am Computer. Ich dachte, Adam würde mir helfen, eine Entscheidung zu treffen, ob ich in das Geschäft einsteigen soll, das Ostapko mir vorschlägt, aber wenn ich wieder einmal selbst entscheiden muss, na dann, bitte schön. Obwohl ich keine Ahnung habe, was ich machen soll. Als Ostapko mir erklärte, dass dieser Bekannte in Berlin eine ganz sichere Geschichte sei, schien mir alles logisch, schlüssig, einfach. Vor meinem geistigen Auge sah ich schon einen Haufen Geld auf meinem immer hungernden Konto. Und heute …

Gerade rechtzeitig fällt mir jedoch ein, dass ich mich nicht an einen Mann klammern darf, weder in dieser noch in irgendeiner anderen Angelegenheit – erst recht nach der Lektüre eines Teils der *Verlassenen Frauen*. Aus dem, was da geschrieben steht, folgt glasklar, dass eine Frau, die ihr Leben an einem Mann festmacht, schlecht dabei wegkommt. Ich werde später darüber nachdenken.

Ich öffne den nächsten Brief.

Liebe Redaktion,
wenn ihr diesen Brief öffnet, werde ich nicht mehr leben …

Mamma mia! Auf solche Briefe bin ich nicht vorbereitet. Ich kann nicht für jemandes Leben Verantwortung übernehmen! Dieses Mädchen ist fast genauso alt wie Tosia, und ich bin vollkommen hilflos …

Ich bin achtzehn Jahre alt, und mein Leben ist zu Ende gegangen, als mein Freund mich verlassen hat. Wir waren schon seit zweieinhalb Jahren zusammen. Wir wollten heiraten, sobald er vom Militärdienst kommt, aber jetzt ist er zurück, und vom Heiraten ist keine Rede mehr. Vorgestern hat eine ganz liebe Freundin mir gesagt, dass sie ihn mit einem anderen Mädchen gesehen hat, mit dem ich mal befreundet war. Mein Leben hat seinen Sinn verloren. Ich kann nicht ohne ihn leben. Deshalb habe ich beschlossen, Schluss zu machen, denn ein Leben ohne Liebe ist nichts wert. Warum hat er mir das angetan? Wir waren doch so glücklich … Liebe Redaktion, es muss doch einen Weg geben, damit er begreift, dass er mich liebt. Ich werde eure Antwort voller Ungeduld erwarten, nur ihr seid mir geblieben. Ihr seid mein Strohhalm …

Es liegt auf der Hand, ich eigne mich nicht mehr für diese Arbeit. Obwohl, noch ist nicht alles verloren, wenn sie auf die Antwort wartet, vielleicht nicht zwingend in totem Zustand. Aber ich weiß wirklich nicht, wie ich ein fremdes Mädchen trösten soll. Wie ich ihr erklären soll, dass das Leben nicht zu Ende geht, dass es beginnt …

»Mama, was ist mit dir?« Unerwartet steht Tosia hinter mir, aber auch wenn sie erwartet hinter mir stehen würde, hätte ich Zweifel, ob sie es ist.

Geschockt fahre ich hoch. Boris bellt wie von Sinnen. Es wundert mich gar nicht, denn wenn ich bellen könnte, würde ich mit einstimmen.

»Was ist mit dir passiert?«, würge ich hervor.

Ich weiß, dass ich als Mutter verständnisvoll und ruhig vorgehen sollte. Man darf seine eigenen Ängste nicht auf seine Kinder übertragen. Wenn ich ruhig bleibe, wird Tosia mir alles erzählen. Tosia, meine Tochter, die am Morgen in einer grauen Hose mit leichtem Schlag, einem grünen Rollkragenpullover und grünen, bis zu den Knien geschnürten Doc Martens zur Schule gegangen ist. Tosia, die noch am Morgen dunkles, locker auf die Schultern fallendes Haar auf dem Kopf hatte. Jetzt steht dagegen eine kurz geschnittene Blondine vor mir, in einem Rock mit einem Schlitz bis zur Hälfte des Oberschenkels, zwar in grünen Doc Martens, bis zu den Knien geschnürt (es sind immerhin erst 19 Grad, und Sommer haben wir auch noch nicht), dafür aber in weißer Bluse und stark violett geschminkten Augen. Die Stimme klingt wie die von Tosia.

»Was soll passiert sein?« Tosia schleudert den Sack, den sie für die Schule benutzt, neben den Sessel und lässt sich hineinfallen.

»Du siehst etwas anders aus als heute früh.«

Nur ruhig, nur ruhig, nicht aufregen, nicht hochgehen, die Kinder haben ein Recht darauf, anders auszusehen, als wir es gern hätten.

»Ach, das meinst du.« Tosia wirft einen beiläufigen Blick auf ihre Klamotten. »Das hat Karolina mir geliehen. Denn sie will jetzt mal meine graue Hose tragen. Weißt du, damit wir nicht langweilig werden …«

Noch ein tiefer Atemzug und nur die Stimme kontrollieren.

»Und die Haare?«

»Das habe ich dir doch gerade gesagt.« Tosia ist ganz offensichtlich von meinem mangelnden Verständnis enttäuscht. »Um nicht langweilig zu werden.«

»Wem?«, frage ich beiläufig und beschließe, dass ich mich nicht wundern, dass ich alles in den Griff bekommen und eine tolerante Mutter sein werde.

»Na, jedem.« Tosia wirkt ungeduldig. »Wie sehe ich aus?«

Katastrophal! Katastrophal ist gar kein Ausdruck! Mein Wortschatz kennt keinen Begriff für solch einen Anblick! Aus einer wunderhübschen, bescheidenen Siebzehnjährigen mit kastanienbraunem Haar, einem unschuldigen Kind, das meine Tosia war, ist ein verdammter Vamp geworden, so eine Lolita, ein mir unbekanntes Wesen, das wie zwanzig aussieht und das unmöglich meine Tochter sein kann, denn die Vierzig liegt doch noch vor mir, und sie sollte noch Zöpfe tragen und …

»Klasse!« Adams Stimme im Türrahmen erklingt wie ein Kanonenschuss.

»Mama gefällt es nicht …« Tosia schlägt die Beine übereinander, und Adam sieht sie bewundernd an.

»Nein, wieso?« Ich entscheide schnell, dass ich nicht gegen die beiden sein kann, weil ich dabei den Kürzeren ziehe. »Ich finde es super!«

Adam kommt zu mir und küsst mich auf die Wange. Als er an Tosia vorbeigeht, hält er ihr eine Hand hin, und sie schlägt aus voller Kraft ein, dann hält Tosia ihre Hand hin, in die er einschlägt, zu viele amerikanische

Filme in diesem Haus, ich hoffe, er hat ihre Hand mit weniger Wucht getroffen als sie seine.

»Gibt's was zu essen?«, fragen beide gleichzeitig, als hätte ich nichts anderes zu tun, als ständig zu kochen.

Natürlich gibt's was. Nur dafür bin ich da. Köstliches Kartoffelpüree, Schnitzel mit Käse überbacken, Rote-Bete-Salat.

Wir setzen uns an den Tisch. Wenn ich mir Tosia so anschaue, steht ihr diese Frisur gar nicht mal schlecht. Und in dem Rock sieht sie wirklich toll aus. Ich sollte mir auch so einen anschaffen.

»Darf ich den mal anprobieren?«, frage ich Tosia leise.

»Da passt du nicht rein ...«, flüstert Tosia zurück, und endlich weiß ich, dass alles in Ordnung ist.

»Ich passe rein«, beteuere ich überzeugend.

Nach dem Essen gehen wir ins Bad, und natürlich hat Tosia Recht. Ich passe nicht rein.

»Du solltest dir auch so einen anschaffen.« In letzter Zeit ist Tosia doch immer mehr gereift. »Nur größer«, fügt sie hinzu, und ich merke, dass sie noch ein kleines Kind ist.

Ich bin gespannt, woher ich das Geld dafür nehmen soll. Mein Gehalt von der Redaktion lässt viel zu wünschen übrig. Ich sollte noch andere Texte schreiben, aber der Chefredakteur hat für diese anderen Texte eine andere Person eingestellt.

Adam verdient zwar nicht schlecht, aber man darf nicht vergessen, dass er einen Sohn hat, und Szymons Studium kostet nun mal, ich kann schwerlich über das Geld eines Mannes verfügen, der nicht einmal mein Ehemann ist. Seine Belastungen reichen vollkommen.

Als ich so vor dem Spiegel stehe und mich betrachte, reift in mir der Entschluss, mein Leben weiterhin in meinen eigenen Händen zu halten. Ich werde das Geschäft, das Ostapko mir angeboten hat, nicht mit Adam besprechen. Das ist einzig und allein meine Sache. Ich muss etwas unternehmen, um über mehr Geld zu verfügen. Morgen gehe ich zur Bank und erkundige mich, welche Möglichkeiten für einen Kredit bestehen. Adam und ich haben zwar Zehntausend für den Urlaub weggelegt. Aber da kann ich nicht rangehen. Ein Kredit könnte mir den Hals brechen, aber Ostapko sagt, dass wir den Betrag in den ersten Monaten bereits um ein Vielfaches mehren werden. Je höher ich jetzt investiere, desto mehr werde ich in Zukunft haben.

Ich muss es schaffen.

»Mama?« Tosia sieht mich aufmerksam an, und ich merke, dass ich in Gedanken nicht mehr im Badezimmer war, sondern viel weiter hinausgewandert bin, als ich sollte. »Eine Frau muss sich immer wieder einmal verändern, sonst wird sie langweilig, verstehst du?«

Jetzt verstehe ich, dass Tosia ein Problem hat. Das Buch, das ich gestern neben ihrem Bett gefunden habe – das war kein Zufall. Ich ziehe den Rock aus und gebe ihn ihr. Wir huschen aus dem Badezimmer, Adam sitzt mit Boris auf dem Sofa. Ich schlüpfe hinter Tosia her unters Dach. Ich schließe die Tür.

»Läuft es nicht gut mit Andrzej?«

Andrzej ist ein Klassenkamerad. Zum Tag der Frauen hat sie einen Blumenstrauß von ihm bekommen, und auf diese schlichte Weise hat sie erfahren, dass er schon in der ersten Klasse ein Auge auf sie geworfen, nur nie den

Mut besessen hatte, es ihr zu sagen. Und dass seine Mutter ihm geraten hätte, Tosia die Blumen zu schenken, und damit hat sich die Situation geklärt. So kam Tosia also mit diesen ersten ernst zu nehmenden Blumen in der Hand nach Hause und war sofort beleidigt, als ich sie fragte, von wem sie sie hätte. Alles war klar.

Andrzej tauchte immer öfter in unserem Haus auf. Ich zeigte Züge von Hysterie, immerhin war Tosia noch ein Kind, und dieser Andrzej könnte ihr wehtun, aber Adam hielt ihr tapfer die Stellung, alles sei normal, die Kinder würden heranreifen, und man solle sie stützen, nicht unterdrücken.

»Läuft es nicht gut mit Andrzej?«, wiederhole ich.

»Mit Andrzej? Andrzej und ich sind Freunde.« Tosia wirkt etwas unnatürlich, mein Herz beginnt in seiner Panik schneller zu schlagen.

Wenn ich »wir sind Freunde« höre, weiß ich, dass die große Liebe unwiderruflich zu Ende geht und dass der Mann, »weil es so gekommen ist«, auf eine andere Ekel erregende Frau aufmerksam geworden ist. Ich weiß ebenfalls, dass es mir nicht gelungen ist, Tosia vor einer Enttäuschung zu bewahren, die jeder Frau wahrscheinlich schon im Mutterleib vorbestimmt wird, und dass meine Tochter unglücklich ist. Ich weiß wiederum nicht, was ich tun soll, um sie zu trösten, ihr zu erklären, dass das Leben nicht aufhört, sondern erst beginnt ... Und was, wenn sie, wie das Mädchen aus dem Brief, schon irgendeine Entscheidung getroffen hat? Schluss zu machen? Und so verletzt ist, dass sie es mir nicht einmal erzählen kann?

»Tosia, Liebling«, sage ich und wünsche mir, meine Stimme möge nicht zittern. »Ich hoffe, du kommst damit klar. Weißt du, im Leben ist es eben so, dass wir manchmal glauben, wir binden uns für immer, dabei befinden wir uns noch auf der Suche nach dem richtigen Partner. Am wichtigsten ist es jedoch, Freunde zu bleiben. Freundschaft ist manchmal kostbarer als eine einfache Verblendung, vor allem in deinem Alter.«

Ich werfe Tosia einen unsicheren Blick zu, ob sie mir nicht ins Wort fällt. Aber diesmal hört sich Tosia meinen Monolog erstaunlich ruhig an.

»Und man muss damit klarkommen«, plappere ich weiter wie aus einem Lehrbuch. »Außerdem, ein Zeichen von Reife ist die Fähigkeit, so eine erste Beziehung aus der Distanz zu betrachten, und es kann viel Zeit vergehen, bevor man auf die wahre Liebe trifft.«

Tosia rutscht unruhig auf dem Sessel hin und her. Ich sehe sie an und bin stolz auf sie. Es liegt keine Verzweiflung in ihrem Blick.

»Ich freue mich, dass du so redest, Mami«, sagt meine Tochter, und mein Herz will mir vor Glück aus der Brust springen.

Also sind meine erzieherischen Mühen doch nicht für die Katz gewesen. Es ist durchaus möglich, sich mit einer Tochter im schwierigen Alter zu verständigen. Und es ist nicht wahr, dass es immer zu einem Konflikt kommen muss und die Tochter niemals auf die Mutter hört. Meine hört und stimmt mir zu. Ich bin wirklich so gerührt, dass ich fast losweine.

»Mit siebzehn hast du noch alle Zeit für wahre Gefühle, glaube mir«, sage ich leise, obwohl ich verstehe, dass es schwer sein muss für sie.

»Genau, Mama, das Gleiche habe ich ihm auch gesagt.

Aber er kapiert nichts. Vielleicht könntest du mit ihm reden?«

Tosia sieht mich mit ihren großen rehbraunen Augen unter den violetten Lidern an und lächelt schüchtern. Bevor mich der Sinn dessen, was sie sagt, erreicht, setzt sich meine Tochter Kater Gleich auf den Schoß und beginnt, ihn kräftig zu drücken.

»Mama redet mit Andrzej, und alles wird gut«, haucht sie Gleich direkt ins graue Ohr. Und dann, ohne meiner Erstarrung Beachtung zu schenken, sagt sie erklärend: »Er will nämlich übermorgen auf ein ernstes Gespräch herkommen. Aber verstehst du, ich kann mich in dem Alter nicht binden, außerdem ist bald Abi, und überhaupt habe ich bei einer AG so einen Jungen kennen gelernt, er heißt Jakub, und er ist wirklich fantastisch. Das heißt, du verstehst, wir haben natürlich nichts miteinander, aber ich denke, er wird dir gefallen. Er kommt mich am Sonntag abholen, und wir gehen mit seiner ganzen Clique ins Kino und dann vielleicht in die Altstadt ... Weißt du, Andrzej begreift überhaupt nicht, dass ... tja, dass es sich so ergeben hat.«

Ich verharre noch eine Weile in meiner Erstarrung. Ich weiß nicht, was ich sagen soll. Ich finde nicht die richtigen Worte. Ich weiß nur eines – meine geliebte Tochter hat einem Jungen aus ihrer Klasse ein Messer geradewegs ins Herz gerammt. Statt seine Gefühle zu schätzen und zuzulassen, dass sie sich entfalten, hat sie sich schändlich und hinterhältig für einen anderen Jungen interessiert. Und dann hat sie mich noch ganz schön blöd dastehen lassen, denn alles, was ich in dieser Situation sagen könnte, habe ich vollkommen arglos eben bereits gesagt. Und – da sind wir uns doch einig – das galt für Tosia, nicht für irgendeinen Andrzej!

Ich gehe hinunter und bin so erschüttert, dass ich auf Boris trete, der sich natürlich, wie jeder Hund, mitten in den Durchgang legen musste. Ich gehe an Adam vorbei, der mit einer Dose Katzenfutter kämpft, denn die Öse zum Öffnen hat gestern der Teufel geholt, als ich mich mit ihr beschäftigt habe. Adam sieht mich an und runzelt die Stirn.

»Hey, ist irgendetwas passiert?«

»Nein«, sage ich, und dann setze ich mich hin und erzähle ihm die ganze Geschichte von Tosia und dem Unglücksraben, den sie gerade für irgendeinen unbekannten Jakub sitzen gelassen hat. Ja, und ich erkläre Adam, wie schrecklich das ist.

»Ach was, du hättest am liebsten, dass sie gleich heiraten?« Adam öffnet die Dose und schneidet sich in den Finger. »In diesem Alter sammelt man doch Erfahrungen, der Mensch lernt und so weiter. Mach dir keine Sorgen, er kommt schon klar. Und du misch dich nicht mehr ein, sie soll das selbst regeln.«

Immer öfter versteht Adam mich nicht. Außerdem weiß ich genau, was er mit dem »dass sie gleich heiraten« gemeint hat. Natürlich nicht nur Tosia, sondern uns. Das war eine Anspielung. Er wollte mir indirekt klar machen, dass er nie auch nur die Absicht haben wird, mich zu heiraten. Als würde ich das wollen! Nie im Leben würde ich noch einmal heiraten. Niemanden. Erst Hochzeit, und dann trägt man sein Herz im Stützverband und sieht bescheuert damit aus.

*

Verlassene Frauen – ein klasse Buch.

– Wenn dein Partner dich mehr interessiert als andere Menschen,
– wenn du keine Zeit mehr für Bekannte hast,
– wenn du keine eigenen Entscheidungen mehr triffst,
– wenn du ihn anrufst oder beleidigt bist, dass er nicht anruft,
– wenn du denkst, »was wird er wohl dazu sagen«,
– wenn dein Leben sich nur um ihn zu drehen beginnt …

Der Typ kennt mich nicht und hat ein Buch über mich geschrieben. Spioniert er mir nach, oder wie? Das bezieht sich doch alles auf Adam. Das bedeutet, dass er mich verlassen wird. Wenn ich nicht sofort selbstständig werde.

Mein Gott! Endlich hat Ostapko angerufen! Ich saß gerade in der Küche bei einem trist aussehenden Quarkrest mit Konfitüre und sinnierte darüber, wann Adam sich dazu entschließen würde, als das Telefon klingelte. Ich lief ins Wohnzimmer, und auf dem Weg stieß ich mir ordentlich den Ellbogen.

»Bist du es?« Als ich Ostapkos Stimme hörte, machte ich einen Freudensprung. »Hast du deinen Pass?«

»Ich?« Obwohl ich mir vorgenommen hatte, mich über nichts zu wundern – sie hatte mich schließlich gebeten, ihr zu vertrauen –, wunderte ich mich doch.

»Wer denn sonst?«, lachte Ostapko auf, allzu freudig, wie mir schien.

»Ja«, antwortete ich, sehr mit mir zufrieden.

Die Pässe hatten wir uns schon im Februar ausstellen lassen. Adam meinte, wir würden uns ein Leben lang an diesen geplanten Urlaub erinnern. Griechenland oder Zypern, oder Kreta – er weiß, dass ich alles liebe, was sonnig und warm ist und nach Ouzo riecht.

»Dann hör zu.« Ostapkos Stimme klang sehr deutlich. »Marzena hat mich aus Berlin angerufen. Übermorgen will ich zu ihr fahren. Du hast doch deine Meinung nicht geändert? Fährst du mit?«

»Ich?«, entfuhr es mir erneut, und ich verfluchte mich innerlich, zu keiner klügeren Frage fähig zu sein.

»Wer denn sonst?« Ostapko war auch nicht besser als ich. »Schließlich rufe ich dich an. Steigst du nun in das Geschäft ein, oder nicht?«

»Aber so plötzlich?«, stotterte ich und erwähnte nicht einmal Tosia, der eine Fünf in Chemie drohte, und das, wo das Ende des Schuljahres vor der Tür stand, Adam, den ich nur sehr ungern allein lassen würde, die Hunde, die Katzen, die Pflichten, die Arbeit, den Haufen Briefe usw.

»Hör mal, entweder, oder.« Ostapkos Ton verriet jetzt Verärgerung. »Solche Gelegenheiten bieten sich nicht jeden Tag. Ich fahre mit dem Auto, also hast du die Fahrt schon mal für lau. In drei Tagen sind wir wieder zurück, es sei denn, du kannst das Geld nicht bis übermorgen organisieren, dann schlage ich die Sache jemand anderem vor.« Sie hielt inne. »Wenn du nichts zum Investieren hast … dann eben Pech.«

Ich schwieg, obwohl meine Gedanken heftig durcheinander wirbelten. Der Ellbogen tat weh, der Kredit bei der Bank war Schnee von gestern, aber nur, weil ich kein Geld hatte, soll ich mir das Geschäft meines Lebens durch die Lappen gehen lassen? Soll Adam mich verlassen? Soll ich ihm eine Last sein? Soll er Rechnungen bezahlen, bis er genug davon hat? Soll er nie ein besseres Auto fahren, nur weil er eine Frau mit Kind hat? Nein. Ich werde um ihn und meine Zukunft kämpfen. Unabhängigkeit und Selbstständigkeit. Ich werde mich nicht abhängig machen, Tosia hat dieses blödsinnige Buch gerade noch rechtzeitig mit nach Hause gebracht. Ich war auf dem sicheren Weg gewesen, den besten Mann der Welt zu verlieren.

Ich vernahm ein drängendes:

»Also?«

»Weißt du, dein Anruf kam so plötzlich ... ich bin etwas überrascht, aber natürlich, ja.« Aus unerfindlichen Gründen kam mir die Entscheidung ganz von alleine über die Lippen.

»Wie viel kriegst du zusammen?«

»Ich versuche Zehntausend.« Meine Stimme schwankte etwas.

»Das ist nicht viel. Aber wie du willst ... Wir telefonieren morgen, in Berlin schlafen wir bei Marzena, also keine weiteren Kosten, okay?«

»Gut«, sagte ich und hörte nur noch das Klicken des aufgelegten Hörers.

Ich ging in die Küche zurück. Gleich leckte das Schälchen mit meinem Quark aus. Bei meinem Anblick verzog er sich so schnell, dass sogar Boris seinen Kopf vom Napf hob. Ich weiß nicht, warum Ula bei ihren Katzen ein Schälchen mit Quark stehen lassen und ans Telefon gehen kann, ohne sich dabei den Ellbogen an der Regalecke zu stoßen, um nach dem Gespräch in aller Ruhe zu ihrem Quark zurückzukehren. Leider ist so etwas in meinem eigenen Haus nicht möglich. Ich stellte den Wasserkocher an, um das vom lieben kleinen Gleich ausgeleckte Schälchen abzubrühen. Und dann setzte ich mich in die Küche und vertiefte mich in Gedanken.

Würde ich unser Urlaubsgeld in dieses Geschäft investieren, würde es, mit zwei multipliziert, die umwerfende Summe von zwanzigtausend ergeben. Zwanzig – geht man vom schlimmsten Fall aus, das heißt, wenn es sich nur verdoppelt.

Wenn ich anfange, die Angelegenheit mit Adam zu diskutieren, wird es unsere gemeinsame Entscheidung. Und es soll nur meine Investition sein. Das heißt, ich kann mir für einen Augenblick unser gemeinsames Geld ausleihen, ohne Adam etwas davon zu sagen, uns dann schnell diese Zehntausend zurückgeben, den Rest wieder Gewinn bringend investieren, und wir können das Geld zusammen ausgeben. Auf diese Weise liege ich dem Mann nicht auf der Tasche, bin überhaupt nicht von ihm abhängig, und er ist glücklich, dass er eine derart tatkräftige Partnerin hat. Also mich.

Ja. Genau so werde ich es machen.

Es wird nicht einfach, denn wie ich die Männer kenne, wird er gleich quengeln, wieso denn, wozu denn, und warum fährst du jetzt weg, geht das nicht irgendwann später, ich verstehe dich überhaupt nicht, und so weiter. Ich weiß das alles von früher nur zu gut.

Was soll's. Ich bin eine unabhängige Frau, und wenn ich mir etwas vornehme, dann ziehe ich das durch.

Ich fahre

Adam hat nichts dagegen, dass ich fahre! Das hatte ich wirklich nicht von ihm erwartet! Bedeutet das, dass er mich nicht mehr liebt? Ich weiß nicht, was ich davon halten soll. Er hat sich ganz offenkundig gefreut, dass ich den Pergamonaltar sehen würde. Wenn sich die Gelegenheit bietet, dass Ostapko hinfährt und einen Platz im Auto hat, dann natürlich gern! Er hat sogar dafür gesorgt, dass ich etwas Geld mitnehme, denn angeblich ist dort alles billiger. Und es gibt dort Sägeblätter für seine Säge. Von den Zehntausend weiß er nichts. Aber er wird es auch nie erfahren, denn ich werde sie sofort vervielfachen. Ostapko sagt, es sei eine Sache von wenigen Wochen.

Tosia war leider auch überhaupt nicht traurig. Das heißt – ein wenig traurig war sie schon, dass Adam dableibt. Aber dann hat sie mir eine lange Liste erstellt: Socken, so welche wie Karolinas, bunt gestreift, mit Gummizug, Stiefel über die Knie, graue Wrangler mit Schlag usw. Adam meinte wiederum, ich könnte etwas Rotwein mitbringen, weil er da billiger ist, Olivenöl, weil es billiger ist, Cognac, weil er billiger ist, Grappa, weil er billiger ist, und Bohrer … und dann hat er für mich unverständliche Zeichen auf einen Zettel geschrieben, und noch Sägeblätter für die Säge, vierzig Zentimeter, denn bei uns gäbe es zwar vierziger, aber sie hätten keine vierzig Zentimeter.

Ich habe Adam gesagt, er solle Tosia nicht erlauben, abends lange wegzubleiben. Dass, wenn sie sich mit Jakub verabredet, er sie nach Hause bringen soll, und sie um Gottes willen nicht nachts allein mit der Bahn fahren darf. Die Koteletts seien in der Gefriertruhe, das Essen für Boris unter der Spüle, das Futter für die Katzen in dem Schrank neben dem Herd, das Brot im Brotkasten, die Dosenerbsen im Regal, dass kein Käse mehr da sei und wie sie bloß ohne mich klarkämen. Es müsse Waschpulver gekauft werden, die Waschmaschine sollten sie nicht auf Kochwäsche stellen, und sie sollten die Tiere füttern. Und dass Ula kommen würde, um nachzusehen, ob sie zurechtkommen.

Tosia und Adam saßen vor dem Fernseher und hörten mir geduldig zu. Hin und wieder warfen sie ein kurzes »ja« ein, sahen einander an, und ich hatte den Eindruck, sie hielten mich für verrückt.

Als ich dabei war, ihnen zu erklären, wo die Eigentumsurkunde für das Haus sei, falls mir etwas passieren sollte, und die Versicherungen für den Fall einer Überflutung (das nächste Gewässer ist die Weichsel, zweiundzwanzig Kilometer von hier, in Warschau), und dass für den Notfall in der Speisekammer Reis- und Grießvorräte lägen, hielt Tosia es nicht länger aus:

»Fährst du für lange weg, Mama?«, fragte sie unschuldig, aber ich habe genau gesehen, wie sie erst mit Adam einen Blick getauscht hat.

Es genügt, dass man eine Entscheidung trifft und konsequent ist, und schon werden einem Knüppel zwischen die Beine geworfen. Ich bin zu Ula gegangen und habe ihr alles gebeichtet, nachdem ich ihr zunächst den Schwur abnahm, dass sie keinen Ton sagt. Ich habe sie gebeten, nach den beiden zu sehen.

»Entschuldige, für wie viele Tage fährst du?«, fragte Ula unschuldig. »Du bist doch nach Zypern gefahren und hattest keine Angst, Tosia allein zu lassen. Jetzt bleibt sie nicht allein …«

Ja, eben! Diese Ula versteht aber auch gar nichts. Als Tosia allein war, konnte ich mich auf sie verlassen. Jetzt bleibt Adam allein. Und Ula könnte so nett sein, ihn mal einzuladen, damit der Ärmste nicht einsam durch die Weltgeschichte gondelt, wenn ich nicht da bin. Tosia würde sich schon Gesellschaft suchen. Und mir wäre lieber, Adam würde sich keine Gesellschaft suchen.

*

Mein Wochenende in Berlin begann an einem Montag und endete an einem Mittwoch. Ostapko kam mich morgens abholen, es stellte sich heraus, dass wir über Breslau fuhren, weil sie dort etwas zu erledigen hatte. In Breslau ließ sie mich am Markt raus, der wunderschön ist. Ich saß allein über einem leckeren Essen und wartete, bis sie ihre wichtigen Angelegenheiten erledigt hatte.

Nach drei Stunden kam sie völlig außer Atem angerannt. Bis dahin hatte ich von Taubstummen, die Schlüsselanhänger verkauften, einen Metallbären, einen Eiffelturm und einen Ritter erstanden.

»Bist du verrückt geworden?« Ostapko sah angewidert auf meine Anhänger.

Wenn sie drei Stunden dort herumgesessen hätte, hätte sie auch welche gekauft. Wie sollte ich denen denn klar machen, dass ich gerade schon in Schlüsselanhänger investiert hätte, wo sie doch taubstumm waren?

Wir stiegen ins Auto und fuhren los. Ostapko fuhr ruhig, trank sogar Säfte während der Fahrt, aber wir haben nicht viel geredet, weil sie die ganze Zeit übers Handy telefonierte. Auf Deutsch, was ich ja nun ganz und gar nicht kann. Mit Ausnahme eines Ausdrucks, den sie aber einfach nicht benutzte. Nach zwei Stunden bequemer Fahrt halten wir an der letzten Tankstelle in Polen. Ostapko tankt voll, dann gehen wir zur Toilette zwecks Aufbesserung unserer Toilette, dann in den Lebensmittelmarkt, um Lebensmittel zu erstehen, denn man weiß ja nicht, wie lange wir an der Grenze warten müssen, dann in die Bar, um ein Häppchen zu essen. Wir steigen ein und fahren los. Wald. Scheinwerfer, Landstraße. Plötzlich sagt Ostapko:

»Hast du die Zwerge gesehen?«

Mir wird schlecht. Ich sollte den Fahrer nicht aufregen. Aber noch weniger sollte der Fahrer mich aufregen. Und schon gar nicht sollte er sich selbst aufregen.

»Wo?«, frage ich unschuldig.

»Da waren welche.«

»Viele?«

»Viele, ich habe sie nicht gezählt.«

Es ist schlimmer, als ich dachte. Die Landstraße leer, so weit das Auge reicht. Vor uns, in der Ferne, zwei einsame rote Rückleuchten. Wieso wollte ich sie eigentlich begleiten?

»Hast du Hunger?«, frage ich versöhnlich.

»Da, schon wieder!«

»Was schon wieder?« Ich bemühe mich, meine Stimme nicht zittern zu lassen.

»Na, die Zwerge!« Ostapko regt sich auf.

»Vielleicht etwas Saft?« Ich strecke meinen Arm aus.

»Hast du sie gesehen?«, fragt sie. »Hast du sie jetzt gesehen???«

»Natürlich habe ich sie gesehen.« Verrückten soll man nicht widersprechen. Wie komme ich bloß von Berlin wieder zurück? Es werden doch wohl Züge fahren? Im Portemonnaie habe ich, abgesehen von den Zehntausend, nur sechshundert Zloty.

»Nett, nicht wahr?« Ostapkos Stimme klingt ruhig.

»Wundervoll!«, begeistere ich mich.

»Gefallen sie dir?« Ostapko wendet den Blick von der Landstraße ab und sieht mich tadelnd an.

»Eigentlich gefallen sie mir.«

»Ich kann sie nicht ausstehen.«

Oh, Gott, nur heil ankommen.

»Hast du Zigaretten? Ich muss welche kaufen, wir halten noch einmal.«

Ich habe überhaupt nichts dagegen. Meine Beine zittern ein wenig. Ich würde lieber mit Adam fahren. Er sieht keine Zwerge.

»Was bist du so still?«

»Ich?«

Einen Zug, unbedingt einen Zug, wenn wir bloß erst in Berlin wären, der Rest wird schon irgendwie laufen.

»So, hier halten wir.« Ostapko hält, in dem langen Scheinwerferlicht ihres Autos erscheinen eine Bude, Hirsche, Tonvasen und Tausende von Plastikzwergen.

»Zwerge!« Meine Freude kennt keine Grenzen.

»Ich habe dir doch gesagt, dass sie entlang der ganzen Landstraße stehen.« Und wieder sieht mich Ostapko tadelnd an.

Wir kommen an die Grenze. Rechts eine Schlange Lkws, links Pkws. Ostapko bleibt in der Mitte stehen.

»Was machst du?«, frage ich tapfer, denn schon laufen irgendwelche Typen auf uns zu.

»Ich weiß nicht, wo ich mich hinstellen soll«, sagt Ostapko.

»Wie, du weißt es nicht?«

»Ich weiß nicht, ob ich einen Pkw oder einen Lkw habe.«

Mir wird übel. Ich weiß, worin ich sitze, in einem Pkw, einem großen, eleganten Auto der Marke Volvo. Aber ich weiß nicht, worin Ostapko sitzt.

»Ich glaube, es ist ein Lkw«, flüstert Ostapko.

Ich bemühe mich, ruhig Blut zu bewahren.

»Wie kann denn dieser Pkw ein Lkw sein?«

»Weil er ein Gitter hat, wie für einen Hund, verstehst du nicht?«

Gott, hilf!

»Ist das nicht dein Auto?«

»Ach, wo denn!«, regt Ostapko sich auf.

Ich höre zum ersten Mal, dass es nicht ihres ist.

»Es hat kein Gitter«, sage ich ganz leise.

»Vielleicht hat es im Kofferraum eines?«

»Tja, vielleicht.« Ich beschließe, friedfertig zu sein. Irgendetwas stimmt nicht mit ihr.

»Oh, nein.« Entschlossen biegt Ostapko nach links ein. »In diese Schlange stelle ich mich nicht. Ich stelle mich zu den Pkws.«

Klar. Soll sie nur machen, wir werden höchstens erschossen, immerhin tragen die Waffen. Ich beschließe, ruhig zu bleiben, ganz ruhig. Wir fahren über die Grenze. Keiner schießt. Ich tausche das ganze Geld in Euros um. Vielleicht kaufe ich wenigstens die Schuhe für Tosia und dieses Sägeblatt.

Wir sind in Deutschland. Ich werfe einen Blick auf ein großes Schild. *Ausfahrt.* Bestimmt ein sehr netter Ort, nur sieht man ihn nicht.

»Schlafen in Deutschland alle um diese Zeit?«, frage ich vorsichtig, um Ostapko nicht noch mehr aufzuregen.

»Wieso sollten sie schlafen?« Ich merke, dass sie nicht sehr gesprächig ist, also versuche ich, das Thema zu wechseln. »Vielleicht etwas Saft?«

Die Straße vor uns wie vom Reißbrett. Und wieder die Tafel *Ausfahrt.* Aber wir fahren doch geradeaus. Die nächsten fünf Minuten vergehen. *Ausfahrt.* Langsam werde ich unruhig.

»Kennst du den Weg nach Berlin gut?«

»Ja, wieso?«

Nichts, natürlich gar nichts. Wieder vergehen einige Minuten und wieder das Schild *Ausfahrt.* Verzweifelt fasse ich einen Entschluss.

»Halt an!«

»Wozu?«

»Halt an!«

Ostapko fährt auf den Seitenstreifen und stoppt.

»Was ist passiert?«

Ich muss es einfach sagen: »Das ist passiert, du fährst schon seit anderthalb Stunden im Kreis! Als wir nach Deutschland reinfuhren, waren wir einen Kilometer von

Ausfahrt entfernt, und jetzt sind wir schon mehrmals wieder daran vorbeigekommen!«

Ostapko wirft mir einen mitleidigen Blick zu und schmeißt den Motor wieder an.

»An der *Ausfahrt* kann man von der Autobahn runter, es ist kein Ort.«

Ich weiß, Vater, wenn du an meiner Stelle wärst, würdest du Deutsch lernen …

*

Am Dienstag fahren wir durch Berlin und suchen eine bestimmte Firma. Endlich findet Ostapko den Weg auf dem Stadtplan, aus der Ferne sehe ich den Friedensengel, den Bahnhof Zoo, dann fahren wir zwei Stunden lang an Lagerhallen vorbei und halten weitere zwei Stunden kreisend nach einem Parkplatz Ausschau.

»Hast du Geld?«, vergewissert sich Ostapko.

Klar habe ich welches. Unter dem Vorwand, ich wolle meine Papiere verstecken, habe ich Adams Brustbeutel mitgenommen. Und unterdessen befinden sich darin fast zweieinhalbtausend Euro.

Wir steigen eine Metalltreppe herunter. Ganz unten gibt es ein Warenlager. Darin sitzt Franz – der Mensch, mit dem Ostapko Geschäfte macht. Sie überreicht ihm mein Geld, einen Augenblick lang spüre ich Unruhe, aber kurz darauf fügt Ostapko meinen Zweieinhalb ihre Zweieinhalbtausend hinzu. Sie quatschen kurz, Franz drückt mir zum Abschied die Hand, Ostapko blinzelt mir zu.

»So, erledigt.«

Ich weiß nicht, was erledigt ist, ich weiß nicht, welcher

Zusammenhang zwischen dem Warenlager und meinem Geld besteht, aber Ostapko beruhigt mich.

»Keine Angst, du hast doch gesehen, wie sich mein Leben verändert hat. Franz sagt, dass er in drei Wochen das erste Geld schickt, vielleicht werden es dann schon so um die Zweitausend. Freu dich, dass du mich hast. Er investiert einfach gut. Ich erzähle nur ganz wenigen Menschen davon.« Mir bleiben hundertfünfzig Euro. Es reicht für die Schuhe und die brzeszczoty, und das war's. Eigentlich kann ich jetzt nicht anfangen, mir Sorgen zu machen. Alles wird gut.

*

Es ist dunkel, als wir vor Marzenas Haus vorfahren. Die Paul-Robeson-Straße ist komplett zugeparkt. Um halb zwölf nachts fährt Ostapko verzweifelt auf den Bürgersteig.

»Konntest du das nicht früher machen?«, frage ich schüchtern.

»Konnte ich nicht, weil sie falsch parkende Autos abschleppen.«

Ich frage nicht weiter. Ich weiß nicht, warum sie vor zwei Stunden abschleppten und man jetzt auf dem Bordstein stehen darf. Ist nicht mein Problem. Morgen fahren wir zurück. Wir machen nur im Zentrum ein paar Einkäufe, und ab nach Hause. Ich habe heute angerufen, aber keiner ist drangegangen. Ich weiß nicht, wo sich Tosia herumtreibt, oder warum Adam um diese Zeit nicht zu Hause ist.

Am nächsten Morgen trägt Ostapko unzählige Pakete

aus Marzenas Wohnung. Wir müssen dreimal mit dem Aufzug fahren.

»Was ist das?«

»Sie hat mich gebeten, es ihren Eltern zu bringen, irgend so ein Zeug …«, sagt Ostapko.

Als wir voll gepackt aus Marzenas Haustür kommen, laufen wir direkt auf *Polizei* zu. Hinter *Polizei* steht ein sehr schönes Auto mit einem Kran. *Abschleppdienst*. Zum Abtransport falsch geparkter Autos. Das Gespräch – nicht von mir geführt, klare Sache, ich kann ja keinen Piep Deutsch – nützt nichts. Hundertdreißig Euro futsch. Ostapko hat keinen Cent mehr, ich zahle. Obwohl sie noch nicht einmal die Seile befestigt haben, um den Wagen an den Kran zu hängen. Ich glaube sowieso nicht, dass sie das gemacht hätten. Aber während sie den Strafzettel ausstellen, legen sie die Seile an ein anderes Auto. Es dauert sechzig Sekunden. Mein Gott, die Deutschen sind wirklich bestens organisiert. Sie geben uns den Strafzettel und rufen noch ein freundliches »Tschüs« über die Schulter. Gut, dass Adam nicht dabei ist, er hätte sich aufgeregt.

Das Gepäck passt nicht in den Kofferraum. Wir stopfen die Taschen auf die Rückbank. Es ist elf, als wir mit dem Packen fertig sind. Wir können losfahren. Ich schlage die hintere Tür zu und setze mich nach vorne. Endlich! In die gute alte Heimat!

Ostapko lauscht. Irgendetwas rauscht leise.

»Was ist das?«

»Ich weiß nicht. Wir müssen irgendetwas gedrückt haben.« Wir erstarren. Von hinten dringt ein leises Summen hartnäckig an unsere Ohren. Ostapko dreht den Schlüssel um, aber sogar durch das Motorengeräusch hört man das Surren. Sie macht den Motor wieder aus und drückt alle Knöpfchen.

»Verdammt, ich kenne mich mit diesem Auto überhaupt nicht aus.« Ich noch viel weniger. Ich steige aus, öffne die hintere Tür. Ich beuge mich über die Sitzbank. Das Rauschen kommt eindeutig von hier.

»Vielleicht habe ich die Sitzheizung angemacht?« Ostapko kommt aus dem Staunen nicht heraus. »Der Motor ist doch vorne.«

Wir sehen nach, der Motor ist vorne. Aber es summt hinten.

»So können wir nicht fahren. Ich weiß nicht, was das ist.«

»Mein Gott!« Allmählich rege ich mich auf. »Mach etwas! Ich habe Angst, ins Auto zu steigen. Vielleicht fliegen wir in die Luft? Was ist in diesen Paketen?«

Ostapko kommt nach hinten. Wir holen alle mühevoll verstauten Taschen wieder heraus. Im Heck, neben dem Aschenbecher, brennt ein kleines rotes Lämpchen. Da steht 16 V.

»Was ist das?«, frage ich vorsichtig.

»Ich habe keine Ahnung.«

Wir lauschen. Das Lämpchen brennt, aber es rauscht nichts mehr. Wir laden die Taschen wieder ein. Es ist zwölf. Es beginnt zu rauschen.

»Vielleicht sollten wir in eine Werkstatt fahren?« Meine Hände zittern. »Vielleicht ist es eine Bombe?«

Wir laden die Taschen wieder aus. Es hört auf zu rauschen. Zwölf Uhr dreißig. Wir laden alles wieder ein. Wir sind verschwitzt, müde, und hinten beginnt es wieder zu rauschen. Ostapko klettert auf die Pakete. Sie greift nach dem Reißverschluss ihrer Tasche und zieht ihn auf. Sie holt eine elektrische Zahnbürste heraus, die wie verrückt rotiert. Sie drückt auf den Knopf. Das Rauschen verstummt.

Wir steigen ins Auto, und schweigend verlassen wir Berlin. Für zwölf Euro kaufe ich in einem Supermarkt zwei Flaschen Olivenöl, zwei Flaschen billigen Weißwein für Adam und ein Peeling für Tosia.

Ein großes Schild: *Ausfahrt*. Ich mache mir keine Sorgen. Reisen bildet. Mir wird klar, dass ich zum ersten Mal, seit Adam in meinem Leben aufgetaucht ist, ein Wagnis eingegangen bin. Ich habe etwas für uns getan, eigenhändig. Ich muss mir keine Sorgen machen. Hürden sind dazu da, sie zu überwinden. In drei Wochen fließt das erste Geld aufs Konto. Und dann hauen wir auf den Putz. Wer weiß, vielleicht fahren wir mal zum Shoppen nach Berlin? Und uns diesen Pergamonaltar ansehen, und Tosia bekommt von mir die Schuhe, die sie haben will.

Und die Zahnbürste? Ich hätte das alles nicht ausgehalten, wenn ich mich nicht beizeiten daran erinnert hätte, wie ich einmal, vor langer, langer Zeit den Notdienst der Gaswerke gerufen habe, weil bei mir zu Hause Gas entwich. Es stank furchtbar, und der von Jola war gerade ausgeflogen. Der Notdienst kam in Form zweier gut aussehender Männer. Sie haben den Gestank tatsächlich auch wahrgenommen. Nach drei Stunden der Suche undichter Stellen, die Nase über dem Boden, fanden sie im Schrank eine Mandarine, die die dreijährige Tosia vier Monate zuvor dort versteckt hatte. Die Mandarine war violett und konnte laufen.

So schlimm war es also diesmal gar nicht.

Ich bin zurück

Ach, wie gern bin ich zu Hause! Tosia war etwas enttäuscht von der Creme, Adam hat mich herzlich geküsst und gar nicht nach den brzeszczoty gefragt. Leider sind sie ohne mich bestens klargekommen. Die Wohnung sauber, die Tiere gefüttert, Boris weicht nicht von meiner Seite, und ich weiß nicht, was das heute Nacht gibt, denn der Himmelblaue und ich haben andere Pläne, als zusammen mit dem Hund zu schlafen. Tosia hat mich misstrauisch gefragt, wieso ich ihr keine Schuhe gekauft hätte. Ich habe ihr versprochen, dass sie bald schon geniale Schuhe haben würde, und zwar nicht nur ein Paar!

*

Kaum dass ich mich versah, war es schon Juni. Heiß wie auf Hawaii. Tosia macht nächstes Jahr Abitur, aber ihre Noten lassen viel zu wünschen übrig.

Meine Mutter hat angerufen und gesagt, dass Tosias Noten viel zu wünschen übrig ließen, obwohl, wenn sie sich recht erinnere, meine Noten vor dem Abitur auch viel zu wünschen übrig ließen.

Mein Vater hat angerufen und gesagt, dass er natürlich erwartet hätte, dass solche Noten auf Tosias Zeugnis stehen würden, denn sie sei ja nach mir geraten, und wenn er an meiner Stelle wäre, würde er dafür sorgen …

Ich begann die Meinung zu vertreten, dass Tosia bei dem Zeugnis gar nicht so schlecht abschneiden würde. Bis zum Abi blieb noch ein ganzes Schuljahr, und sie würde Zeit haben, noch etwas zu lernen. Ich weiß nicht, warum sie dieses Kind nicht in Ruhe lassen.

Heute bin ich früher nach Hause gekommen. Eine Entlassung in der Redaktion, wegen Umstrukturierung. Schon die dritte in diesem Jahr. Es ist ein Wunder, dass der Chef nicht ausgewechselt wird. Gut, dass es einen konstanten Mann in meinem Leben gibt, und wenn es nur der Chef ist. Unterwegs habe ich Quark, Schnittlauch und Radieschen gekauft und beschlossen, zum Hausmütterchen zu werden und dass wir einen gemütlichen Abend beim Scrabble verbringen. Heute kommt Szymon zu uns, morgen nimmt Adam ihn und Tosia mit nach Naleczów. Ich bleibe zu Hause und werde mich endlich von den mit dem Ende des Schuljahres verbundenen Anspannungen erholen (kaum zu glauben, dass ich, als ich mit der Schule fertig war, dachte, nie wieder etwas damit zu tun zu haben!), von der Umstrukturierung in der Redaktion und von dem Stand der Geschäfte mit Ostapko, die nota bene letzte Woche anrufen sollte, was sie nicht getan hat. Ich werde einen Plausch mit Ula halten, oder vielleicht sollte ich überhaupt einen Damenabend machen? Vielleicht sollten wir Renia und Manka einladen? Es geht nichts über Damenabende. Mit einem Mann lebt es sich doch ganz anders. So eine Renia zum Beispiel, die kommt auf einen Sprung vorbei und sagt immer etwas Interessantes, wie etwa:

»Du musst deine Haut pflegen, die Haut ist ein Schatz, glaube mir, wenn du heute noch etwas unternimmst, dann kannst du die Zeit überlisten!« Und daraufhin holt sie irgendwelche genialen Cremes aus der Tasche.

Adam redet dagegen nie von Cremes und davon, die Zeit zu überlisten. Frauen brauchen andere Frauen, die ihren Mann stehen.

Als ich heute nach Hause komme, hat mich kein Schwein begrüßt. Alle ausgeflogen, weiß der Teufel, wohin. Kein Zettel, keine Nachricht – nichts. Ich mache mich daran, Schnittlauchquark vorzubereiten. Zugegeben, das ist kein Kunststück, in keinem mir bekannten Haus, außer in meinem natürlich. Mit dem Quark habe ich ein Problem. Tosia mag Schnittlauchquark ohne Schnittlauch, dafür aber mit Basilikum und einer Spur Knoblauch. Das frische Basilikum habe ich vergessen. Adam mag Schnittlauchquark, unter der Bedingung, dass auch ein paar Radieschen darunter sind und etwas Gurke, die ich vergessen habe, und Knoblauch ist auch nicht da. Szymon ist alles egal, aber am besten wäre, wenn es nur Schnittlauch gäbe, denn Quark mag er nicht. Ich stand also in der Küche vor drei Schälchen und überlegte, auf welche Art andere Frauen die Wünsche ihrer Familien erfüllten. Wenn meine Familie von Anfang an existiert hätte, das heißt, wenn Adam mein Mann und Tosias Vater wäre, und Szymon auch unser Kind, hätte ich dann jetzt vielleicht nur ein Schälchen vor mir, in das ich in aller Ruhe Schnittlauch schneiden würde, um anschließend den Quark und Sahne dazuzugeben? Ob ich mir dann keine Gedanken machen müsste, wer was mag?

So über meinen Schälchen brütend, fand mich Renia vor, die auf einen Sprung hereinkam, weil sie mich am Küchenfenster hat stehen sehen. Ich habe flugs meine Zweifel mit ihr geteilt, was Renia kurz quittierte:

»Du bist doch bescheuert. Wenn du Adams Frau wärest, dann wärest du es jetzt nicht mehr, weil du dich hast scheiden lassen. Außerdem hättest du Szymon mit siebzehn bekommen müssen. So blöd warst du doch nicht! Aber natürlich solltest du dir Zeit für dich nehmen, Männer mögen Veränderungen!«

Von Renias Worten wird mir manchmal schwindelig. Wir haben einen Tee getrunken – sie meinte, es sei alles nicht einfach, oh nein, vielmehr schwer, sehr schwer, wonach sie in ihren Jeep gestiegen ist, und dann war nur noch das Quietschen der Reifen zu vernehmen.

Also ging ich zu Ula, um getrocknetes Basilikum zu holen. Vielleicht würde Tosia es ja nicht merken. Ula stand vor einer mickerigen Hühnerbrust und grübelte, wie sie daraus ein Mittagessen für vier Personen zaubern sollte. Krzys war nicht da, weil er mit Adam Tennis spielte. Schon wollte ich in Selbstmitleid zerfließen, dass mir niemand die Partie Tennis vorgeschlagen hat, aber gerade rechtzeitig konnte ich mich noch erinnern, dass ich ja gar nicht zu Hause gewesen war. Tosia trieb sich mit Ulas Töchtern, Agata und Isia, im Schwimmbad herum, und sie sollten seit einer Stunde zurück sein. Ula erschien jedoch mehr von der Unmöglichkeit einer Hühnerbrustvermehrung bedrückt als von der Tatsache, dass die Mädchen zu spät dran waren. Ich riet ihr, die Hühnerbrust in ganz dünne Streifen zu schneiden, eine Dose Erbsen aufzumachen und noch drei, vier Möhren in die Pfanne zu werfen. Danach wird diese wundervolle gebratene Hühnerbrust samt Beilagen mit Sahne, Sojasoße und scharfen Gewürzen übergossen, man gibt etwas Reis dazu, und schon hat man wirklich Essen satt für sechs Personen. Ulas Gesichtsausdruck hellte sich auf, wir brieten schnell die Hühnerbrust an, und tatsächlich, sogar nachdem wir zwei Portionen aufgegessen hatten, blieben immer noch mindestens acht übrig. Dann hat Ula mir das Basilikum gegeben, und ich ging zu mir, um weiter Schnittlauchquark vorzubereiten.

Durch das Fenster betrachtete ich meine Sträucher am Weg zum Gartentor, meine kleine Berberitze war endlich, nach zweijährigem Düngen, zum Leben erwacht, der Rasen begann, einen englischen Rasen zu mimen (Rasenmäher plus Adam), und der wilde Wein ist auf das Scheunendach geklettert und würde es vielleicht noch dieses Jahr verdecken. Die Scheune ist formlos und hässlich. Wenn die Geschäfte gut laufen, bauen wir uns eine neue. Oh, Ula hat beschlossen, Dasza durch die Felder zu führen. Sie versuchen gerade, ihrem Hund beizubringen, seine natürlichen Bedürfnisse nicht im Garten zu erledigen, denn Krzys hat vor drei Wochen neuen Rasen gesät. Der vom letzten Jahr ist in Kreisen gewachsen – leider jedoch kein Zeichen von UFOs, was unserem Dorf unbestritten besondere Merkmale verliehen hätte, sondern Ergebnis davon, dass ihn Schädlinge anknabberten.

Als Erster kam Szymon und verkündete, er habe schon gegessen. Dann kam Adam, der sofort unter der Dusche verschwand und uns von dort aus zurief, dass er eben wunderbares Huhn mit Reis bei Krzysiek gegessen habe, und ich solle mir doch mal das Rezept von Ula geben lassen, und er hätte gedacht, ich sei noch nicht zu Hause. Schließlich kam Tosia, steckte den Finger in den Quark und verzog das Gesicht:

»Oje, mit getrocknetem Basilikum ...«

Ehrlich gesagt, kostete es mich den ganzen Abend einiges an Anstrengung, vorzugeben, wie unglücklich ich sei, am Wochenende zu Hause bleiben zu müssen. In der Tiefe meiner Seele werde ich verrückt vor Glück. Guter Gott, mutterseelenallein zu Hause! Endlich! Ich werde mir eine Erdbeermaske auflegen und so lange in der Wanne liegen, wie ich will! Mit Pfirsichöl. Bestimmt kommt Ula vorbei, und wir werden ohne die besserwisserischen Männer Scrabble spielen! Ich werde in aller Ruhe meine Beine mit Adams Nassrasierer bearbeiten können, weil der besser ist. Und auf Reisen nimmt er immer seinen elektrischen mit. Ich werde blöde Bücher lesen, die ich neben ihm nicht lesen kann, weil er sagt, sie seien blöd. Ach, was für ein wundervolles Wochenende! Ich werde nichts tun müssen! Ich werde kein Mittagessen machen und nicht Staub saugen. Ich werfe mir die Kissen auf die Liege und faulenze und faulenze, bis ich genug habe!

Am Morgen steckte Tosia ihren blonden Schopf unter den Wasserhahn und aß den Quark mit dem getrockneten Basilikum auf, Adam und Szymon wuschen das Auto vor der Fahrt, was mich zutiefst erstaunte, denn es würde unterwegs doch ohnehin wieder dreckig, schließlich stiegen alle drei ein, verschwanden in der Ferne, und ich atmete aus voller Brust durch. Ich winkte ihnen am Tor nach, dann legte ich mich mit einem köstlichen Brötchen und Adams Quarkrest wieder ins Bett, Boris sprang hinterher, schaufelte Tonnen von Sand auf das Laken, und ich machte mich, mit dem Brötchen freudig vor mich hinkrümelnd, an die Frauenliteratur in Form einer unkomplizierten, dafür farbenfrohen Zeitschrift, die ich nun nicht länger vor Adam verstecken musste. Ich begann mit dem Horoskop, das bei ihm ein etwas säuerliches Schmunzeln hervorruft. Hier ist, was ich zu lesen bekam:

»Nimm dir Zeit für dich, ein netter Spaziergang nach dem Hausputz wird dir gewiss gut tun. Vermeide Konflikte mit deinen Nächsten, versuche, verständnisvoll zu sein. Es erwarten dich interessante Menschen und spannende Ereignisse, und es hängt allein von dir ab, wie du das Wochenende verbringst.«

Mach dir keine Umstände

Die Krümel drücken mich allmählich. Im Bett zu essen hat nicht mehr den Charme wie früher. Hinter dem geöffneten Fenster schrien die Vögel, und am Fußende spürte ich Sand. Ich schleppte mich aus dem Bett und jagte Boris in den Garten. Ich stopfte die Bettwäsche in die Waschmaschine und beschloss, den Tag im Einklang mit der Natur zu verbringen und Konflikte mit meinen Nächsten zu vermeiden, die schon weit weg waren und keinen Einfluss mehr auf meine Entscheidungen haben konnten.

Und da rief Miska an. Miska, eine Frau über dreißig, ist zusammen mit ihrem Mann nach Posen gezogen und lebt dort glücklich. Von Zeit zu Zeit haben wir uns geschrieben, doch dann starb der Briefwechsel eines natürlichen Todes, obwohl ich ehrlich zugeben muss, dass wir uns sehen, wann immer sich die Gelegenheit bietet. Zuletzt so vor drei Jahren.

Sollte ich eine Person nennen, die überhaupt keine Umstände machen will – dann würde mir sofort Miska in den Sinn kommen. Ach, ist das angenehm, die Zeit mit so einem Menschen zu verbringen. Sie gibt nach, will nicht streiten, sich nicht durchsetzen, macht keinen Aufstand – das reinste Vergnügen. Ich freute mich, denn

Miska fragte, ob sie hereinschauen dürften, da sie nach Warschau kämen.

»Wie wundervoll«, rief ich aus. »Ich hole euch vom Bahnhof ab!«

»Auf gar keinen Fall!«, riefen beide in den Hörer. »Sag uns nur, wie wir fahren müssen, und es geht alles klar, mach dir keine Umstände.«

»Das sind überhaupt keine Umstände, sagt mir nur, wann ihr ankommt.«

»Das kommt überhaupt nicht in Frage, zumal wir nicht wissen, wann wir eintreffen!« Miskas Stimme verriet Aufregung. »Mach dir wirklich keine Umstände, wir sind erwachsen, wir finden das schon!«

»Ihr kennt doch den Weg hierher gar nicht!«

Letztendlich machten wir aus, dass sie entweder am frühen Nachmittag, oder auch am späten, kämen, vielleicht mit dem Zug, aber eher mit dem Auto, es würde schon alles klappen, doch bestimmt würden sie über Warschau fahren, denn sie wollten in die Masuren. Ich habe ihnen erklärt, wie man von Warschau zu mir fährt, und gefragt, was sie gern essen.

»Bitte, du brauchst doch keine Rücksicht auf uns zu nehmen, Essen ist doch nicht das Wichtigste! Das Wichtigste ist, dass wir uns sehen!«

Ich legte auf und geriet in Panik. Ich habe keine Ahnung, womit ich zuerst anfangen soll, es ist zwar noch früh an diesem heiteren Morgen, aber ich bin überhaupt nicht auf Gäste vorbereitet! Der Kühlschrank gähnend leer und das Haus charmant unaufgeräumt. Ich stürzte ins Bad und begann, hastig zu putzen. Es stellte sich heraus, dass es im ganzen Haus keine saubere Bettwäsche mehr gab, also steckte ich alles, was sich kochen ließ, in die Waschmaschine. Wenn den ganzen Tag die Sonne scheint, wird es gerade rechtzeitig trocken. Ich holte den Staubsauer heraus und warf die Teppiche auf die Terrasse. Ula und Krzysiek saßen vor ihrem Haus. Sie tranken ihren Morgenkaffee.

»Was ist denn mit dir los?« Krzys kam sogar an den Zaun. »Weißt du, wie spät es ist?«

Die Stunde war frühmorgendlich, aber die Panik schwappte in einer immer größer werdenden Woge über mich.

»Fahrt ihr zum Markt?«, fragte ich flehend.

»Ula, fährst du mit Jutka zum Markt?«, rief Krzys in Richtung seiner Terrasse.

»Was ist denn passiert?« Ula sah entsetzt aus. »Du wolltest doch faulenzen ...«

»Ich kann nicht«, stöhnte ich. »Ich bekomme Besuch.«

Ula nahm die Dinge wie immer in die Hand.

»In zehn Minuten bin ich fertig«, sagte sie und entfernte sich würdevoll, hinter ihr trippelte Oje, bei dessen Anblick niemand mehr »oje!« rief, denn sein Fell war nachgewachsen, Ula bürstete ihn, und er war wieder ein normaler, wunderschöner, grauer Perser. Der sich wie ein Hund benahm.

Ich lieh mir zweihundert Zloty von Renia, um meine Gäste würdevoll und mit der ganzen altpolnischen Gastfreundschaft speisen zu lassen. Ich kaufte Putenfleisch, einen Lummerbraten, Pflaumen, Tomaten, Petersilie und Dill, Kartoffeln und guten, kalifornischen Wein. Ich machte eine Putenroulade, briet den Lummer mit den

Pflaumen, es war zum Fingerschlecken, der Eisbergsalat stand gewaschen im Kühlschrank, die Brötchen für das Sonntagsfrühstück waren sichergestellt, die Flasche Weißwein lag gekühlt da, und ich stürzte mich unterdessen wieder in den Hausputz. Gegen vier stürmte ich die Dusche, todmüde, ich ging auf dem Zahnfleisch, aber das Haus glänzte, schließlich konnten sie jeden Augenblick eintreffen. Warten.

Um sieben Uhr abends fragt Ula über den Zaun, ob ich nicht zu ihnen rüberkommen will. Nein, ich komme nicht rüber, weil ich warte. Sie können jeden Augenblick da sein, immerhin ist es ja schon fast Abend. Ich bin doch allein zu Hause, keiner würde ihnen die Tür öffnen. Also warte ich.

Um halb zwei nachts gelangte ich zu dem Schluss, dass sie wohl nicht mehr kommen würden, und legte mich schlafen. Ich schlief nur ein paar Stunden, denn schließlich könnten sie ja morgens eintreffen, also muss ich früh auf den Beinen sein, um das Zimmer zurechtzumachen, das ich für sie vorgesehen hatte, das Bett zu machen, das ich für die Nacht aufgeschlagen hatte, und überhaupt alles nett herzurichten. Ich richtete alles nett her, gegen elf machte ich mir Frühstück und wartete. Ich schaltete den Fernseher ein, aber sie zählten gerade auf, wer wo geschnappt worden war, und was die Geschnappten Böses getan hatten, also schaltete ich den Fernseher wieder aus und machte mich an die Vorbereitungen fürs Mittagessen. Kartöffelchen für drei Personen, den Lummerbraten in den Ofen, Salatsoße – französisch, mit Knoblauch. Um vier Uhr nachmittags lief ich die Wände hoch. Vielleicht irren sie durch die Gegend? Vielleicht ist was mit dem Auto? Vielleicht hat mein geliebter Nahverkehrszug heute einen Defekt, und sie sitzen drin?

Ich ging zur Station – die Bahn fuhr. Um halb sechs abends habe ich ein Stückchen Lummerbraten mit Brot gegessen, weil ich mich vor Hunger wand. Um sieben sah ich mir in meiner Verzweiflung die Gutenachtgeschichte und die Nachrichten im Fernsehen an, um etwas über Zugunglücke beziehungsweise Autounfälle zu erfahren. Es gab einige davon. Um acht hörte ich mir den Wetterbericht an. Ich dachte an die Nummer der Unfallzentrale, aber ich wusste nicht, ob sie mit ihrem wunderschönen weißen Nissan unterwegs waren oder nicht. Um neun machte ich die Betten, und um zehn ging ich kurz zu Ula rüber, um aufzuhören mich aufzuregen.

»Dich sieht man überhaupt nicht mehr. Gut, dass Adam ab und zu wegfährt«, sagte Krzys und erinnerte mich damit daran, dass ich eine abhängige Frau war.

Just in dem Augenblick fuhren sie vor. Mit dem Auto. Sie blieben vor dem Tor stehen und hupten intelligent. Wir stürzen einander in die Arme, ich führe sie in ihr Zimmer.

»Aber du bist ja wohl verrückt geworden, dir solche Umstände zu machen!«, rufen sie aus.

Sie ziehen die Betten ab, holen Schlafsäcke raus und legen sie auf die Matratze. Sie wollen sich nur ein wenig frisch machen, die Reise sei furchtbar gewesen, das Essen miserabel, ich stürze in die Küche, setze die Kartoffeln auf und mache den Lummerbraten warm, gieße die Soße über den Salat, sie plantschen noch im Bad, ich decke den Tisch, Wein, Kerzen und all diese Dinge.

»Warum hast du dir so viele Umstände gemacht!«, stöhnen beide auf, als sie aus dem Bad kommen. Sie blütenfrisch, er rasiert. »Wozu? Wir haben in Warschau gegessen, Artur isst überhaupt kein Fleisch, wenn Alkohol, dann nur Wodka, das ist nicht so schädlich für die Leber, ha ha, kümmere dich gar nicht um uns. Wir haben einen halben Liter im Auto.«

Ich trage den Braten herein, die Kartoffeln, den Salat, die Putenroulade sieht fantastisch aus. Ich bin stolz auf mich, ich weiß jetzt, dass sie nicht ganz dicht sind, aber schließlich hatten sie ja erklärt, dass sie keinerlei Ansprüche stellen würden, um mir keine Arbeit zu machen, also beschließe ich, mich zu freuen.

»Aber wofür denn das alles? Wir haben dir doch gesagt, dass wir überhaupt keinen Hunger haben. Vielleicht nur etwas Salat.«

Ich richte den Salat an, trage die Roulade raus.

»Ach, mit Knoblauch, dann darf ich nicht. Hast du nicht zufällig etwas Vinaigrette?«

Ich gehe in die Küche, bringe das Schüsselchen mit dem restlichen geputzten Salat, stelle Öl, Zitrone, Salz, Pfeffer auf den Tisch.

»Ach, an Öl hast du nur so welches? Wir mögen lieber neutraleres Rapsöl, nein, dann danke, aber mach dir keine Umstände, setz dich hin, wieso rennst du so hin und her?«

»Vielleicht einen Tee?«

Ich möchte wirklich gastfreundlich sein.

»Oh, Tee gern, gern, Tee steht uns nach so einer langen Fahrt zu, ha ha.«

Ich setze Wasser auf. Ich warte über dem elektrischen

Wasserkocher, die Teekanne steht bereit, die Tassen auch. Ich hole den Tee.

»Schwarzer? Oje, wir trinken nur grünen, aber das macht nichts. Dann nehmen wir Wasser. Heißes Wasser.«

Ich laufe und hole Wasser.

»Hast du nur Leitungswasser? Brunnenwasser ist besser, aber das macht nichts. Hast du vielleicht Mineralwasser?«

»Habe ich.«

Ich gehe in die Küche, hole die letzte Flasche Sprudel heraus.

»Oje, mit Kohlensäure?«

»Nein, ohne.«

»Sieht aber aus wie mit, nicht wahr? Wieso setzt du dich eigentlich nicht mal, man kann ja kein Wort mit dir reden. Ich glaube, im Auto haben wir von der Fahrt noch einen Rest stilles, Artur, spring doch bitte mal, und du mach dir mal keine Umstände, Judytka.«

Artur springt zum Auto, um das stille Wasser zu holen.

Die Kartoffeln mit Dill dampfen auf dem Tisch.

»Du isst Kartoffeln?« Miska ist höflich, ich dagegen bin hungrig. »Wir essen nämlich hauptsächlich Graupen. Am besten ist langkörniger dunkler Reis. Ach, freue ich mich, dass wir uns sehen!«

»Ich auch.« Ich nehme mir Kartoffeln und Salat.

»Wir wollten dir keine Umstände machen, also haben wir wirklich noch schnell etwas gegessen, unmittelbar bevor wir in Warschau losgefahren sind. Nur der Weg zu dir ist schwer zu finden, eigentlich wollten wir schon gestern hier sein, aber dann wären wir abends angekommen, und da wollten wir dir keine Umstände machen. Also, auf dein Wohl!«

Ich trage den Lummerbraten und die Kartoffeln in die Küche, die Putenroulade bleibt unberührt, der Wodka fließt in Strömen, denn sie trinken nur Wodka. Ich setze den Korken wieder auf die Weinflasche, vielleicht behält er ja bis morgen sein Aroma.

»Wir wollen ja keine Umstände machen, aber könnten wir den Wagen etwas näher ans Haus stellen?«

Näher am Haus habe ich Rosen und Spiersträucher.

»Miska, ich habe da aber Rosen und Spiersträucher stehen«, antworte ich mutig, denn schließlich habe ich als Briefe beantwortender Mensch ja einen Kurs in Durchsetzungskraft hinter mir.

Liebe Frau Ala,
Durchsetzungskraft ist die Fähigkeit, die eigene Meinung auszudrücken, ohne die Gefühle anderer Menschen zu verletzen, die Fähigkeit, die eigene Meinung auf unaggressive Art zu verteidigen …

»Ach, Artur wird aufpassen, aber wenn es ein Problem ist, dann natürlich auf keinen Fall … Er kann ja schließlich am Tor stehen …«

»Na, dann lassen wir ihn vielleicht da stehen, das Tor schließe ich nachts sowieso ab.«

Miska läuft rot an.

»Natürlich, wenn es dir etwas ausmacht, dann natürlich … obwohl ich nicht richtig schlafen kann, wenn ich weiß, dass der Wagen nicht sicher steht.«

Da erfahre ich, dass sie keine Diebstahlversicherung

abgeschlossen haben. Ich bin gastfreundlich, also fährt Artur nahe ans Haus. Bis etwa dreißig Zentimeter vor meine Spiersträucher. Wir legen uns schlafen. Ich schlafe einige Stunden wie tot. Ganz früh weckt mich Miskas leise Frage:

»Judytka, schlaf weiter, sag mir nur, wo hier ein Laden ist, dann holt Artur Brötchen.«

»Ich habe Brot da«, murmele ich und schleppe mich aus dem Bett. Mein Kopf zerspringt.

»Aber wir essen nur Schrotbrötchen …«

Kein Problem, ich schließe das Tor auf, Artur setzt zurück, fährt einen Spierstrauch platt, bleibt stehen, entschuldigt sich, ich winke ab, soll er doch endlich fahren, er überrollt die winzige Berberitze, die gerade beschlossen hatte, doch nicht einzugehen.

Ich gehe ins Bad. Ich drehe den Hahn auf und träume von einer wundervollen, ausgiebigen Dusche. Es klopft. Ich stelle das Wasser ab, öffne die Tür einen Spalt breit. Miska hat einen entschuldigenden Gesichtsausdruck. Sie möchte mich nicht stören, aber in der Küche sei etwas passiert. Ich wickele mich in ein Handtuch, um zu sehen, was passiert ist. Die Klappe vom Kühlfach ist abgerissen.

»Ich dachte, du hättest Eis«, sagt sie, und ihre Augen entschuldigen sich. »Denn morgens trinke ich nur Saft, Saft mit Eis. Ach, der Wodka gestern …«

Ich hole das Eis heraus, versuche, etwas mit dem Kühlschrank zu unternehmen. Es gelingt mir nicht.

»Kann ich ein Bad nehmen?« Miska geht ins Bad. »Ich bin so fertig.«

»Natürlich.« Ich zeige ihr, wo der Badeschaum steht und ziehe mich an. Wenn Miska ein Bad nimmt, dann war's das mit dem Duschen. Das Wasser in der Therme wird ein paar Stunden brauchen, bis es wieder heiß ist.

Sie fahren am Vormittag ab, weil sie keine Umstände machen wollen, sie werden sich unterwegs etwas zu Essen kaufen, und es war schrecklich nett. Ich bleibe allein mit der Roulade, dem Lummerbraten und den Kartoffeln von gestern.

Ich lasse mich in den Sessel plumpsen und greife nach der bunten Illustrierten.

»Nimm dir Zeit für dich, ein netter Spaziergang nach dem Hausputz wird dir gewiss gut tun. Vermeide Konflikte mit deinen Nächsten, versuche, verständnisvoll zu sein. Es erwarten dich interessante Menschen und spannende Ereignisse, und es hängt allein von dir ab, wie du das Wochenende verbringst.«

Bin ich froh, dass ich Konflikte mit meinen Nächsten vermieden habe, die glücklicherweise nach Naleczów gefahren sind. Und ich will, dass sie wiederkommen. Mit Freude werde ich drei Schälchen unterschiedlichen Quark zubereiten. Sollen sie mir doch Umstände machen. Ich könnte schwören, dass Miska und Artur ganze zwei Wochen hier gewesen sind! Deshalb kam ich im ersten Augenblick zu dem recht kühnen Schluss, dass ich einen schlechten Charakter habe. Später dann änderte ich meine Meinung über mich. Denn ich mag Menschen wirklich. Aber lieber die, die Umstände machen wollen.

Und eigentlich hätte ich jetzt gern Gäste, die welche machen. Solche, die anrufen und sagen: »Hör mal, komm uns am Bahnhof abholen, wir essen kein Fleisch, weil wir Vegetarier sind. Kauf uns Schrotbrötchen und Magerquark. Wir müssen das Auto nahe am Haus abstellen, ist da Platz?«

Dann werde ich mit Freude die Berberitzensträuchlein umpflanzen, einkaufen fahren, werde mich in ihrer Gegenwart gesund von Graupen oder irgendetwas Langkörnigem ernähren, und sie werden meine Gastfreundschaft schätzen. Und Adam wird nicht lachen, wenn ich ihm erzähle, was für Gäste ich hatte.

Wieso ruft sie nicht an?

Im Juni ist der Garten göttlich. Es gab ein paar Regentage, und alles Grünzeug hat einen Satz von mehreren zehn Zentimetern gemacht, während das Gras wieder nach dem Rasenmäher verlangt, aber in dem ganzen Dickicht kann man dennoch die dicken Blätter der Yucca in die Höhe schießen sehen. Sie wird blühen, obwohl alle Nachbarn behaupten, eine Yucca würde nur dann blühen, wann es ihr gefällt, und nur, wo es ihr gefällt. Offenbar gefällt es ihr bei mir. Gestern war meine Mutter da. Beim Anblick des Unkrauts in meinem Steingarten seufzte sie schwer, und dann hat sie alles gejätet. Das Burzelkraut wird in diesem Jahr wunderschön, die fleischigen Stängel sind dick und dicht. Irgendwie weiß ich nicht so recht, wohin mit mir. Ostapko ruft nicht an, dabei sollte sie anrufen und mir Bescheid geben, wie es mit unserem lukrativen Geschäft weitergeht. Ich verstecke gewissenhaft die Kontoauszüge vor Adam, Rechnungen mache ich nicht auf – ich weiß sowieso, was drinsteht. Tosia fragt, wohin wir in den Ferien fahren, und wann ich ihr Wandercamp bezahle. Gestern hat Adam sich an den Computer gesetzt, und sein Gesicht verfinsterte sich. Irgendetwas hat sich wieder aufgehängt. Den ganzen Abend lang habe ich bei Ostapko angerufen. Niemand war zu Hause. Zuletzt um halb zwölf nachts. Ich fange an, mich irrational zu sorgen.

*

Tosia hat verkündet, sie würde heute nicht in die Schule gehen, denn es gäbe eh nur Gelächter, keinen Unterricht, die Noten stünden schon seit langem fest, sie täten nichts, und ich solle ihr eine Entschuldigung schreiben, denn sie wolle mit Isia nach Warschau fahren, um sich einen Badeanzug zu kaufen. Ich werde mich mit Ula beraten. Schluss mit diesen Theorien, man solle den Kindern das erlauben, was sie ohne uns Erwachsene sowieso tun. Und dieser Spruch von Ula – »sei einverstanden, wenn du keine andere Wahl hast« – bewährt sich nicht. Wenn Ula Isia gestattet, nicht zur Schule zu gehen, dann ist das ihre Sache. Tosia wird sich nicht daran beteiligen. In kämpferischer Stimmung rief ich Ula an und fragte:

»Ula, was macht Isia heute, und warum geht sie nicht zur Schule, bis zu den Zeugnissen sind es doch noch zwei Wochen.«

Und durch den Hörer drang zunächst nur Stille, erst nach einer Weile ein leises:

»Jutka, wieso meinst du, dass Isia heute nicht zur Schule geht?«

Mir verschlug es die Sprache. Tosia kam ins Zimmer und begann, verzweifelt mit den Armen zu fuchteln. Ich war verdattert. Meine eigene Tochter hat mir vertraut, und ich habe sofort Isia verpetzt? Meine Tochter war aufrichtig, und Isia hat Ula nichts gesagt? Wie stehe ich denn jetzt da? Was wird aus unserer Freundschaft? Was wird aus Tosias und Isias Freundschaft? Was habe ich getan? Und wie soll ich jetzt damit leben? Unterdessen stand Tosia in flehender Haltung vor mir, und ihre Augen hatten den Ausdruck eines Rehs vor dem zielsicheren Schuss eines Jägers, meine Knie wurden weich, und ich sagte heiter in den Hörer:

»War nur ein Witz. Ich wollte dich bitten, dass du Isia eine Entschuldigung schreibst, die Mädchen haben sich verabredet, um nach Warschau zu fahren, für die drei Stunden müssen sie doch eigentlich auch nicht gehen (was spinne ich da?), und da dachte ich mir, ich könnte dich vielleicht ausnahmsweise überreden …«

Tosia hob den Blick gen Himmel, was wohl lebenslange Dankbarkeit ausdrückte, und ich wurde fuchsteufelswild auf mich selbst, auf sie, darauf, dass ich mich hatte manipulieren lassen, und wollte alles sofort wieder rückgängig machen, aber ich verdeckte den Hörer mit der Hand und sagte zu Tosia:

»Aber bis zu den Ferien wirst du nicht einen Tag versäumen, schwöre es.«

Tosia nickte zustimmend, und Ula sagte in den Hörer:

»Weißt du, ich muss mich ein wenig über dich wundern, denn bis zu den Ferien sind es noch zwei Wochen, ich sehe keinen Grund dafür, dass …«

Ich wusste, was sie sagen wollte, aber ich fuhr fort:

»Tosia soll ein paar Bücher von meiner Mutter abholen, und mir ist lieber, sie fährt nicht nachts, und da dachte ich, es wäre nicht schlecht, wenn sie … Vielleicht könnten wir eine Ausnahme machen? Du hast doch selbst gesagt, wenn es keinen Ausweg gebe, solle man einverstanden sein.«

»Aber wir haben einen anderen Ausweg. Die Mädchen sollten in die Schule gehen.«

»Ulachen, sie haben heute nur drei Stunden. Und sie haben versprochen, dass sie bis zu den Zeugnissen nichts mehr aushecken. Vielleicht lohnt sich das ja für uns? Sie erweisen uns großes Vertrauen, anstatt einfach zu schwänzen ...«

»Vielleicht hast du Recht«, murmelt Ula. »Aber ich erkenne dich nicht wieder, Jutka.«

Ich erkenne mich auch nicht wieder. Ich lege auf, und Tosia macht vor Freude einen Luftsprung.

»Mamilein, du bist so lieb! Gibst du mir Geld für einen Badeanzug?«

Klar gebe ich ihr welches.

Tosia rennt hinaus zur Bahn, aus dem Fenster sehe ich, wie Isia sich ihr anschließt und verfalle in Moll-Laune. Ich bin alt. Vor gar nicht allzu langer Zeit war ich siebzehn und träumte von einem Bikini. Aber ich wäre nicht einmal im Traum darauf gekommen, meine Eltern um Geld dafür zu bitten, vielleicht, weil mich der erstbeste Bikini nicht zufrieden gestellt hätte. Ich hatte mir ein wunderschönes, amarantfarbenes Exemplar aus einem Pewex-Laden ausgeguckt. Pewex-Läden waren in längst vergangenen Zeiten Geschäfte, in denen man für Dollar kaufen konnte, was es in normalen Geschäften weder für harte Währung noch für Zlotys gab. Der Bikini kostete acht Dollar, ich lieh mir das Geld hinter dem Rücken meiner Eltern von einer reichen Freundin.

Mamma mia, sah ich in diesem Teil toll aus! Ich wusste, dass mir die Welt zu Füßen liegen würde! Ich würde die Hauptattraktion am Strand sein! Vorerst, das heißt, bevor ich fuhr, musste ich jedoch die Schulden bezahlen, wozu ich den ganzen Juli einen Job im Hortex-Café annahm.

Genau. Wieso kann Tosia keinen Job im Hortex-Café annehmen? Wieso nimmt sie das Geld von mir, anstatt dem Zuckerbäcker zur Hand zu gehen? Ich war einen ganzen Juli lang Küchenhilfe. Zu meinen Pflichten gehörte das Aufräumen, und zu den Rechten, nach Belieben alle Köstlichkeiten zu probieren, Eis, Nachspeisen usw. Ich habe von den Rechten und den Pflichten so intensiv Gebrauch gemacht, dass ich meine Schulden schon nach einer Woche abzahlte und etwas für die Ferien im August weglegen konnte, wenn mir dann die Welt zu Füßen liegen würde. Den Bikini sah ich mir jeden Abend an und träumte von dem Augenblick meines Auftritts als Wunder des polnischen Strandes. Und dann würde mir die Welt zu Füßen liegen usw.

Die Cremeschnittchen und das Eis schmeckten mir nach sieben Tagen nicht mehr. So stürzte ich mich auf die Dosenananas und die Tortencreme, die die Konditoren uns in kleinen Schälchen zum Kosten gaben. Die drei Wochen vergingen wie im Flug. Der Nachtzug fuhr mich eine Ewigkeit lang ans polnische Meer, der Bikini lag auf dem Boden meines Rucksackes und steigerte meine Laune, bis zu dem Augenblick, da uns allen klar wurde, dass die Unterkunft so billig war, weil sie dreieinhalb Kilometer vom Meer entfernt lag.

Die ganzen dreieinhalb Kilometer stellte ich mir vor, wie es sein würde, wenn ich endlich meinen ungewöhnlichen amarantfarbenen Bikini anzöge, wie diese Welt mir zu Füßen liegen und alle vor Begeisterung aufheulen würden. Bis heute tut es mir Leid, dass der Weg zum Meer nicht länger dauerte.

Denn dann … Am Strand, von meiner Freundin mit einer Decke umhüllt, versuchte ich über einen längeren Zeitraum, mich in das Amarant zu zwängen. Erst ging die Naht am Träger zum Teufel. Dann stellte sich heraus, dass der Verschluss vom Oberteil nicht zuging. Überall drückte es, schnitt ein, schnürte ab. Unter meinen Füßen spürte ich statt der Welt nur Sand. Und eigentlich kam es so, wie ich es gewollt hatte. Zwei Wochen lang weckte ich reges Interesse, indem ich in Shorts und einem grünen, ungewöhnlich unkleidsamen T-Shirt schwimmen ging.

Meinen Erinnerungen an den Bikini gab ich mich hin, während ich versuchte, verschiedene Gegenstände zu sortieren, die Gewürze ins Gewürzkörbchen, die sauberen Teller in den Schrank, die schmutzigen Tassen in die Spüle. Bei dieser Gelegenheit fand ich noch zwei offene Rechnungen, die mir entfallen waren, und mein Gedankenstrom floss wieder zu dem Hunderter, den ich Tosia gegeben hatte. Kater Gleich sprang auf den Tisch. Ich verscheuchte ihn schnell, denn die traurige Geschichte meines Bikinis war schließlich kein Grund, dass der Kater über den Tisch lief. Meine finanziellen Ressourcen waren um weitere hundert Zloty geschrumpft, das ist die bittere Wahrheit. Ich muss Ostapko erwischen. Die letzten beiden Nächte habe ich kaum ein Auge zugetan. Vielleicht hätte ich so schwerwiegende Entscheidungen nicht so kurzfristig treffen sollen? Aber die Menschen sind doch ehrlich. Und sie meinte es nur gut mit mir. Ich mache mich an die Arbeit, dann verfliegt die schlechte

Laune sofort wieder. Vielleicht sollte ich besser erst in der Redaktion anrufen, in der Ostapko arbeitet, um dort etwas zu erfahren?

In der Redaktion des »Morgenexpress« behandelt man mich höflich. Ja, sie habe dort gearbeitet. Nein, sie arbeitete nicht mehr dort. Nein, sie hätten keinen Kontakt mehr zu ihr. Und in welcher Angelegenheit, vielleicht könnten sie mir ja helfen? Können sie nicht. Aber sie haben gehört, sie hätte vielleicht unter Umständen letztens eine Stelle auf der Bartycka-Straße, in der Verkaufsabteilung des BCHW angenommen. Ich rufe die Auskunft an, lasse mir die Nummer von der Bartycka-Straße geben. Das BCHW hat wahrscheinlich die Durchwahl 176.

Ich fahre den Computer hoch, um mich gleich an die Briefe zu machen, aber momentan laufe ich noch mit dem Telefon in der Hand durch die Wohnung. Wieso bin ich so nervös? Doch nicht wegen Tosias Badeanzug. Auf der Bartycka-Straße nimmt niemand ab. Da sind nur etwa eine Million Geschäfte und Verkaufsstände, wieso also sollte jemand drangehen?

Ich warte beharrlich, bis das Telefon statt des Freizeichens besetzt meldet. Dann rufe ich wieder und immer wieder an. Ich habe mich festgebissen. Endlich knurrt eine Frauenstimme durch den Hörer:

»Hallo!«

»Könnten Sie mich mit der Durchwahl 176 verbinden?«

Und Stille. Dann, in der Ferne, der triste Ton eines nicht angenommenen Anrufes. Ich warte und warte, endlos lang, aber wieso sollte, wie Renia sagt, um diese

Zeit, also um zwölf Uhr mittags an einem Wochentag, jemand arbeiten?

Ich wähle noch einmal die Nummer der Zentrale. Das bekannte Knurren:

»Hallo!«

»Entschuldigen Sie vielmals, könnten Sie bitte nachsehen, ob die 176 die Durchwahl des BCHW ist?« Ich lege so viel Süße in meine Stimme, dass mir unweigerlich gleich schlecht wird.

»Sie wissen nicht, welche Durchwahl und rufen an? Ich kenne die Durchwahl auch nicht.« Das Weibsstück im Hörer serviert mich kurz und scharf ab.

»Wären Sie so freundlich, nachzuprüfen, ob die Durchwahl zu diesem Stand …«

»Und wie soll ich das überprüfen?« Die Genugtuung in ihrer Stimme ist erschreckend.

»Sie wissen nicht zufällig, ob der Stand geöffnet ist?«

»Und woher sollte ich das wissen?« Ihr vorwurfsvoller Ton ergießt sich direkt in mein Ohr, ich muss den Hörer weiter weg halten.

»Ich dachte, Sie arbeiten da.«

»Ich weiß das, was mir die Telefonanlage sagt, ich laufe nicht durch die Bartycka und kontrolliere, kommen Sie selbst und sehen Sie nach, ob geöffnet ist oder nicht, wenn Sie zu viel Zeit haben. Ich arbeite nämlich und habe keine Zeit für solchen Quatsch!« Und der Hörer knallt auf die Gabel.

Mein Geld

Ich weiß nicht, was ich tun soll. Ostapko wollte vor einigen Tagen anrufen. Ach, was rede ich da. Vor fast zwei Wochen. Doch nichts passiert, Stille. Mein unvermehrtes Geld ruht in ihren Händen, während meine sich wie Mäuse mehrende Angst minütlich wächst. Und ich kann nicht einmal Adam sagen, was los ist, wo wir doch besprochen haben, dass wir alle wichtigen Entscheidungen gemeinsam treffen würden, doch ich habe dieses Geschäft vor ihm verheimlicht. Ich kann immer noch einen Kredit aufnehmen, der mich zwar umbringt, aber wir sind ja kein Ehepaar, also wird er nicht zur finanziellen Verantwortung gezogen, wenn ... Mir bricht kalter Schweiß aus. Ich will nicht einmal daran denken, was wäre, wenn ... Ich gehe zurück zum Computer.

Liebe Redaktion,
mein ganzes Leben ist so durcheinander geraten, dass ich vor allem Angst habe. Ich fahre nicht einmal mehr mit dem Bus zu meiner Mutter, obwohl sie nur zwei Kilometer weit weg wohnt. Der liebe Gott hat mich mit sämtlichen Fehlern ausgestattet, die ein Mensch nur haben kann. Ich kann schon gar nicht mehr in den Spiegel schauen. Das Schlimmste ist aber, dass ich nichts mit mir

anzufangen weiß. Ich habe ständig das Gefühl, mir würde gleich etwas zustoßen, ich weiß nur noch nicht, was. Ich war sogar schon beim Arzt, aber er meinte nur, es sei eine Neurose. Ich weiß nicht, was eine Neurose ist. Ich will nicht mehr leben. Vielleicht wäre es besser, wenn ich etwas ändern, irgendeine Schönheitsoperation machen lassen würde. Ich wasche mir ununterbrochen die Hände, aber davon sind sie schon ganz wund, und deshalb hat der Arzt gesagt, ich hätte eine Neurose. Muss ich jetzt sterben?

Sie hat nicht einer fremden Person ihr ganzes Geld, das eigentlich gar nicht ihres war, gegeben, und sie behauptet, sie hätte ein Problem. Ich habe auch das Gefühl, gleich passiert etwas. Und ich könnte auch eine Schönheitsoperation gebrauchen. Ich gehe in Adams Zimmer und hole aus einem Stapel Bücher eines über psychosomatische Störungen heraus.

»Neurose ist der Oberbegriff für verschiedene Symptome und Krankheitsbilder, deren Ursache in der Reaktion auf einen negativen emotionalen oder Umweltreiz liegt.«

So einen Reiz etwa, wie ich ihn mir verschafft habe. Wenn du zum Beispiel das gesamte Geld vom gemeinsamen Konto abhebst und es, ohne deinem Mann etwas davon zu sagen, in Ostapko investierst. Mit dem Unterschied, dass ich keinen Mann habe.

»Außer häufigen vegetativen Symptomen sind keine typischen körperlichen Veränderungen feststellbar. Der widerstandsfähigste Mensch kann in einer besonders schwierigen Lebenslage mit nervlich bedingten Symptomen reagieren, wie etwa Schwitzen, Erröten, Darmkrämpfe, Durchfälle, Stottern, Leere im Kopf.«

Ich habe Bauchschmerzen, wenn ich an Ostapko denke. Ist das ein Symptom für eine Neurose? Ich habe eine Leere im Kopf, bin nicht in der Lage, mich auf irgendetwas zu konzentrieren, außer auf dieses verfluchte Geld. Wenn noch Darmkrämpfe dazukommen …

»Derartige Symptome begleiten oftmals gewöhnliche Lebenssituationen: Prüfungen etc. Niemand würde aus solch einer Situation heraus eine Neurose diagnostizieren, obgleich die beschriebenen Symptome …«

Soll ich das alles abschreiben? Wem nützt dieses Wissen? Wird sie dadurch ihre Angst vor dem Busfahren verlieren? Oder wird sie denken, sie sei schön und bräuchte keine Schönheitsoperation, die beruhigend auf die Arbeit ihres Gehirns wirken würde? Wieso habe ich eigentlich mein Geld einer fremden Frau gegeben, mit der ich nur einmal im Leben etwas zu tun hatte, und die nicht unbedingt mein Vertrauen erweckte? So darf ich nicht denken. Ganz ruhig. Ich muss diesen verfluchten Brief beantworten, der Mensch erwartet Hilfe von mir …

»Eine Neurose entwickelt sich meistens aufgrund negativer Reize, die sich über einen längeren Zeitraum wiederholen. Manchmal geht es hier um die gleichen Einflüsse, manchmal überlappen sich mehrere Ursachen. Je nach persönlicher Widerstandsfähigkeit und auch angeborenen Charakterzügen kann eine Neurose entstehen …«

Genau, angeborene Charakterzüge, welche angeborenen Charakterzüge habe ich? Naivität? Dummheit? Das Bestreben, es Renia gleichzutun? Dass Adam nicht sie, sondern mich beachtet? Ist das ein Charakterzug?

»… sie haben verschieden geartete emotionale Erlebnisse, etwa Missverständnisse mit dem Sexualpartner …«

Ich werde eine Neurose bekommen, und was für eine! Mein lieber, himmelblauer Adam, ich wollte dich doch nicht belügen, nur kurz beleihen, damit es uns allen zugute kommt! Und dich nicht in Schuldgefühle stürzen, weil du nicht so viel verdienst wie Renias Mann … Aber vielleicht will ich ja unbewusst, dass du doch so viel verdienst wie er? Und dass du mein … Stopp.

»Man kann dann von Angst sprechen, einem Zustand also, in dem es konkrete Gründe für die Unruhe gibt. Es ist schwer, die Grenze zwischen einer physiologischen und einer pathologischen Angst zu ziehen. Von pathologischer Angst sprechen wir, wenn die Angst ständig da ist und die Arbeit erschwert …«

Von Pathologie kann in meinem Fall überhaupt keine Rede sein. Hat meine Angst Einfluss auf mein Funktionieren bei der Arbeit? Nein. Ich sitze doch und arbeite, als wäre gar nichts. Gott, was soll ich tun, was soll ich bloß tun, Adam! Komm von dieser verdammten Arbeit zurück, und sag mir, wie ich klug antworten soll! Ich lege den Brief beiseite. Den sollte ein Arzt schreiben. Ich darf keinen Schaden anrichten.

Wieso mag Azor Adam?

Liebe Redaktion,
in eurer Zeitschrift vermisse ich etwas Wichtiges, was die Menschen aus Zeitungen erfahren sollten. Ihr regt keine wichtigen Gespräche an über Prinzipien, die eine Lebensweise aufzeigen, die auch in körperlicher Hinsicht Nutzen bringen. Etwa »untadelig, eines Weibes Mann, nüchtern, besonnen, voll würdiger Haltung, gastfreundlich, lehrtüchtig« (Tim. 3,2). Wenn wir uns nach Gottes Wort richten, werden wir zu glücklicheren Menschen. Und jeder, der die beruhigende Kraft der Bibel erfährt, wird zu einem besseren Ehegatten. Ihr schreibt nur von Sex und davon, was man tun soll, damit der Sex unser ganzes Leben bestimmt. Wenn ihr weiter so verfahrt, werdet ihr die Menschen zur Degeneration führen. Ihr verbreitet keine gute Gesinnung …

Was soll ich darauf antworten? Führt Sex zu Degeneration? Mich nicht. Aber andere führt er vielleicht dazu, möglicherweise führt er den von Jola irgendwann einmal zur Degeneration, der ohne Rücksicht auf die Familie, stopp, jetzt muss ich siebenfach Gutes über ihn denken. Das fällt mir schwer, aber Ula hat gesagt, die Seele könnte man ganz einfach heilen. Wenn du denkst, jemand sei ein Schwein (oder etwas anderes, denn Schwein ist da geschmeichelt), dann sollst du dir gleich sieben gute Eigenschaften dieser Person überlegen, um keine negative Energie im Kosmos zu hinterlassen. Ula glaubt überhaupt nicht an Energie und Kosmos, aber sie sagt, dass es eine hilfreiche Übung für ein aufgeblasenes *Ego* sei, das jeder von uns in seiner Einsamkeit heranzüchtet. Mir fallen keine sieben guten Eigenschaften zu dem von Jola ein, denn seit Monaten verbinde ich alles Gute nur mit Adam. Aber ich werde es versuchen. Erstens: Dank ihm habe ich Tosia. Zweitens: Irgendwann einmal hat er die Butter für mich aus dem Kühlschrank geholt, damit sie weich ist ... Drittens: Er hat mich nie geschlagen. Das geht mir echt leicht von der Hand, wirklich. Er hat auch niemanden umgebracht oder bestohlen. Zurück. Drittens ... der wird staunen, wenn Jola sich in zehn Jahren nach einem Gleichaltrigen umsieht. Das geschieht ihm recht! Ausgezeichnet, nur wird es da bereits zu spät sein, das zu bereuen, was man der eigenen Frau, die inzwischen sehr glücklich ist, angetan hat.

Ich öffne die Tür zum Garten weit. Zu Hause zu arbeiten hat seine guten Seiten, dann, wenn es regnet oder schmuddelig ist, oder stürmt, oder arktische Kälte herrscht. Aber wenn sich der Juni breit macht und die Sonne wie verrückt scheint, all die ansehnlichen Pflänzchen aus dem Boden lugen und jeden Augenblick blühen wollen, da braucht man für die Arbeit am heimischen Schreibtisch einen sehr starken Willen.

Bevor ich mich an den Computer setze, kann ich ruhig erst mal zu Renia rübergehen, die angerufen hat, ich solle vorbeikommen, denn sie hätte zu viele Rosen gekauft und einige davon gefielen ihr nicht. Sie will sie umsonst abgeben. Vielleicht hat sie ja auch zu viel Werkzeug gekauft, denn mir ist der Stiel von meinem Rechen abgebrochen, und meine Heugabel ist auch zu nichts mehr zu gebrauchen, vielleicht hat Renia zu viele Rechen ... Der Spaziergang wird mir gut tun, zumal es ja nicht weit ist. Manchmal sinniere ich über die Ungerechtigkeit des Schicksals. So eine Renia hat alles. Einen echten, angetrauten Ehemann, Geld, ein Dienstmädchen, sie muss nicht arbeiten, geht zur Kosmetikerin und bekommt Lymphdrainagen. Ihr einziger Fehler ist ihr Rottweiler, riesig und schwarz, und die Tatsache, dass er noch niemanden totgebissen hat, tröstet mich nicht wirklich. Ich schließe das Haus ab und gehe auf den Weg hinaus. Die Welt an einem Junivormittag ist wundervoll. Bis zu Renia sind es vielleicht achthundert Meter, aber diese achthundert Meter führen unter Birken hindurch, und die frischen Blätter flattern leicht über meinem Kopf. Ich laufe an einer alten Eiche vorbei und an einem riesigen Loch, in das vor einigen Monaten Adams Auto gefallen ist, sodass die Ölwanne platzte. Das Loch ist gefährlich, die haben es ausgehoben, dann vergessen, und die rote lehmige Erde wird an dieser Stelle nach Regenfällen tückisch. Und genau aus diesem Grund hat Renia von ihrem Mann einen Jeep bekommen. Ich bleibe vor ihrem Tor stehen. Azor, ihr entzückender Rottweiler, rennt am Zaun hin und her. Und bellt nicht. Ich klingele. Renia, in einem grünen Kleid, kommt zum Tor gelaufen.

»Judyta, wie schön, dass du reinschaust!«

»Schließ den Hund weg.« Ich stehe vor dem Tor und rühre mich nicht. »Ich wollte wegen der Rosen, du hast doch gesagt ...«

»Die Rosen warten auf dich, und kümmere dich nicht um Azor, der hat noch keinem was getan!«

Tolles Argument. Mein Ex hatte mir bis zu einem gewissen Zeitpunkt auch nichts getan.

Renia sperrt Azor in einen großen Verschlag in einer Ecke des Gartens. Ich habe keine Ahnung, warum sie den Hund Azor genannt haben. Azor, das klingt nach einem kleinen, netten Mischling, nicht nach einem Killer, mit Mördervisage noch dazu.

»Werd nicht hysterisch«, sagt Renia. »Nur du reagierst so auf ihn. Und er regt sich auf.«

»Adam zum Beispiel hat überhaupt keine Angst vor ihm.« Renia dreht ihr rotes Haar zu einem Pferdeschwanz und wirft es auf den Rücken. Sie ist hinreißend, und mir wäre lieber, sie würde von ihrem Mann sprechen, nicht von meinem Adam.

»Komm, trinken wir einen Martini on the rocks. Es ist so heiß.«

Martini? On the rocks? Am Vormittag? Mitten in der Woche? Warum nicht. Man kann auch das mal ausprobieren. Ich folge Renia brav ins Haus. Ihr Wohnzimmer misst mindestens vierzig Quadratmeter. Daran habe ich mich schon gewöhnt. Am schönsten ist allerdings das Bad. Als sie es mir zeigte, hat es mich fast umgehauen. Mamma mia, wie im Märchen. In der Ecke ein riesiges Sprudelbad, die Dusche in den Boden eingelassen, sodass man über Stufen hinuntergeht, zwei gigantische Rattansessel, eine Tür zur Sauna und die Sauna selbst, für fünf Personen. Unter dem Spiegel, der über die ganze Wand läuft, hängt ein weißes glattes Regal, auf dem sich eine ganze Parfümerie befindet. Gegenstand meines brennenden Neids. Hätte ich solche Cremes und solche Parfüms, würde ich aussehen wie Tosia.

Trotz des heiteren Junitages ist Renia schlecht gelaunt. Sie schenkt uns den Martini ein, tut Eis dazu und führt mich in den Garten. Wir strecken uns auf den Liegen aus.

»Ich komme zu nichts«, seufzt Renia und zieht ihr grünes Kleid aus. Darunter trägt sie einen Badeanzug, auch grün. Sie ist braun gebrannt, was bei mir einen dezenten Anflug von leichtem Neid hervorruft. Und wenn sie wenigstens ein bisschen zu dick wäre oder Cellulitis hätte, nur ein ganz, ganz klein wenig, könnte ich es besser ertragen, obwohl ich ihr, in Gottes Namen, nichts von alledem wünsche.

»Du hast keine Zeit?« Ich lächele und tunke meine Lippen in den kühlen Martini. Das ist ein Leben. Unermessliche Freude.

»Was glaubst du denn? All das hier in Schuss zu halten.« An Renias Hand blitzt ihr goldener Ehering, als sie auf ihren zukünftigen Garten zeigt.

Ich spare mir den Kommentar. Wie soll man einer vollkommen glücklichen Person erklären, dass sie alles hat, was das Herz begehrt? Sie kann sich pflegen, in aller Ruhe ihren Mann lieben, an die Zukunft denken, etwas Gutes auf der Welt tun, denn sie hat weder einen Job, der sie zwingt, das Haus zu verlassen, noch Geldsorgen, wegen derer sie sich den Kopf zerbrechen müsste, was morgen wird. Ganz im Gegensatz zu der Wirklichkeit, die mich befällt, wenn ich nur an dieses verdammte, sich geheimnisvoll mehrende Geld denke. Aber ich werde nicht daran denken. Morgen fahre ich nach Warschau, und wenn ich Ostapko eigenhändig irgendwo ausgraben muss.

Auf dem Zaun, hinter dem Azor beleidigt ist, landet ein Eichelhäher und beginnt, sich provozierend zu verhalten. Azor hat seinen massigen Körper auf die Seite gelegt und tut, als würde ihn der dumme Vogel überhaupt nicht interessieren. Der Eichelhäher neigt den Kopf und fängt an, wie eine Katze zu miauen.

»Sind diese Tiere nicht komisch?«, sage ich zu Renia.

»Welche Tiere?« Renia hebt ihren Blick vom Glas, ihren Martini hat sie bereits ausgetrunken, ich nippe unterdessen mit dem Gefühl großer Glückseligkeit weiter an meinem.

»Na, dein Hund und der Eichelhäher.«

»Ach«, sagt Renia geringschätzig. »Wenn er ihn einmal erwischen würde.«

Ich bin sehr neugierig, wie oft so ein Killer den gleichen Eichelhäher erwischen kann.

»Also wirklich«, empöre ich mich. »Mein Boris weiß, dass man keine Vögel jagen darf. Azor solltest du das auch beibringen.«

»Ein Hund für Vogeljagd, ein Hund für Frauenjagd«, sagt Renia sinnlos und steht von der Liege auf. Sie geht zum Haus, rank und schlank. Nach einer Weile kommt sie mit der Flasche Martini und Eis zurück.

»Oh nein, ich muss gleich an die Arbeit«, lächele ich.

»Dann nicht.« Renia blickt mich strafend an. Zumindest kommt es mir so vor. »Pass auf, du sitzt mit der Nase am Bildschirm, und das Leben zieht vorbei. Schau dich doch mal an. Du achtest überhaupt nicht auf dein Äußeres. Alle Frauen denken, dass sie auf ewig jung bleiben.«

Ich weiß nicht, was sie meint. Ich sehe aus, wie ich aussehe. Zugegeben, vielleicht bleibt einiges zu wünschen übrig, aber schließlich war Ella Fitzgerald auch keine Schönheit. Nur dass sie besser gesungen hat als ich. Aber dafür war sie älter.

»Was meinst du genau?«

»Weißt du, wenn man einen neuen Kerl hat ... Mit den Männern läuft's mal so, mal so. Achte auf dein Äußeres.«

Diesen Satz habe ich schon mal gehört.

»Das ist witzig. Tosia sagt das Gleiche.«

»Ihr seid nicht normal«, murrt Renia gereizt. »Egal, was man sagt, ihr schlagt immer einen Bogen zu den Kindern. Weißt du, ich sag dir was ...« Renia beugt sich über die Martiniflasche und schüttet etwas von der goldenen Flüssigkeit in ihr Glas. »Das Leben basiert nicht auf den Kindern. Auch nicht auf einem Mann. Auf Männer kann man nicht zählen. Ich habe gehört, Adam war in Naleczów, und du bist allein hier geblieben? Man muss immer auf der Hut sein.« Sie hält inne, und mir läuft ein kleiner Schauer über den Rücken.

Ich weiß nicht so recht, was dieses Gespräch soll. Was will sie bloß von mir? Will sie mir etwa sagen, dass ich, weil ich ohne Trauschein mit Adam lebe, schlechter bin als sie? Ich weiß sehr wohl, dass eine Ehe, leider, nichts Dauerhaftes garantiert. Dafür sind die Schwierigkeiten größer – man muss sich scheiden lassen, statt sich einfach zu trennen. Aber ich hatte gedacht, Renia sei mir wohl gesonnen. Ich werde besser zu meinen Briefen zurückgehen. Ich habe einen Haufen Arbeit. Und ich mache mir gar nicht so große Sorgen wegen Adam.

»Wenn du anfängst, dir Sorgen wegen deines Partners zu machen ...«

»Ich muss gehen.« Ich stehe aus dem Rattansessel auf und danke ihr überschwänglich für den Martini.

»Ich rate dir gut, achte auf dein Äußeres, solange es noch nicht zu spät ist …« Renia reicht mir die Rosen.

Gehässiges Weib. Obwohl sie jünger ist als ich. Nun ja, wenigstens habe ich den besseren Charakter. Bei meinem Anblick steht Azor auf und versteift sich. Und es stimmt doch, was man sagt. Wie die Frau, so der Wauwau. Mein Boris ist ein freundliches Wesen, auch wenn er sich manchmal doof stellt. Und er mag Eichelhäher.

Von einer undefinierbaren Unruhe erfüllt, kehre ich nach Hause zurück. Im Westen taucht am Horizont ein dunkler Wolkenstreifen auf. Kaum beginnt der Mensch, sich am Sommer zu freuen, schon schlägt das Wetter um. Was meinte Renia, als sie mir sagte, ich solle auf mein Äußeres achten? Und warum sagt sie, auf Männer könne man nicht zählen? Und was hat Adam damit zu tun, der mit den Kindern nach Naleczów gefahren ist? Blödes Weib.

Ich gehe gar nicht nach Hause, sondern schaue noch bei Ula vorbei. Sie ist gerade von der Arbeit gekommen und macht Piroggen. Ihre Dasza, ein heiterer und freundlicher Boxer, springt mich vor unbändiger Freude an.

»Dasza, Platz.«

Ich weiß nicht, wie Ula das macht. Sie spricht leise und ruhig mit dem Hund, der hört auf, sich auf mich zu stürzen, trottet gemächlich auf die Terrasse und folgt mit seinem Blick den Schmetterlingen. Ich brülle Boris an, und er macht trotzdem, was er will. Es war nicht nötig, Dasza wegzuschicken, denn ich bin froh, dass sich wenigstens ein Hund bei meinem Anblick freut.

»Wieso arbeitest du nicht?« In aller Ruhe knetet Ula den Piroggenteig, und ich bekomme sofort ein schlechtes Gewissen, weil ich keine Piroggen zubereiten kann.

»Ich war bei Renia.«

»Ah, wie läuft es bei ihr?«

Was soll ich Ula darauf antworten? Dass Renia sich mit meiner Tosia abgesprochen hat, um Unruhe in meiner Seele zu säen, und dass Rasierutensilien im Haus für eine glückliche Beziehung nicht ausreichen? Und dass Adam jederzeit meiner überdrüssig werden kann? Und dass ich deswegen dringend etwas mit mir anstellen sollte, nur dass ich nicht weiß, welche Möglichkeiten, etwas mit sich anzustellen, eine Frau in meinem Alter hat? Die darüber hinaus sehr darauf achten muss, sich nicht von einem Mann abhängig zu machen, nicht Gewehr bei Fuß zu stehen, die so tun soll, als hätte sie ein eigenes Leben, nicht mit dem Mittagessen oder dem Abendessen warten, nicht liebevoll in seine Augen blicken und die ganze Zeit zu Hause sitzen, sondern rausgehen, ein eigenes Gesellschaftsleben haben soll, und so weiter und so fort. Eines weiß ich sicher, sie sollte auch nie überstürzt finanzielle Entscheidungen treffen.

Ich merke, dass Ula mich diesmal nicht weiterbringt. Ich gehe nach Hause, fahre den Computer hoch und beantworte den letzten Brief. Ehrlich gesagt hat diese Frau Recht. Würden sich die Menschen in ihrem Leben nur von der Liebe, dem Glauben und der Hoffnung leiten lassen, und würden sie Maß und Seelenfrieden bewahren, wäre die Welt besser. Es beginnt, fein zu regnen. Es tropft auf mein Blechdach, Tosia wird auf dem Weg von der Schule nass, und Adam hat den Wagen genommen.

Kaum zu glauben, dass wir vor einer Stunde noch das schönste Juniwetter hatten. Auf nichts in dieser Welt ist Verlass. Warum hat Renia so viel von Adam geredet? Gefällt er ihr etwa? Artur, Renias Mann, arbeitet von früh bis spät. Renia wirkt gelangweilt. Und wieso mag Azor Adam? Das war mir nie aufgefallen. Vielleicht verkehrt Adam ohne mich in diesem Haus? Stopp. Jetzt die Arbeit.

Sehr geehrte Leserin,
ich bin vollkommen Ihrer Meinung. Viele Menschen glauben, dass man mit allem, was die Freuden dieser Welt angeht, Maß halten sollte. Gleichfalls bin ich der Meinung, dass es – würde man Sex in Zeitungen nicht verkaufsfördernd einsetzen – seltener zu Ehebruch käme. Der innere Frieden ist kein so gängiger Artikel wie der Zwang der Menschen, dem nachzujagen, was sich hinter der nächsten Biegung verbirgt. Ich fürchte jedoch, dass die Werbekunden schnell aufhören würden, Zeitschriften zu unterstützen, wenn die Menschen beginnen, zu denken und zu sein, statt zu kaufen und zu haben. Leider überschätzen Sie meinen Einfluss auf das Erscheinungsbild von Zeitschriften. Ich werde Ihren Brief dem Chefredakteur vorlegen, vielleicht zieht er seine Schlüsse daraus … Ich grüße Sie herzlich im Namen der Redaktion …

Soll unsere harmlose Zeitschrift ihr Profil ändern? Ich sehe mich schon, wie ich vor dem Chef stehe und ihm erkläre, dass demnächst eine ältere, verheiratete Frau auf dem Cover erscheinen soll, von Kopf bis Fuß in einen Tschador gehüllt, um die Männer nicht zu provozieren.

Ich stehe vom Computer auf. Ich schäle ein Kilo Kartoffeln und sechs Möhren, die Tosia reiben wird, wenn sie aus der Schule kommt, weil ich sie dazu überreden werde. Und überhaupt sollte ich eine Pause machen, denn vom ständigen Starren auf den Bildschirm wird mir schon ganz schwindelig.

*

Tosia kommt quietschvergnügt nach Hause. Und trocken. Ich schaue aus dem Fenster und sehe einen kleinen Fiat, der rasant wendet und davonfährt.

»Wer hat dich gebracht?«, frage ich beiläufig.

»Jakub«, sagt Tosia und versucht, in ihr Zimmer zu verschwinden.

»Er ist extra aus Warschau gekommen, um dich nach Hause zu bringen?«

Was kann ich dafür, dass mir diese Frage versehentlich in einem etwas bissig-ungläubigen Ton herausgerutscht ist?

»Jawohl.« Tosia runzelt die Stirn und stapft nach oben. Ich sehe nur noch den Zipfel ihres weißen Kleides.

»Tosia!«, rufe ich in Richtung Treppe. »Komm sofort herunter!«

Tosia taucht im Türrahmen auf. Ihr trotziger Blick verheißt nichts Gutes.

»Was?«

»Man sagt nicht was, sondern bitte. Warst du heute in der Schule?«

»Och, Mama!« Tosia ist beleidigt wegen so einer harmlosen Frage.

»Soll ich glauben, dass Jakub extra zwanzig Kilometer gefahren ist, um diese zehn Minuten mit dir im Auto zu verbringen?«

»Wir waren Pizza essen. Nach der Schule. Und ja, er ist extra gekommen, um mich abzuholen.«

»Du machst wohl Witze.«

»Was willst du? Bist du eifersüchtig?«

Oh, was zu viel ist, ist zu viel.

»Geh in dein Zimmer«, sage ich recht kühl.

»Das wollte ich eben schon tun.« Tosia macht auf dem Absatz kehrt und ward nicht mehr gesehen. Na, wenn der Junge so einen Einfluss auf sie hat, dann wird das nichts. Ich werde schon damit aufräumen.

Einsam reibe ich sechs Möhren. Wenn sie Pizza essen war, wird sie sowieso nichts mehr wollen. Hat jede Frau, die ein Kind, ein Mädchen hat, die gleichen Probleme? Nein. Denn Ula zum Beispiel hat keine.

Von oben dringt rhythmische Schlagermusik zu mir. Eine dünne Piepsstimme jault:

Schick mich nicht fort von dir …

Nein, das halte ich nicht aus. Nie zuvor hat Tosia Schlagermusik aufgelegt. Das machen meine Nerven nicht mit. Nicht mal in meinem eigenen Haus habe ich Ruhe. Ich gehe in den Garten. Ula zupft gerade Unkraut am Zaun. Oh, sie hat zu Tosias Fenster hochgeblickt. Sie scheint nicht darüber erschüttert, dass Tosia Schlager hört. Leicht nachsichtig lächelt sie mir zu.

»Das sind die Hühner, keine Discomusik. Sie machen Parodien aus allem, kennst du die wirklich nicht?« Und damit überrascht Ula mich zum etwa tausendzweihundertachtundfünfzigsten Mal, winkt mich ins Haus, geht zu ihrer Stereoanlage und legt eine CD auf.

Dabei wollte ich nur ein wenig Ruhe haben! Kurz darauf dringt aus den Lautsprechern in ausgezeichnetem Rhythmus, wie alle Lieder dieser Art, die freudige Aussage:

Schick mich nicht fort von dir, nur weil … ich Mund, ach Mundgeruch habe,

Wickele nicht meinen Kumpel ein, auch wenn mein Mund dramatisch stinkt,

Mach meine Liebe nicht schlecht, obwohl mein Mund wirklich übel stinkt,

Denn vielleicht erlebst du Glückseligkeit mit mir und dann akzeptierst du diesen widerlichen Gestank.

»Sie haben noch einen klasse Text über Eier, Ei, er, ei, er, als Verdoppelung von ihm, du verstehst«, sagt Ula und summt selbstzufrieden im Dreivierteltakt vor sich hin.

»Woher weißt du das alles?« Ich komme aus dem Staunen nicht heraus.

»Nun ja«, sagt Ula, »für Kinder muss man sich interessieren.«

Ich muss mich von ihm trennen

»Hast du einen Augenblick Zeit?« Das Telefon hatte geklingelt, und ich vernahm die vertraute Stimme von Aga, die sich hin und wieder bei mir meldet, vor allem aber dann, wenn sie ein Problem hat, von Traurigkeit übermannt wird und nicht mehr leben will. Viel Zeit hatte ich nicht, ich hatte mir gerade eine Haarkur aufgetragen (der Tipp war von Renia, da gäbe es welche mit Vitaminen, die reparieren das Haar, und überhaupt seien die Haare danach länger, voller und glänzender), der Staubsauger stand mitten im Zimmer, und ich lief hektisch mit dem Putzlappen in der Hand durch die Gegend und bemühte mich, das Haus und mich vor einem weiteren Samstag in Ordnung zu bringen. Zu alledem stand das Ende des Schuljahres vor der Tür, und Tosia sollte uns endlich Jakub vorstellen, daher war mir der Stress mit bloßem Auge anzusehen. Falls mich jemand ansähe, denn Adam war bei der Arbeit …

»Weißt du, ich habe dich angerufen, weil nur du mir einen Rat geben kannst …«

So bei der Ehre gepackt, legte ich den Putzlappen beiseite und ließ mich in den Sessel fallen. Mein Haar tropfte. Die Kurpackung floss langsam hinter mein Ohr.

»Ja, sicher«, sagte ich und beruhigte mich damit, dass,

wenn man die Welt retten müsste, das Putzen doch bitte schön warten könnte. Und Adam teilt diese Meinung.

»Ich muss mich von ihm trennen. Was soll ich bloß tun?«, seufzte meine seit Jahren herzensnahe Freundin in den Hörer.

»Was musst du?«

»Mich von ihm trennen.«

»Gott, warum denn?« Ich machte es mir gemütlich, denn es sah danach aus, als würde das eine längere Geschichte werden.

»Weil ich selber nicht mehr weiß, was ich tun soll«, hauchte es traurig im Hörer. »Er versteht mich überhaupt nicht.«

»Aber geht es um eine bestimmte Sache, in der er dich überhaupt nicht versteht?« Aus Sympathie zeigte ich mich interessiert.

»Er versteht mich gar nicht, aber überhaupt nicht, in keiner Sache!«, erklärte Aga vorwurfsvoll.

»Kannst du das näher erläutern?«, fragte ich geduldig, denn, ist ja klar, es erleichtert, wenn eine Frau sich aussprechen kann.

Adam ist der gleichen Meinung und wartet immer ergeben, bis ich aufhöre zu telefonieren. Zumindest fast immer.

»Was soll ich sagen …« Der Hörer schluchzte traurig auf. »Wir haben uns einfach auseinander gelebt.«

»Wieso meinst du das?« Ich verlieh meiner Stimme einen höflichen und mitfühlenden Ton.

»Ich meine das nicht nur! Es ist einfach so!«, schrie sie mir direkt ins Ohr.

»Danach frage ich ja gerade, wieso?« Ich war unermüdlich und von dem Willen erfüllt, in dieser schwierigen Lage Hilfe zu leisten, auch wenn meine Haare weiter tropften.

»Ja eben … wieso … darüber denke ich selber nach …«, stöhnte sie ins Telefon.

»Aber ist irgendetwas passiert?« Ich versuchte zu ergründen, worum es ging.

»Muss denn immer etwas passieren?« Ihre Stimme schlug mir wie ein großer Vorwurf entgegen. »Er versteht mich einfach nicht!«

»Aber ich verstehe nicht, wovon du redest.« Ich regte mich etwas unhöflich auf, was Adam nicht befürworten würde.

»Ja, eben. Niemand versteht mich. Nicht einmal du. Niemand!«, zischte es in mein Ohr.

»Ich versuche zu verstehen.« Ich gab nicht auf, der Teufel weiß, warum. »Hat er dir etwas getan?«

»Natürlich! Würde ich dich sonst anrufen?«

»Aber was denn?«

Ich vernahm ein jammervolles:

»Weil, er versteht mich überhaupt nicht …«

Ich wusste, dass ich Geduld haben und begreifen sollte, was Aga meint. Aber in irgendeinem Teil meines Hirns machte sich die Überzeugung breit, dass sich alles, was ich sage, gegen mich wenden könnte. Verzweifelt versuchte ich, mich an den Anfang unseres Gespräches zu erinnern. Womit hatte sie begonnen? Ich muss wiederholen, was sie zuerst gesagt hat – dann wird sie wissen, dass ich eine aufmerksame Zuhörerin bin. Wovon hatte sie gesprochen? Von der Trennung, jetzt weiß ich wieder, sie hatte gesagt: »Ich muss mich von ihm trennen.«

»Dann trenn dich doch von ihm, wenn es dir mit eurer Beziehung so schlecht geht«, knüpfte ich schüchtern an den Beginn unserer Unterhaltung an.

»Also, weißt du!« In Agas Stimme schwang erneut ein Vorwurf mit. »Wie kannst du nur! Ich liebe ihn doch.«

Und sie hatte mich nicht einmal gefragt, wie es mir denn geht, wie es läuft, obwohl auch ich Probleme habe, auch ich manchmal meine, er versteht mich nicht, sie hatte das Gespräch ohne Vorankündigung beendet, und ich schleppte mich mit meiner tropfenden Haarkur, die einen hässlichen Fleck auf dem Sessel hinterlassen hat, ins Bad. Ich beharre nicht darauf, dass jeder jeden verstehen muss. Mir ist bewusst, dass Menschen in verschiedenen Stimmungen sind und man manchmal gar nicht weiß, worum es ihnen geht. Offenbar hatte die Haarkur auch auf mein Hirn gewirkt, denn plötzlich sah ich klar. Ich will nicht verrückt werden. Ich biete gern meine Hilfe an, wenn es um einen angebrannten Topf geht, oder wenn jemand eine Beziehung hinschmeißt. Oder, Gott bewahre, etwas hinschmeißt. Bitte schön. Schließlich werde ich dafür bezahlt, ich habe Übung. Aber Aga hat doch nicht angerufen, damit ich so einen Blödsinn ausplaudere. Ich spülte die Haarkur aus und stellte fest, dass ich eine miese Freundin bin. Ich trocknete das Haar und wählte ihre Nummer.

»Aga?«, fragte ich versöhnlich.

»Ja.«

»Ich rufe noch mal an, weil unser Gespräch irgendwie so ...«

»Ich dachte, du würdest mir etwas raten ... was ich tun soll ...«

»Hör zu«, sagte ich und atmete tief durch. Ich muss nur daran denken, dass ich nicht heucheln, nicht lügen darf, ich muss ich selbst sein. »Ich höre dir gern zu, aber ich weiß nicht, was du tun sollst, ich bin nicht du. Es fällt mir schwer, dir etwas zu raten.«

So, Adam wäre stolz auf mich. Zumal er wahrscheinlich das Ende des Gespräches voraussehen würde. Im Hörer herrschte Totenstille.

»Aga?«

Der Klang meiner Stimme lud wirklich zu Geständnissen ein. Ich weiß, dass sie keinen Rat von mir will, und dass ich richtig gehandelt habe. Das hätte ich gleich so machen sollen.

»Ich dachte nicht, dass du so unfreundlich bist, unkameradschaftlich, und dass man mit dir überhaupt nicht reden kann. Tschüs.« Und sie legte auf.

Ich konnte beinahe Adam erleichtert seufzen hören, obwohl er doch bei der Arbeit war.

Eine Vier in Chemie

Heute gibt es Zeugnisse. Ula kam auf einen Sprung vorbei, um sich Zucker zu holen, ihrer war ausgegangen. Ich stehe über den Kochtöpfen – mein Vater und meine Mutter kommen, zusammen, obwohl sie getrennt sind. Adam ist wieder weg, diesmal nach Krakau, er kommt Sonntag zurück. Wir werden also Tosias Übergang aus der elften in die zwölfte Klasse ohne ihn feiern. Wieso fährt er so oft weg?

»Zeig bloß Freude«, sagt Ula. »Du musst irgendeinen Grund zur Freude finden, sonst nimmst du ihr jede Motivation.«

Und sie geht nach Hause.

Stolz bringt Tosia ihr Zeugnis nach Hause. Ich warf einen Blick darauf und versuchte, mich darüber zu freuen, dass sie überhaupt eines in der Hand hielt. Es hätte schlimmer aussehen können. Dann kommen meine Eltern. Mutter holt zu Tosias großer Freude russische Piroggen aus der Tasche. Vater verlangt sofort nach Tosias Zeugnis, und während er es im Garten laut vorliest, versucht er, Tosia zu vermitteln, was er in welchem Fach hätte, wenn er sie wäre.

»Deine Mutter hatte auch eine Vier in Chemie«, fügt er leicht nostalgisch hinzu.

Das hätte er nicht zu sagen brauchen. Tosia stürzt in die Küche, wo Mutter und ich über der zischenden Pfanne stehen.

»Du hattest auch eine Vier in Chemie!«, ruft sie mir vorwurfsvoll zu. »Nur, dass es damals keine Einsen gab! Du warst noch schlechter als ich.«

Ach, wenn sie bloß wüsste, wie viel Kraft es mich gekostet hat, diese Vier in Chemie überhaupt zu bekommen, dann würde sie mich nicht unbedacht anklagen.

Mit einem Holzlöffel dreht Mutter die Piroggen in der Pfanne um.

»Ich weiß noch, wie du dich reingekniet hast, um diese Vier zu schaffen«, sagt sie. »Hättest du das ganze Jahr über gelernt, hättest du nicht den gesamten Stoff in der letzten Schulwoche aufarbeiten müssen. Wenn ich ehrlich bin, hättest du eine Nachprüfung verdient.«

Tosia deckt den Tisch und ruft ihren Großvater. Mein Vater setzt sich natürlich nicht dann an den Tisch, wenn er gerufen wird, sondern dann, wenn er es für richtig hält. So war es schon immer. Momentan versucht er, Gleich zu sich zu locken. Gleich liegt auf dem Gartentisch und denkt nicht einmal daran, sich wegzubewegen. Endlich sitzen wir alle beim Essen.

»Deine Piroggen habe ich immer gern gegessen«, sagt mein Vater zu meiner Mutter.

Wieso hast du dich dann, verflucht noch mal, scheiden lassen, denke ich mir, obwohl ich ganz genau weiß, dass es nicht meine Angelegenheit ist.

»Du brauchtest dich ja nicht scheiden zu lassen«, sagt Tosia und hält ihren Teller hin. Schweigend legt meine Mutter die Piroggen auf.

»Ich weiß noch, wie deine Mutter mit dem Zeugnis nach Hause kam, ja, ja«, sagt mein Vater zu Tosia. »Durch ein Wunder hatte sie Chemie geschafft. Wäre ich damals an ihrer Stelle gewesen …«

Und dann sitzen wir nur noch herum und sterben fast an Überfressung. Ich zumindest. Und was höre ich da?

»Kindchen, du solltest nicht so viele Piroggen essen. Du wirst zu dick.«

Haben sich denn alle gegen mich verschworen? Soll ich den Hungertod sterben, wenn der erlesene Duft russischer Piroggen über dem Tisch schwebt?

Tosia ist etwas angespannt, weil Jakub gleich kommen soll. Jakub nimmt Tosia mit ins Kino, und ich habe gewünscht, dass er sich endlich vorstellt. Der von Jola kann nicht auf meine Tochter aufpassen, aber ich werde einem fremden Mann nicht erlauben, meiner Tochter wehzutun. Und außerdem muss ich wissen, mit wem sie sich abgibt. Zumal Tosia nicht mehr ins Wandercamp fahren will, sondern andere Pläne hat, über die wir reden werden, wenn Adam wieder da ist. Ich weiß, warum. Weil sie denkt, dass sie es mit ihm leichter haben wird, er mich dann überzeugt, und so weiter. Morgen früh fährt sie für den Samstag mit Ulas Töchtern und Krzys nach Nowa Wrona, sie kommen am Sonntag früh zurück, wie auch Adam aus Krakau. Dann werden wir ja sehen.

Als Jakub auftaucht, kann ich meine Tochter ausgezeichnet verstehen. Jakub ist neunzehn, frisch gebackener Abiturient, blond, mit rehbraunen Augen, die das halbe Gesicht einnehmen. Dazu ist er leicht unrasiert. Leider verheißt ein so blendend aussehender Mann nichts Gutes. Tosia ist das reinste Engelchen.

»Das ist meine Mutter Judyta.«

Jakub reicht mir die Hand, drückt sie fest und lächelt.

»Jakub. Es hat mal einen Wodka gegeben, Judyta, Rebeka und Dawid.«

Ich bin sprachlos. Aber nur für einen Augenblick.

»Ich wusste gar nicht, dass ich aus einem Dreier-Reihenhaus stamme.«

Tosia wirft mir einen mörderischen Blick zu.

»Nicht aus einem Dreier, eher aus einem Vierer.«

Jakub sieht Tosia leicht strafend an, aber man merkt, dass er sie mag, ach, er mag sie, und mir bleibt das Herz stehen.

»Tosia, meine Liebe, wenn es stimmt, dass Kinder zumindest zum Teil das Aussehen und den Charakter von ihren Müttern erben, dann ist deine Mutter eher in einem Palast als in einem Vierer groß geworden.«

Also nicht nur gut aussehend, sondern auch ein aufmerksamer Beobachter.

»Ich bringe Tosia vor elf Uhr nach Hause«, sagt Jakub. »Ich freue mich, Sie kennen gelernt zu haben.«

Tosia verschwindet zusammen mit ihm durch die Tür, also laufe ich wie eine Irre hinter ihnen her und rufe ihnen nervös nach: »Ich bitte Sie, fahren Sie vorsichtig!«

»Mama …« Tosias Stimme klingt so flehentlich, dass ich mich zurückziehe.

Oh Gott, wenn ich Tosias Freund schon siezen muss, dann liegt das Leben hinter mir. Abends ruft Adam an und erkundigt sich nach Tosia. Er könnte sich ruhig mal nach mir erkundigen!

*

Schon bei Tagesanbruch ist Tosia zu Ula gelaufen, weil die Mädchen ja mit Krzys nach Wrona fahren sollten. Ich habe mich zurückgehalten, um nicht hinterherzurennen und Krzys zu bitten, vorsichtig zu fahren. Aber ich atmete erleichtert auf, als ich hörte, wie Ula ihnen von hinter dem Zaun nachrief:

»Fahrt bloß vorsichtig!«

Da beschloss ich, mich zu freuen, allein sein zu können, obwohl ich dafür, dass ich eigentlich keine alleinstehende Frau bin, zu viele Wochenenden mit Ula verbringe. Aber jetzt, wo der ersehnte Sommer Einzug gehalten hat, kann man sich nicht beschweren. Die Vögelchen zwitschern, die Pflänzchen pflanzen sich kreuz und quer fort, die Bäumchen winken mit den Ärmchen, und überhaupt ist es wunderschön. Ich sehe, dass Ula hinter dem Zaun der gleichen Meinung ist, denn sie geht umher und schaut sich um, was man denn so machen könnte. Ich habe auch viel zu tun und weiß nicht, womit ich anfangen soll. Ula und ich sind allein auf dem Land zurückgeblieben, also muss man sich etwas Nützliches ausdenken. Natürlich wäre ich lieber mit Adam allein zurückgeblieben, aber dann hätte ich ja zugegeben, dass ich ganz und gar und bedingungslos von einem Mann abhängig bin, und das stimmt ja nicht.

Am besten kann ich in der Hängematte nachdenken. Das heißt, ich hätte nachgedacht, wäre ich nicht eingeschlafen. Um zehn bin ich aufgewacht und habe mich geärgert, dass ich die Zeit so vertue. Dann wurde mir schlecht bei dem Gedanken, dass Adam morgen zurückkommt und wir dann gemeinsam unsere Urlaubspläne machen wollen. In der Vergangenheit wurde mir auch schlecht, aber mit dem von Jola war es überhaupt schwierig, sich zu einigen. Aber jetzt sollte ich mich doch freuen, und was nun? Ostapko schweigt weiterhin. Ihr Telefon schweigt auch. Ich kann es nicht beeinflussen. Also habe ich meinen Körper mit UV-Filtern eingeschmiert, Renia sagt, ohne Filter dürfe man nicht einmal für einen Augenblick in die Sonne gehen, und entschieden, nicht darüber nachzudenken, was ich alles tun muss, sondern darüber nachzudenken, womit ich anfange. Und nachdenken kann ich ruhig in der Sonne.

Und da ist Ula gekommen.

»Ciao«, sagt sie. »Darf ich für ein Momentchen?«

Oh, ich merke, es steht nicht gut. Ula schaut doch sonst immer rein und fragt nicht. Ich schaue bei ihr rein und frage nicht. Manchmal stehen wir am Zaun, weil keine von uns beiden Zeit hat reinzuschauen, und wir quatschen anderthalb Stunden quer über den Maschendraht. Aber fragen? Ohne Frage, sie hat ein Problem.

»Du darfst«, sage ich und hole eine zweite Liege.

Ich mache einen Tee, bei Hitze ist Tee das Beste, und wir setzen uns in den Garten.

»Ist die Welt nicht schön?«, beginne ich herzlich, denn Ula schweigt.

»Ja, eben, in dieser Angelegenheit bin ich hier.«

»Dass die Welt schön ist?«, frage ich und verstehe nicht.

»Ja, ja. Schön, sehr schön, aber guck mal, wie wir aussehen.«

Ich schaue Ula an, hübsch wie immer, mich muss ich ja zum Glück nicht sehen, aber das heißt, dass sie auch mich meint. Ich luge an mir herab – nichts Neues.

»Aber was meinst du genauer?«

»Es geht drum, dass wir unendliche Möglichkeiten haben, auf die Welt und auf unser Äußeres zu achten, und wir nichts daraus machen. Renia tut was«, sagt Ula. »Vielleicht sollten wir auch etwas tun?«

»Können wir machen«, erwidere ich, denn ich bin in ausgesprochen heiterer Stimmung.

»Denn sieh mal.« An dieser Stelle zieht Ula so ein Luxuspäckchen hervor. »Sieh mal, was ich bekommen habe.«

Ich sehe, dass das eine absolut wundervolle Gesichtsmaske ist, die uns schlicht – wie der Beipackzettel verspricht – zu Teenagern machen wird.

»Meine Güte«, sage ich begeistert.

»Eben«, flüstert Ula. »Was soll ich damit machen?«

Wie, was? Da steht doch ganz deutlich, was man machen soll, ich wäre selbst froh, wenn ich so ein Wundermittel bekäme. Zumal der Sommer vor uns liegt, und überhaupt.

»Es ist höchste Zeit, dass wir etwas für uns tun«, sage ich ganz ernsthaft.

»Aber die Familie ist weg, und ich habe so viel zu tun!« Ula sieht in den Himmel und ist nicht glücklich.

Und da kam uns diese wundervolle Idee. Alles geht besser, wenn man es zusammen macht (sogar Sex!). Im Handumdrehen beschlossen wir, dass es nun reicht, das Leben zu verwirken, dass die Welt doch wunderschön ist, wir zusammen im Garten arbeiten können, Ula gibt mir ein paar Pflänzchen, ich ihr dafür ein paar Gloxinien, dies und das kann man noch auseinander pflanzen, und wir würden sicher Zeit für die Maske finden, die Ula gern mit mir teilt. Dass es keinen Sinn hat, so trist hin und her zu schleichen – erst machen wir eins-zwei-drei Ordnung bei Ula, dann bei mir, dann setzen wir die Pflänzchen, dann kochen wir etwas Gesundes, dann duschen wir, treffen uns, legen die Maske auf und machen einen Weiberabend.

Wir stürzten uns in die Arbeit. Erst haben wir die Pflänzchen zum Umpflanzen aus der Erde gezogen, Ula ihre, ich meine, und legten sie ins Wasser. Sicher würden sie angehen, wenngleich … wir hätten früher daran denken können. Jetzt stutzen wir ein bisschen den Rasen, fegen unsere Terrassen, stapeln das Holz für das Feuer, schneiden trockenen Reisig – das ist doch keine Arbeit. Ach, ist das schön, gemeinsam etwas zu beschließen und zusammen zu machen! Vor uns ein Abend mit Maske, ruhig, nett, keiner wird uns stören, wir legen uns zeitig schlafen, morgen frühstücken wir bei Tagesanbruch zusammen, wir werden keine Minute verschwenden!

Schon um zehn Uhr abends war fast die Hälfte von dem erledigt, was wir uns vorgenommen hatten. Im Garten. Die Häuser waren unangetastet. Aber wir wollen ja morgen früh aufstehen, also machen wir jetzt das Gröbste drinnen, und in einer halben Stunde treffen wir uns zur Maske wieder. Nach einer halben Stunde bin ich im Wohnzimmer beim Staubsaugen, aber Ula ruft vom Zaun herüber, wir sollten uns in einer Stunde treffen, denn sie schafft es nicht.

Da fängt Boris an zu bellen, denn Dasza ist Ula zwischen den Beinen entwischt und hüpft freudig am Zaun hoch. Ich schnappe mir Boris, Ula Dasza, und wir trennen uns für die nächste Stunde. Schließlich ist Samstag, und wir haben uns doch einen netten Abend vorgenommen, also was soll's. Um halb zwölf kommt Ula, gebadet, mit der Maske und einer Quiche. Ich springe unter die Dusche. Während der nächsten Viertelstunde wärmt Ula ihre leckere Quiche auf, ich versuche, mich nach dem Putztag sauber zu schrubben. Süße Nachtluft vor den weit geöffneten Fenstern, endlich Stille, Ruhe, und wir können uns um uns kümmern. Als die vorzügliche Quiche vertilgt war, kam der Augenblick, auf den wir den ganzen Tag gewartet hatten. Das Öffnen der genialen Maske, die uns zu jungen, wunderschönen, schlanken usw. Frauen machen würde. Als Ula die Hand in die Maske tunkte, mit dem Ziel, sie auf ihrem Gesicht zu verteilen, fielen mir die ausgebuddelten Pflänzchen ein, die bis morgen sicher eingehen würden, wenn man sie nicht unverzüglich einpflanzte.

»Stopp!«, rief ich aus. »Das Einpflanzen!«

Ula begriff flugs, was ich meinte. Sie lief in die Garage, auf der Suche nach einer Taschenlampe und um sich umzuziehen. Ich musste keine Taschenlampe suchen, denn ich weiß, dass ich keine besitze, aber ich zog mir die Arbeitshose an und lief zu Ula. Boris hinter mir her, weil ich das Gartentor offen gelassen habe. Dasza benimmt sich bei seinem Anblick recht unanständig, und einen Moment später rennen unsere beiden Hunde freudig mal über Ulas Pflänzchen, dann wieder über meine. Dunkle Nacht, Ula hat zwar ihre Taschenlampe gefunden, die ist aber so klein, dass man in ihrem Schein nichts sieht. Ich hole einen Kerzenständer mit vier Kerzen, es ist windstill, und die Pflänzchen müssen in die Erde, höchste Zeit dafür. Ich komme mit dem Kerzenständer zurück, die Hunde haben Freude aneinander. Wir hocken uns auf Ulas Terrasse, denn Ula weiß noch nicht, wo sie die Pflänzchen gern hinpflanzen möchte. Aber wir können das genauso gut mit einem Glas in der Hand überlegen, denn das ist schließlich keine Entscheidung, die man *ad hoc* trifft. Ich gehe wieder ins Haus und hole den Rest Wein vom Sonntag, denn was sollen wir so überlegen, ohne Wein.

Der Sternenhimmel über uns.

»Vielleicht dort?« Ula ist von philosophischer Ruhe. »Vielleicht gleich bei den Berberitzen? Das gibt einen schönen Kontrast.«

»Die Berberitzen werden groß«, sage ich mit gewisser Kenntnis. »Und dann wachsen sie bis auf den Weg.«

»Du hast Recht«, stimmt Ula mir zu. »Dann vielleicht unter der Eiche?«

»Da ist Schatten.«

»Du hast Recht«, sagt Ula. »Dann weiß ich nicht, wo.«

Wir nehmen den Kerzenleuchter und kreisen durch den Garten. Gleich kommt über den Zaun geklettert und geht in Ulas Küche. Dasza wird verrückt, weil sie wahrscheinlich denkt, es sei Oje, nur von etwas anderer Rasse.

Als wir endlich wissen, wo wir die Pflänzchen pflanzen werden, stellt sich heraus, dass wir nicht wissen, wo wir die Schaufeln gelassen haben. Wir suchen die Schaufeln. Wir finden eine Hacke und pflanzen die Pflänzchen, indem wir die Löcher mit der Hacke ausheben. Dann gießen wir sie, damit sie nicht eingehen. Wir sind dreckig und mit uns zufrieden. Im Osten wird der Himmel grau. Wir sind nicht nur dreckig, sondern auch hungrig. Wir beschließen, eine Kleinigkeit zu essen, bevor wir uns zur wohlverdienten Ruhe betten.

Ach, ist das eine Freude, bei Tagesanbruch zu frühstücken! Wenn die Welt erwacht, die Vögel zwitschern und der Tau in den ersten Sonnenstrahlen funkelt! Ula und ich saßen bis sieben so da und bestaunten die Natur. Dann sind wir schlafen gegangen.

Und schließlich ist der Mann meiner Träume gekommen und hat gefragt, warum ich das Leben im Bett verwirke, wo es doch so schön sei! Und ich verstehe überhaupt nicht, wieso er sich bei so einer Einstellung auf einmal auch im Bett wiederfand, und zwar in meinem.

Du bist lieb!

Dann ist Krzys mit den Mädchen gekommen und meinte zu Ula, die ihnen im Nachthemd das Tor geöffnet hat – und es war zwölf Uhr mittags –, es sei doch schade, dass sie das Leben verwirke, wo es doch so schön sei. Adam und ich, zwar ein wenig unausgeschlafen, aber schon frisch gemacht, hörten uns das von hinterm Zaun an. Es hat meine Laune etwas gesteigert, jedoch leider nicht für lange. Tosia kletterte mit einem Eimer früher Sauerkirschen aus dem Auto, rief dann Adam zu sich nach oben und beriet lange mit ihm. Ich weiß nicht, warum sie etwas vor mir verheimlichen. Und was hatte das eigentlich zu bedeuten, dass der Freund der Mutter (nennen wir die Dinge doch beim Namen, er ist nicht einmal mein Mann) stundenlang mit der siebzehnjährigen Tochter dieser seiner Freundin quatscht. Das ist nicht gesund.

Nach etwa einer Viertelstunde kamen sie wieder nach unten.

»Sprich selbst mit ihr«, hörte ich ganz aus Versehen Adams Stimme auf der Treppe.

»Aber du setzt dich für mich ein?«

Wenn Tosia doch nur einmal diesen flehenden Ton in der Stimme hätte, wenn sie mit mir redet! Ich sprang von der Treppe weg und tat weiter, als würde ich Gemüse putzen.

»Mama, ich würde gern mit dir reden.« Tosia stand im Türrahmen und hatte einen hochmütigen Gesichtsausdruck.

»Trag den Müll raus«, sagte ich.

Tosia seufzte viel zu schwer für einen leichten schwarzen Müllbeutel und ging hinaus. Adam sah mich an und hob die Brauen.

»Du hättest sie später darum bitten können«, sagte er vernünftig und warmherzig, sodass ich bestimmt rot angelaufen bin. Ich gewöhne mich nur schwer daran, dass ein Mann auch manchmal Recht haben kann.

»Du misch dich nicht ein«, sagte ich vorsorglich.

Na, bitte. Ich bin immer die, die böse zu Tosia ist, und Adam ist der Liebe. Ein fremder Mann, der meiner Tochter gegenüber keinerlei Verpflichtungen hat, der an ihr seine soziologisch-pädagogischen Übungen machen kann, und selbst hat er seine arme Exfrau und seinen Sohn sitzen lassen, damit ich mich mit ihm herumquälen muss. Das ist die Wahrheit, was soll's.

Der Deckel der Mülltonne klappte herunter. Adam zuckte die Schultern, und sein Gesichtsausdruck war ganz anders als der von heute früh, als er in mein Bett stieg.

»Mische ich mich etwa ein?«

Tosia blieb in der Küchentür stehen. Das klingt wie der Traum eines betrunkenen Paranoiden. »Tosia blieb in der Küchentür stehen, Tosia blieb …«

»Mama?«

»Tu einen frischen Beutel in den Eimer«, sagte ich, und mir wurde bewusst, dass ich mich schwachsinnig benahm. Wenn sie nicht sofort einen Beutel in den Eimer tut, dann werde ich da gleich die Gemüseschalen hineinwerfen, und dann habe ich den Salat. Ich fühlte jedoch, dass mein Verhalten blöd war. Ich legte die Kartoffeln beiseite und trocknete mir die Hände.

»Na, dann komm.«

Tosia verdrehte die Augen, das Weiß blitzte auf, und sie schnitt ihr »Oh-Gott-schon-wieder«-Gesicht. Wir setzten uns alle ins Wohnzimmer. Tosia mit Adam auf das Sofa, ich auf den Sessel. Bezeichnend.

»Ich höre.«

»Ich will nicht zum Wandercamp fahren«, sagte Tosia.

Dank sei dir, Herr! Ich sah schon tausendfünfhundert Zloty in die schöne Tatra davonschwimmen.

»Ich will nach Kolberg fahren.« Tosia blickte mal zu Adam, dann wieder zu mir. Die vom letzten Satz aufgehaltenen Tausendfünfhundert schwammen wieder von dannen, diesmal in Richtung himmelblaues Meer. Adam schwieg.

»Mit wem?«

»Mit der ganzen Clique«, sagte Tosia und gab sich wirklich große Mühe, nicht zu zeigen, wie genervt sie war.

»Das heißt mit wem?« Ich war unbeugsam.

»Na, mit Jakub und Karolina, und ihrem Freund …«

So also erfährt eine dem statistischen Durchschnitt entsprechende Frau, dass ihre Tochter heranwächst. Aber Tosia ist doch gar nicht erwachsen! Vor einem halben Jahr ist sie siebzehn geworden, und es ist wirklich noch zu früh für Fahrten mit Neunzehnjährigen! Und was soll sie dort machen?

Vor meinen Augen schoben sich Hunderte von Briefen an die Redaktion vorbei:

Liebe Redaktion, ich möchte mich vor einer ungewollten Schwangerschaft schützen …
Liebe Redaktion, ich möchte mit dem Geschlechtsleben beginnen, wir lieben uns sehr …
Liebe Redaktion, was soll ich tun, es hat sich herausgestellt, dass ich schwanger bin …
Liebe Redaktion, unsere minderjährige Tochter erwartet ein Kind …

»Und was willst du dann machen? Erziehst du sie selbst?« Tränen blitzten in meinen Augen auf.

»Karolina?« Tosia und Adam sahen mich mit unermesslichem Erstaunen an.

»Ich weiß, wie solche Fahrten enden«, stöhnte ich.

»Mama, bist du verrückt geworden? Ich will einfach allein mit Freunden in die Ferien fahren! Jakubs Oma wohnt in Kolberg! Wir können da schlafen, das Meer ist gleich um die Ecke, Jod, gesundes Klima, und überhaupt, ich bin doch kein Kind mehr!«

Bei Jakubs Oma. Nun ja, das ändert die Lage der Dinge ein wenig. Windeln und Babybrei rückten ein Stück weg. Das Babygequengel, das ich im Ohr hatte, blieb.

»Die Oma?«

Ich musste dämlich dreinblicken, denn Tosia lächelte.

»Die Oma, die Oma. Wir haben da einfach ein Ziel. Sogar Karolinas Mutter ist einverstanden.«

Wenn bei der Oma … Und wenn Karolinas Mutter … Eigentlich, wenn sie sündigen wollen, können sie es überall tun, dafür müssen sie nicht ins entlegene Kolberg fahren. Ich weiß es aus eigener Erfahrung. Andererseits, wieso soll ich entscheiden? Und solch eine Verantwortung auf mich nehmen, das Kind allein in die Ferien zu schicken? Dieses Kind hat doch schließlich einen Vater, oder so etwas in der Art.

»Ich muss es mir überlegen«, seufzte ich.

»Du musst mir vertrauen«, sagte Tosia. »Das musst du. Ich bin fast erwachsen. Wenn du willst, kann Jakubs Oma dich anrufen.« Tosia stand vom Sofa auf. »Also, gebongt?«

»Ich schließe eine solche Möglichkeit nicht aus«, sagte ich vorsichtig. »Eher ja, aber ich möchte, dass du zuerst ...«

»Du bist lieb!« Meine Tochter sprang zu mir und küsste mich auf die Wange, was sie schon seit einiger Zeit nicht mehr tat. Offenbar hatte sie sich vergessen. »Tschüs dann! Ich laufe zu Karolina, um alles zu besprechen ...«

Und weg war sie. Ich sah Adam an.

»Sieht für uns nach einem Urlaub zu zweit aus«, sagte er. »Und was meinst du?«

Was ich meine? Tosia fährt mit irgendeinem Mann in Urlaub, und ich soll hier ins Blaue hineinträumen? Und dieser Himmelblaue sagt sonst nichts? Beruhigt mich nicht? Tröstet mich nicht?

»Ich hoffe, du wirst dir keine Sorgen machen. Sie ist wirklich schon fast erwachsen. Das mag ein Schock für dich sein, aber du musst dich langsam daran gewöhnen. Außerdem möchte ich auch mit dir reden. Wie wäre es, wenn wir nach Kreta fahren? Radek, der vom Radio, fährt mit seiner Frau, er hat eine günstige Unterkunft.

Wir haben doch etwas Geld für unseren ersten Urlaub beiseite gelegt.«

Kreta! Mit Adam! Der Traum meines Lebens wurde zu Staub. Wie sage ich ihm, dass ich diese Zehntausend für ein Geschäft mit Ostapko veruntreut habe, das sich leider etwas in die Länge zieht?

»Vielleicht bleiben wir zu Hause? Das hat auch seine guten Seiten«, sagte ich leise, bemüht, ihm ja nicht in die Augen zu sehen. Ich war voller Mitgefühl. Da saß ein Mann über vierzig, der eine reife Freundin gefunden hat. Die sein Geld unterschlägt und von ihm abhängig ist.

»Darüber können wir ja reden ... Aber du magst Griechenland doch so gern.«

Zum Glück müssen wir nicht mehr reden. Adam nimmt mich in den Arm, und ich liebe es über alles, umarmt zu werden. Vor allem, wenn keine Kinder in der Nähe sind. Als Karolinas Mutter anruft, liege ich immer noch in seinen Armen und habe gar nicht vor, mich daraus zu befreien.

»Sie sind mit der Fahrt einverstanden?«

»Natürlich ...«, sage ich unsicher.

»Ach, wie gut, denn ich habe meine Entscheidung von Ihrer Zustimmung abhängig gemacht.«

»Ist Tosia schon bei Ihnen angekommen?«

»Die Mädchen sind im Bad und färben sich die Haare.«

»Ach«, sage ich nur.

Ich lege auf. Adam drückt mich an sich.

»Oder nach Sardinien. Dort soll es wunderschön sein und nicht allzu teuer. Und wir haben doch etwas Geld beiseite gelegt.«

»Sie färbt sich schon wieder die Haare!« Ich löse mich

aus Adams Umarmung. Und bestimmt wird sie kahl. Später, wir können später reden, jetzt bekomme ich sowieso keinen Urlaub.

Oh Gott, wie soll ich ihm erklären, dass wir momentan keinen Pfifferling haben?

*

Am Nachmittag ruft Jakubs Oma an. Dass sie sich sehr darauf freut, meine Tochter bei sich zu beherbergen, dass Jakub so viel erzählt hat, dass es doch junge Leute sind, dass doch nichts passieren würde, dass sie glücklich ist, Tosia kennen zu lernen, dass die Zimmer schon warten, dass die Jugend von heute wundervoll ist. Eine höfliche Stimme, ein netter Ton, ich werde Tosia wohl fahren lassen müssen.

Liebe Redaktion,
ich bin schon erwachsen, aber meine Eltern verstehen das überhaupt nicht. Seit einem Jahr gehe ich mit einem Jungen, aber ich muss es vor ihnen verbergen. In den letzten Ferien sind wir zusammen verreist, nur dass ich den Eltern gesagt habe, ich würde zur Tante meiner Freundin fahren.

»Tosia!«, brülle ich durchs ganze Haus.

»Was?«

»Komm sofort herunter!!!«

»Was ist passiert?« Adam stürzt entsetzt in den Flur. »Wieso schreist du so?«

»Worum geht es?« Tosia kommt die Treppe heruntergelaufen, ein Auge geschminkt, das andere halb. Sie sieht mörderisch aus. Sie ist rothaarig.

»Wo wohnt diese Oma von Jakub? Adresse, Telefonnummer! Ich werde selbst anrufen!«

»Hast du nicht mit ihr gesprochen?«

»Doch, aber ich will noch mal mit ihr sprechen.«

Tosia sieht mich an, und in ihrem Blick erkenne ich reine Mordlust.

»Ich werde Jakub fragen und sage dir dann Bescheid.«

Ich lächele sardonisch. Ich werde Jakub fragen und sage dir dann Bescheid! Sie hat gedacht, dass dieses abgekartete Spiel mein Misstrauen nicht wecken würde! Oh nein! Bitte sehr, ich kann warten.

In diesem Jahr habe ich beschlossen, ihnen die Wahrheit zu sagen. Das, was jetzt zu Hause los ist, ist nur schwer zu beschreiben. Meine Mutter spricht nicht mehr mit mir. Ich will nicht weiter mit Lügen leben. Mein Freund ist gewissenhaft, trinkt nicht, raucht nicht, wir denken an eine gemeinsame Zukunft. Ich bin siebenundzwanzig Jahre alt und will wirklich mein eigenes Leben führen.

Ufff.

»Tosia!«, brülle ich erneut, diesmal beinahe freudig.

»Was ist denn jetzt schon wieder?« Der rothaarige Vamp, der die Gestalt meiner Tochter angenommen hat, kommt nur ungern herunter.

»Ich wollte dir sagen, dass du gar nicht schlecht aussiehst, die Haare stehen dir gut«, stottere ich.

Tosia zuckt die Schultern.

»Du hattest noch nie den besten Geschmack. Ich habe

mich blamiert. Morgen färbe ich mich um, ich sehe bescheuert aus.«

Wieso ist die erwachsene, siebenundzwanzigjährige Frau aus meinem Brief so abhängig von Mami und Papi? Das ist die Hauptfrage. Die Antwort muss einfach, klar und deutlich sein.

Liebe Marta,
ich habe keine Erklärung dafür, warum das Verhältnis zu erwachsenen Kindern, die längst keine Kinder mehr sind, so turbulent sein kann. Ich weiß nicht, weshalb du in der Rolle des Kindes verharrst, das zu lügen versucht, statt den Tatsachen die Stirn zu bieten. Vielleicht ist es wirklich an der Zeit, selbstständig zu werden – das heißt, auszuziehen, einen eigenen Haushalt zu führen usw. Ich kann natürlich nicht beurteilen, ob du die Mittel dafür hast, wenn du jedoch weiterhin die Rolle des Kindes spielst, lässt du zu, dass deine Eltern dich wie eines behandeln. Versuche, ruhig mit ihnen zu reden, Bedingungen festzulegen …

Abends bringt Tosia mir auf einem Zettel die Adresse und Telefonnummer von Jakubs Oma. Nun gut. Und wenn das irgendein Trick ist? Wenn die Kinder mir eine erdachte Oma untergeschoben haben, eine alte Lügnerin, die mit ihnen unter einer Decke steckt? Tosia ist beleidigt. Anrufen? Nicht anrufen? Anrufen? Und wenn sie nicht gelogen hat? Dann stehe ich wie eine Idiotin da. Kontrollieren ist idiotisch. Aber vielleicht bedeutet das ja nicht kontrollieren, sondern überprüfen.

Ich werde anrufen.

Ich werde nicht anrufen.

Derweil habe ich mit Ula verabredet, dass, sobald die Männer wieder einmal wegfahren, wir uns einen Weiberabend machen. Mit irgend so einer Maske. Und mit Frühstück im Morgengrauen.

*

Ich helfe Tosia beim Packen. Ich habe angerufen. Diese Oma von Jakub ist sehr nett. Sie hat gesagt, dass sie sich bei mir melden wird, dass sie meine Unruhe versteht, aber dass Jakub ein wunderbarer Junge sei und ich mir keine Sorgen machen muss. Sie hat versprochen, dass sie Tosia nichts von meinem Anruf erzählt. Beim Packen zickt Tosia unheimlich herum. Die Tasche ist voll gestopft, als würde sie für mindestens drei Monate wegfahren.

»Wofür brauchst du den Föhn?«

Tosia sieht mich ungläubig an.

»Um mir die Haare zu föhnen.«

»Kannst du sie nicht einfach so trocknen lassen? Ich habe nie einen Föhn mitgenommen, wenn ich weggefahren bin. Und was willst du mit diesen Kosmetika?«

Tosia beugt sich über die Tasche.

»Das ist eine Creme mit Schutzfiltern. Das ist eine Feuchtigkeitscreme. Für nach dem Sonnenbad. Die für die Nacht, die für Mischhaut. Das ist Reinigungsmilch, das Make-up-Entferner. Hier ist eine straffende Maske. Ich kann doch nicht ohne das alles fahren.«

»Ich habe niemals solche Dinge mit in Urlaub genommen.«

»Das war ein Fehler. Man sieht es dir an«, sagt meine Tochter. »Eine Frau sollte unabhängig vom Alter auf ihr

Aussehen achten. Du solltest dir ein Beispiel an Renia nehmen. Schau dir mal an, wie sie aussieht. Und du bist in einer neuen Beziehung und achtest überhaupt nicht auf dich. Du machst ja nicht einmal Gymnastik, obwohl ich dir zum Namenstag ein Callanetics-Video geschenkt habe.«

Meine Unruhe wächst von Minute zu Minute. Warum spricht Tosia wieder von Renia? Sollte sie das Gleiche bemerkt haben wie ich? Dass Adam sich für sie interessiert? Leider kann ich sie nicht danach fragen. Wie schade. Außerdem habe ich jetzt Wichtigeres im Kopf.

»Du wirst doch vernünftig sein, Kindchen?«

»Ich weiß nicht, was du meinst. Rede deutlich mit mir. Willst du mich fragen, ob ich meine Jungfräulichkeit verlieren werde?«

Oh mein Gott. Einen Augenblick lang ringe ich nach Luft. Wie kann sie über so etwas sprechen. Das meinte ich doch überhaupt nicht!

»Halt die Ohren steif«, sagt meine Tochter und geht in den Flur. »Adam!«, ruft sie in Richtung Garten. »Ich bin fertig!«

Adam soll sie, Karolina und Karolinas Freund nach Warschau zum Zug bringen. Ich gehe ihr nach.

»Vielleicht sollte ich mitfahren ...«

»Ach, Mama, da ist doch kein Platz. Wir haben ja noch Gepäck und holen Jakub ab. Bitte, verkompliziere nicht alles.« Flüchtig küsst Tosia mich auf die Wange.

»Melde dich, sobald ihr da seid!«, rufe ich ihnen nach. Kurz darauf höre ich nur noch das Tor ins Schloss fallen. Meine Tochter ist mit einem Mann, der schon Abitur hat, in die Ferien gefahren. Und ich habe es erlaubt.

Etwas für mich

Boris streift mir um die Beine. Ich gehe ins Bad und betrachte mich. Nun ja. Sollte man mich mit Renia vergleichen – dann fällt der Vergleich zugunsten von Renia aus. Aber sie geht ins Fitness-Studio. Vielleicht hat Tosia Recht. Vielleicht sollte ich, statt mich um die ganze Welt zu kümmern, zum Beispiel jeden Tag wenigstens ein Stündchen trainieren. Eine Frau in meinem Alter muss auf sich achten. Sonst ist es irgendwann zu spät. Ich will mir nichts vormachen. Es ist bereits zu spät. Der Abend lässt sich trist an. Meine minderjährige Tochter ist mit irgendwem irgendwohin gefahren, Adam kommt in der Nacht zurück, weil ein Kollege ihn als Experten in eine Radiosendung eingeladen hat, und ich bin ganz allein. Die Katzen streunen durch den Garten, nur Boris sieht mich vorwurfsvoll an.

Vielleicht ist das genau der richtige Augenblick, um endlich mal irgendwelche Entscheidungen zu treffen, statt mir vorzunehmen, irgendwann darüber nachzudenken? Zum Beispiel kann ich zu Hause Callanetics machen – das Video habe ich ja. Und zwar keineswegs, weil Renia es tut, sondern weil ich Lust dazu habe. Man verliert keine Zeit für die Anfahrt zum Training – weil es in meinem eigenen Haus stattfindet, ich kann nicht auf die wunderbare Ausrede zurückgreifen, ich hätte nicht den richtigen Anzug, keine Schuhe und anderes Drumherum, weil mich ja niemand sieht. Ich habe beschlossen, jetzt anzufangen – nicht erst morgen. Und nicht, um mich mit Jola zu vergleichen, sondern für mich.

Ich habe alle Sachen aus dem Schrank gezogen, um die alte Hose wiederzufinden, die die wunderbare Eigenschaft hatte, dass sie locker saß. Ich habe mich durch Berge von Röcken, Pullovern, Kleidern, Handtüchern, Bettlaken, Tischdeckchen und Socken gewühlt, und schon am Abend war ich auf dem besten Wege, sämtliche Schränke von Grund auf aufzuräumen. Das Video wartete geduldig. Als ich alle zuvor herausgezogenen Röcke, Pullover, Kleider, Handtücher, Bettlaken, Tischdeckchen und Socken wieder gefaltet und in den Schrank zurückgelegt hatte, fiel mir ein, dass ich die schwarze Hose im April beim Frühjahrsputz weggeworfen hatte, als ich mich entschloss, keine alten und zu weiten Sachen mehr aufzuheben, die ich vielleicht irgendwann einmal gebrauchen könnte.

Daraufhin holte ich alle gefalteten Röcke, Pullover, Kleider, Handtücher, Bettlaken, Tischdeckchen usw. wieder heraus und legte sie auf den Fußboden, um meine alten Leggins zu finden, die ich letztes Jahr ganz zu unterst gepackt hatte, denn bis zum nächsten Sommer war es ja schließlich noch weit hin. Anschließend stopfte ich die Sachen irgendwie in den Schrank, weil mich das nicht enden wollende Aufräumen ermüdet hatte. Das Video wartete, aber nun war es spät geworden. Ich legte Leggins und T-Shirt für morgen bereit – dem Schicksal zum Trotz, das mich hinterhältig von meiner täglichen gesunden Gymnastik abzuhalten gedachte. Adam ist in der Nacht nach Hause gekommen, als ich schon wie tot schlief.

Ich bin früh aufgestanden – wiederum nicht so früh, dass mir elend würde. Adam gab mir einen schnellen Abschiedskuss, und weg war er. Ich habe vier Stunden gearbeitet.

Liebe Redaktion,
ich habe am Meer einen Jungen kennen gelernt. Wir haben uns Liebe bis in den Tod geschworen, er wohnt an der Grenze und lebt nicht schlecht vom grenznahen Handel, aber, liebe Redaktion, wisst ihr vielleicht, ob die Regierung den grenznahen Handel abschaffen wird, denn wir möchten eine Familie gründen, und da wäre es besser, zu wissen, woran wir sind …

So klug bin ich nicht. Ich weiß nicht, woran ihr seid und woran ihr sein werdet. Und auch die Regierung wird euch das nicht sagen. Auch nicht die Gesetzgebung. Ich weiß ja selbst nicht einmal, woran ich bin.

Liebe Redaktion,
ich möchte mit dem Rauchen aufhören, ich war sogar bei einem Hypnotiseur, er hat mir fünfzig Zloty abgenommen, und ich rauche weiter. Das lohnt sich überhaupt nicht. Ich würde ja zu einem anderen gehen, aber nur, wenn Sie für ihn bürgen, denn es reicht mit dem Betrug in unserem Land. Und ich rauche vielleicht sogar mehr als vorher, und das kostet und ist nicht gesund.

Dieser Betrüger! Mein Gott! Fünfzig Zloty würde ich selbst hergeben, wenn mich dann niemand mehr um eine höhere Summe betrügt. Eine Bekannte aus der Redaktion kennt jemanden, der Ostapko kennt. Sie hat versprochen, sie würde versuchen, an ihre Adresse zu kommen. Rauchen ist nichts gegen die Aussicht, dass mein Leben wegen Ostapko in Schutt und Asche fällt. Und ich darf nicht zerfallen.

Ich habe beschlossen, mir eine Pause zu gönnen. Keiner da, ich kann ein bisschen trainieren, niemand wird mich auslachen. Nicht alles auf einmal – betete ich mir immer wieder vor. In Herrgottsfrühe aufstehen, das Rauchen aufgeben usw. Am wichtigsten ist der erste Schritt. Ich legte die Briefe beiseite.

Ich zog Leggins und T-Shirt an. Ich aß mein zweites Frühstück. Ich begann, die Biografie von Hemingway zu lesen – faszinierend. Hinterm Fenster goss es. Sehr angenehmes Wetter für Callanetics. Klar, wenn ich jetzt raus müsste, wäre es schrecklich. Aber zu Hause? Bitte sehr. Um ein Uhr mittags schaltete ich den Videorekorder ein. Ich jagte den Hund in den Flur. Das Video wartete geduldig. Ich schaltete die Musik aus, legte die Kassette ein. Da rief meine Mutter an – was ich denn so treiben würde. Und wenn ich nicht besonders beschäftigt wäre, dann könnte ich doch mal vorbeischauen, sie hätte hundert russische Piroggen gemacht. Ich schaltete den Videorekorder aus, zog die Leggins aus, die Jeans an und setzte mich in die Bahn. Die russischen Piroggen waren köstlich. Ich bin abends zusammen mit Adam nach Hause gekommen.

Adam ging ins Zimmer und stolperte sofort über einen Haufen Klamotten. Neben dem Schrank lag ein Stapel Pullover, die ich vergessen hatte. Ich werde sie später wegtun. Schließlich hatte ich mir vorgenommen zu trainieren, und ich muss schon heute anfangen, nicht erst morgen. Adam habe ich gesagt, dass ich in der nächsten Stunde beschäftigt sein würde und er mich nicht stören solle. Er bezeugte geringes Interesse und sagte, dass er dann mal zu Krzys gehen würde. Ich zog die Jeans aus und die Leggins an. Und das T-Shirt. Ich schaltete den Videorekorder ein. Anstelle von Callanetics erschien Harrison Ford. Ich hatte keine Ahnung, dass ich diesen Film aufgenommen hatte! Ich liebe Harrison Ford! Der Regen trommelte an das Fenster. Ich habe mir den kompletten Harrison Ford angesehen. Ein sehr angenehmer Film, wenn es so vor sich hin regnet.

Um zehn merkte ich, dass es zehn war. Ich habe mich ein wenig darüber aufgeregt, dass sich die ganze Welt gegen so einen Menschen wie mich verschwor – der beschlossen hatte, etwas für sich zu tun. Ich spulte Harrison Ford zurück – meine Güte, wie der sie angesehen hat! – und legte die Kassette ein, auf der Callanetics sein sollte. Sollte, war aber nicht. Stattdessen *Die Deserteure*. Ich holte *Die Deserteure* heraus und legte die nächste Kassette ein. Ich weiß, ich sollte alle Kassetten beschriften, habe ich aber nicht. Außerdem war das ja die ideale Gelegenheit, endlich Ordnung zu schaffen – so setzte ich mich denn in den Sessel und nahm mir die Kassetten vor. Ich legte Kärtchen bereit, klebte sie auf die Kassetten und schrieb die Filmtitel drauf. Adam steckte den Kopf zur Tür herein und sah mich geistesabwesend an. Ganz anders als Harrison Ford dieses Fräulein, in das er verliebt war.

»Was machst du?«

»Siehst du das nicht? Ordnung!«, antwortete ich verärgert. Er hätte ja nicht so lange bei Ula und Krzys sitzen müssen.

»Seit gestern? Ich gehe ins Bett, ich bin todmüde.«

Okay. Ich werde überhaupt nicht eifersüchtig sein, weil er oft erst spät von der Arbeit kommt. Schließlich ist er auch mal im Radio. Und ich werde nicht gleich hinter ihm herlaufen, nur weil er ins Bett geht. Ich würde noch in eine toxische Beziehung geraten, also in so eine, in der die Menschen keinen Augenblick allein sein können.

»Legst du dich auch hin?« Adam steht in der Tür.

Wenn er dir über alles geht und du alles auf sein Geheiß hinschmeißt …

»Ich habe hier noch zu tun …«

»Dann gute Nacht.«

Er war nicht einmal beleidigt, hat nicht »komm« gesagt, ich wäre doch mitgekommen. Er ist einfach gegangen. Meine Gegenwart fehlt ihm nicht. Soll er doch schlafen, wenn es ihm ohne mich besser geht. Ich klebte weiter Zettel auf die Kassetten. Es war eins. Die Kassette mit dem Callanetics habe ich nicht gefunden.

Ich nahm mir vor, die beschrifteten Kassetten ordentlich einzusortieren, und nicht irgendwie durcheinander. Ich richtete ein Bücherfach her. Das heißt, ich habe die Bücher herausgeholt und die Kassetten reingestellt. Das war auch eine sinnvolle Aufgabe – ich stieß nämlich auf ein Buch von Olga Tokarczuk, von dem ich dachte, eine Freundin hätte es mir vor einem halben Jahr nicht wiedergegeben, und deshalb habe ich beinahe den Kontakt zu dieser Lügnerin abgebrochen, die Bücher nicht zurückgibt. Etwas blöd fühlte ich mich schon. Morgen würde ich sie anrufen. Die Bücher stellte ich vorübergehend aufs Fensterbrett, da ich ohnehin gründlich mit den Büchern aufräumen muss. Um halb drei bin ich schlafen gegangen.

Am nächsten Tag habe ich meine Freundin angerufen und mich dafür entschuldigt, dass ich sie beschuldigt hatte. Ich begann bei Adam, erzählte dann von Renia, die ins Fitness-Studio geht, der schwarzen Hose, dem T-Shirt, dem Taillenumfang, bis hin zum Kassetten-Suchen usw. Sie hat sich sehr über meinen Anruf gefreut, denn sie hätte gerade meine Olga Tokarczuk wiedergefunden. Bei sich im Bücherregal. Ich hatte ihr nämlich nicht *Ur und andere Zeiten* geliehen, sondern *E. E.* Also freute ich mich auch. Anschließend sagte sie, sie könnte mir zur Versöhnung und als Entschuldigung ein Callanetics-Video leihen. Wir haben uns für Mittwoch verabredet.

*

Tosia hat angerufen, es sei toll, und ob sie nach Schweden dürfe. Sie darf nicht! Wieso nicht?! Darum nicht! Sie sagt, sie hätte mit Adam gesprochen, und er sei der Meinung, sie dürfe nach Schweden fahren. Ob er schon mit mir geredet hätte? Nein, weil er noch nicht wiedergekommen ist. Sie wollen mit den Rädern fahren, die Fähre ist billig, wenigstens für ein paar Tage, und sie hätte schon mit dem von Jola gesprochen, der würde ihr Geld schicken, also sollte ich doch keine Schwierigkeiten machen, sondern ihren Pass Karolina geben, denn Karolina ist nach Hause gefahren, um ihren zu holen. Räder wären da. Nein! Nein! Und nochmals nein!

Als Adam von der Arbeit kommt, fragt er als Erstes, was mit unserer Reise sei, denn wir hätten doch schon Juli, und gleich seien die Ferien zu Ende. Zweitens – ob ich Tosia nach Schweden fahren lassen würde, denn die Gelegenheit müsse man nutzen, und weit sei es auch nicht, und ich solle nicht so sein, denn er würde es gar nicht gern sehen, wenn ich so wenig Vertrauen zu ihm hätte, wenn er an Tosias Stelle wäre. Und ich solle mich doch nicht wie ein abhängiger Elternteil verhalten. Ich bin von der ersten Frage so genervt, dass ich mich damit einverstanden erkläre, Tosia nach Schweden fahren zu lassen. Ich weiß nicht, wie ich ihm sagen soll, dass wir nirgendwohin fahren werden.

*

Gestern bin ich auf dem Weg von der Redaktion bei Kasia reingesprungen, um mir das Callanetics-Video abzuholen.

Heute ist Donnerstag. Die Kassette liegt auf dem Videorekorder und wartet. Mich plagen wahnsinnige Kopfschmerzen. Ich habe heute bereits zwei Orangensäfte getrunken, ein Aspirin mit Vitamin C, ein Alka Seltzer oder so ein ähnliches widerliches Zeug, drei Becher Tee mit Zitrone und eine Flasche Mineralwasser. Und ich habe weiterhin Brand. Adam hat angerufen und zeigte sich enttäuscht, dass er meinen Kater nicht sehen kann. Er meint wohl, es wäre mir peinlich! Vergiss es, du Soziologe!

Alles nur, weil wir gestern mit dem Rest vom Cognac von Kasias Geburtstag angefangen haben. Man trinkt nicht zuerst Cognac. Vor dem Rest Wein zum Abendessen. Und vor dem Gläschen Eierlikör zum Nachtisch. Ich habe auch Kalzium und Magnesium geschluckt. Trotzdem geht es mir keinen Deut besser. Ich schaue auf die Bücher auf der Fensterbank, die ich dringend wegräumen muss, weil das Fenster nicht aufgeht. Morgen müsste man auch die Pullover wegräumen, die ich vergessen hatte und die immer noch auf einem Stapel neben dem Schrank liegen. Die Leggins und das T-Shirt sind griffbereit. Aber die Kassette wäre bestimmt nicht von alleine zu mir gekommen, wie ich meine, also bin ich ein wenig entschuldigt. Himmel, habe ich einen Durst. Himmel, habe ich Kopfschmerzen.

Aber übermorgen werde ich ganz bestimmt früher aufstehen und mit dem Training beginnen, wo ich schon mal, leider Gottes, die Kassette habe. Es sei denn, meine Mutter ruft an und sagt, ich solle zum Rippchenessen kommen. Meine Mutter macht ausgezeichnete Rippchen.

Ich werde mich auf den Kopf stellen

Heute bin ich von der Redaktion aus direkt zu Ostapko gefahren. Ohne Anruf, ohne Vorwarnung. Sie muss mir mein Geld wiedergeben. Es reicht. Im Bademantel öffnete Ostapko die Tür. Bei meinem Anblick wich sie zurück, ich jedoch beachtete ihr Aussehen nicht. Entsetzlich. Ich schob mich durch die Tür, Ostapko trat sichtlich widerwillig zur Seite.

»Judyta?«

»Hör mal.« In Kampfstellung baute ich mich im Flur auf. »Seit einem Monat kann ich keinen Kontakt zu dir aufnehmen. Gib mir mein Geld zurück! Was ist nun mit unserem wunderbaren Geschäft? Sag schon!« Ich war stocksauer und hatte genug von allem.

»Komm rein.« Ewa öffnete die Tür zu einem kleinen Zimmer, in dem sich irgendwelche Dokumente türmten, ein Fernseher stand mit dem Bildschirm zur Wand, auf dem Fernseher standen Kartons. »Entschuldige die Unordnung, aber ich packe.«

Ihre Stimme klang irgendwie fremd, was mir jetzt erst auffiel.

»Willst du Kaffee, Tee?«

»Ich will, dass du mir mein Geld zurückgibst. Mit dir mache ich keine Geschäfte!«

Darauf ließ sich Ewa Ostapko, die wunderbare Ewa Ostapko, die mein Leben verändern und dank der ich, ohne einen Finger zu rühren, Zwanzigtausend verdienen sollte, auf einen Stuhl fallen und brach in Tränen aus.

»Ich kann es dir nicht zurückgeben«, schluchzte sie. »Ich habe es nicht.«

Mein Herz machte sich auf den Weg Richtung Hals und rutschte dann an seinen Platz zurück.

»Du hast es nicht? Wie, du hast es nicht?« Ich ließ mich wie ein nasser Sack auf einen zweiten Stuhl fallen, meine Stimme war leise. »Wie, du hast es nicht?«, wiederholte ich stumpfsinnig. Ich weiß nicht, wie ich auch nur einen Augenblick lang denken konnte, sie sei stark und erfolgreich. Sie wischte sich die Augen.

»Man hat uns betrogen.«

»Ewa«, der Kloß in meinem Hals wuchs. »Ich verstehe, dass irgendetwas schief gegangen ist, aber ich kann mir solche Geschenke nicht leisten.«

Ewa stellte sich wie ein Henker vor mich.

»Ich werde es dir nicht zurückgeben, weil ich es nicht habe. Ich dachte, wir würden beide gewinnen. Ich habe auch eine Menge verloren. Es wimmelt nur so vor Betrügern, schaust du keine Nachrichten?«

Es stimmte, das tat ich nicht. Sollte die Tatsache, dass ich keine Nachrichten schaute, mein Leben ruinieren? Und meine Beziehung, die auf Vertrauen und Aufrichtigkeit basierte? Warum habe ich nicht früher mit Adam geredet?

»Das hast du nicht gesagt. Als du das Geld von mir genommen hast, hieß es, es sei ein sicheres Geschäft!«, wollte ich ausrufen, aber nur ein Flüstern kam über meine Lippen. Ich merkte, wie mich die Angst bei der Gurgel packte, und es war ein ähnliches Gefühl wie damals, als der von Jola mir sagte, er hätte sich in eine andere verliebt. »Gib mir zurück, was ich dir geliehen habe …«

»Gibt es denn einen Beweis, dass du mir Geld geliehen hast?« Ostapko hob den Kopf, und ich konnte ihr vor Zorn erstarrtes Gesicht sehen. »Hast du einen Beweis? Hör auf, mir aufzulauern, ich habe auch ohne dich genug Probleme!«

In ihren blauen Augen konnte ich meine bodenlose Blödheit bemerken.

»Ich muss hier ausziehen! Ich kann mir nicht einmal die Miete leisten! Ich muss zurück nach Szczecinek, zu meinen Eltern! Ich bin in einer viel schlimmeren Situation als du!«

Wie betrunken ging ich über die Aleje Ujazdowskie zur Haltestelle der Vorstadtbahn. Meine Knie waren weich, die Menschen, die an mir vorbeiliefen, sahen aus wie Traumschatten. Ihre Gesichter erkannte ich nicht, alles verschwamm zu konturlosen Flecken. Die Häuser und Bahnen, die Autos und die Menschen, alles lag hinter einem Nebel. Es war Anfang Juli, ich war achtunddreißig Jahre alt, und mein Leben lag in Schutt und Asche.

Von dem von Jola wegen Jola verlassen zu werden, war nichts dagegen. In einem kalten Zimmer zu schlafen und jahrelang keinen Orgasmus gehabt zu haben war nichts dagegen. Auch dem Chefredakteur vor drei Tagen gesagt zu haben, ich würde mir ohnehin eine bessere Arbeit suchen, war nichts dagegen. Ich habe mich wie eine unreife, verantwortungslose Idiotin benommen und damit eine strahlende Zukunft verwirkt. Adam wird mich verlassen, wenn er erfährt, was ich getan habe. Ich hatte nicht das Recht, an unser gemeinsames Geld zu gehen. Ich habe ihn auf der ganzen Linie enttäuscht. Ich schleppte mich zur Bahn und setzte mich in den letzten Wagen. Gedankenlos starrte ich durch das Fenster. Die Landschaft rauschte vorbei. RUTEK IST SCHWANGER MIT SADO, zuckte die Schrift auf einer Mauer. RETTUNG FÜR EINE STADT OHNE SEX UND BUSINESS.

Business! Wieso habe ich mich auf das Business und nicht auf den Sex konzentriert?

Ich sah, wie immer mehr Leute einstiegen, bis es eng wurde. Neben mir holte ein junger Mann seinen Walkman aus der Tasche und steckte sich die Hörer in die Ohren, um die Musik so laut laufen zu lassen, dass meine Gedanken zum Stillstand kamen. Irgendwie muss ich mir helfen. Adam darf nichts erfahren. Ich werde mich auf den Kopf stellen. Ich werde reumütig zum Chef gehen und mich für meine dummen Witze entschuldigen. Ich werde viermal so viele Briefe schreiben. Ich werde putzen gehen. Töpfe schrubben, ich weiß nicht, was ich noch alles tun werde, nur dass Adam nichts merkt. Auf halber Strecke hatte ich die Pläne für die nächsten Monate fertig. Ich würde diese Zehntausend von irgendwem leihen und sie wieder aufs Konto tun. Dann würde ich nachdenken, wie ich die Schulden bezahlen soll.

Adam wartete mit dem Abendessen auf mich. Er hatte eine Schüssel Salat mit Sardinen und einer Unmenge von Kräutern gemacht, stellte die Petroleumlampe auf den Gartentisch und bat mich mit einer ausholenden Geste Platz zu nehmen. Beim Händewaschen quälten mich unerträgliche Gewissensbisse. Dann setzte ich Lächeln

Nummer fünf auf und ging freudestrahlend in den Garten. Der Salat war köstlich. Gleich saß am anderen Tischende und beobachtete uns mit vermeintlicher Ruhe, jedoch verdächtig weit aufgerissenen Augen. Adam schickte sich an, ihn herunterzuscheuchen, aber er sah mich an und sagte:

»Ach, was soll's. Schließlich sind Ferien.«

Wir saßen bis Mitternacht im Garten. Eng umschlungen blickten wir in den Himmel. Und ich wusste, dass ich nicht zulassen würde, dass wir uns trennen.

*

Ala leiht mir das Geld für einen Monat! Die Welt ist doch nicht so gemein, und sie duftet einfach gut! Jedes Jahr suche ich nach verschiedenen Ähren, um sie kurz vor der Ernte zu schneiden. Angeblich bringen solche Ähren in der Zimmerecke Wohlstand fürs ganze Jahr. Ich weiß nicht, ob das nicht reiner Aberglaube ist, aber seit ich das gehört habe, stehen bei mir Hafer, Weizen und Roggen. Schade, dass Ostapko nichts davon wusste. Das hätte mir einen Haufen Probleme erspart. Es war mitten im Sommer – ich würde mich heute nicht mit der Vergänglichkeit der Zeit beschäftigen und damit, dass es bald Herbst wird.

Ich bin zu dem Treffen mit Ala nach Warschau gefahren. Ala ist die einzige mir bekannte Person, die Geld hat, und konnte ein Darlehen erflehen. Ala arbeitet mit mir zusammen – sie ist Stellvertreterin des Redaktionssekretärs und ein guter Kumpel. Sie hat nur einen Fehler – sie verliebt sich immer sofort. Dieses Jahr war sie bereits Anfang Juni ans Meer gefahren, Strand, Meeresrauschen und all diese Dinge, und wie üblich ist sie verliebt wiedergekommen. Wenn sie sich doch nur wenigstens in einen anständigen Typen aus der gleichen Stadt verlieben würde! Aber ihr Auserwählter wohnt stets mindestens zweihundert Kilometer entfernt. Sie hat mein tiefes Mitgefühl. Obwohl sie sich jedes Mal glücklich verliebt! Und das seit Jahren! Natürlich jedes Jahr in einen anderen Herrn.

Und immer, aber wirklich immer – unabhängig davon, wohin sie fährt (sogar von einer Diätkur ist sie mit einer großen Liebe wiedergekommen!) – trifft sie den richtigen Mann. Frei. Gutaussehend. Nett. Dem sie selbstverständlich den Kopf verdreht hat. Wenn ich so darüber nachdenke, dann ist es ein Wunder, wie viele Jahre unvergessener Liebschaften schon hinter ihr liegen. Einige der Herren habe ich kennen gelernt. Wenn doch wenigstens eine Niete dabei gewesen wäre! Wenigstens ein doofer! Wenn bloß einer irgendwelche augenscheinlichen Fehler hätte. Aber nein. Alles anständige, nette Menschen, vernarrt in sie, aber die Entfernung tut das ihre, und stets nimmt es das gleiche Ende.

Er kommt, dann ruft er an, dann kommt er immer seltener, dann hat sie mal Zeit, mal nicht, dann telefonieren sie nicht mehr dreimal täglich, sondern einmal in der Woche – was mich nicht besonders erstaunt, wenn ich mir so ansehe, was die polnische Telekom und die anderen Anbieter veranstalten, und so um Ostern herum gibt es nur noch eine Karte. Nichtssagend.

Bei alledem hält Ala sich wirklich wacker. Sie weint nicht, wird nicht hysterisch. Sie legt eine bewundernswerte Vernunft an den Tag.

»Nun ja, so spielt das Leben. Die Entfernung. Wir haben die Prüfung nicht bestanden«, sagt sie.

Dann kommen wieder die wunderbaren Monate Juli und August – und wieder fährt sie weg. Und wieder verliebt sie sich. Und das ganze Spielchen geht von vorne los.

Und in diesem Jahr war sie eben schon im Juni in Urlaub. An der wunderschönen, kalten polnischen See. Und dort hat sie die Liebe ihres Lebens getroffen. Sie ist nicht nur erholt, sondern auch beflügelt zurückgekommen.

»Diesmal ist es der Richtige!«, überzeugte sie mich gleich nach ihrer Rückkehr. »Mit ihm bleibe ich ein Leben lang zusammen.«

Der Mann wohnt irgendwo an der Oder. So der Stand von vor zwei Wochen. Was war in diesen zwei Wochen geschehen? Ich schwöre, ich kenne mich aus mit den Dingen des Lebens (durch die Briefe an die Redaktion, klare Sache), aber das hätte ich nicht gedacht. Dieser Mann ist doch tatsächlich sofort nach dem Urlaub nach Warschau gekommen. Ich weiß nicht, ob er Zeit hatte, die Waschmaschine anzuschmeißen, oder ob er nur das Hemd gewechselt hat und gleich in den Zug nach Warschau gestiegen ist. Er rief an, dass er da sei. Sie war verrückt vor Freude. Auch wenn sie ihre Überraschung nicht verbarg, denn die Arbeit, sie hätte keine Zeit gehabt, zum Friseur zu gehen, sie hätten sich doch erst vor zwei Tagen gesehen. Aber sie war verrückt vor Freude. Das ganze Wochenende streiften sie durch die Altstadt und durch den Lazienki-Park und versicherten sich einvernehmlich ihrer Gefühle.

Er ist wieder gefahren. Die nächsten vier Tage lang rief er an. Am Freitag lud er sie zu sich ein. Sie redete sich charmant heraus – denn wenngleich es die große und einzige Liebe war, sie hatten sich schließlich gerade erst gesehen. Sie fand einhundertundacht Gründe, die Mutter, ein Auftrag, der Haushalt und so weiter. Daraufhin meinte er, dass er eben käme. Da geriet sie leicht in Panik. Sie hatten sich doch vor vier Tagen erst gesehen.

Er ist gekommen. Mit einem Plan. Er würde die Stelle wechseln, er hätte bereits mit seinem Chef gesprochen, in Warschau gäbe es eine Niederlassung. Seine Wohnung würde er vermieten. Wie und wann er herziehen könne. Denn wenn das alles ernst gemeint sein soll, dann doch nicht auf solch eine Entfernung. Man müsse versuchen, zusammen zu sein. Zu leben. Zu riskieren. Zu prüfen. Sie seien schließlich erwachsen. All das wiederholte sie mir am Montag – empört.

Ich machte die unbändige Freude für ihren Zustand verantwortlich, dass sie endlich dem Mann ihres Lebens begegnet sei – ziemlich erwachsen und sehr engagiert. Oh, meine Naivität! Ich kam am Nachmittag bei ihr an. Ala sah wunderhübsch aus – braun gebrannt, in einer roten Bluse öffnete sie mir die Tür und zog mich herein.

»Setz dich, setz dich, ich koche gerade Kaffee«, rief sie und verschwand in der Küche.

Ich schleppte mich hinter ihr her und hatte nicht einmal die Courage, ihr zu erklären, dass ich gar keinen Kaffee trinke.

»Das Geld liegt auf dem Tisch«, sagte sie und machte sich an der Kaffeemaschine zu schaffen. »Du musst ja ganz schön über die Stränge geschlagen haben. Nur denk daran, in einem Monat muss ich es wiederhaben. Ich brauche es als Rate fürs Auto.«

Ich ging ins Zimmer zurück und versteckte fünftausend im BH. Ala kam nach. Sie stellte die Tassen auf den Tisch.

»Und wie geht es Robert?«, fragte ich vorsichtig.

»Du verstehst doch sicher, wir mussten uns trennen! Und alles hatte so schön begonnen!« Ihre Stimme zitterte vor unterdrückter Enttäuschung, und ich begriff nicht, worum es ging.

»Trennen?«, fragte ich. »Ich denke, er wollte mit dir zusammenbleiben ...«

»Ja eben! Wie kann man denn ein Leben mit einer fremden Frau planen? Er will mich gleich binden, entmündigen, an den Herd stellen, und kaum, dass ich mich versehe, werde ich zu einem Niemand!«, rief sie, über den Mann verbittert, der keiner Seele etwas zuleide getan hatte.

»Es sieht aus, als würde er dich lieben und ernst nehmen«, warf ich schüchtern ein.

»Würde er mich lieben, würde er mich nicht zwingen, mit ihm zu leben«, rutschte es ihr heraus.

Und alles war klar.

Gewiss, es gibt in der Natur auch mal Fälle, wo der Mann, der eine Frau liebt, besser daran tut, sich von ihr fern zu halten. Ein Psychopath etwa, oder ein Alkoholiker. Aber dieser Mann wirkte überhaupt nicht aggressiv. Ganz im Gegenteil, ihn zeichneten gewisse außergewöhnliche Merkmale von Reife aus: Verantwortungsbewusstsein und die Fähigkeit, Entscheidungen zu treffen und Risiken einzugehen.

»Ich habe kein Glück mit Männern«, seufzte Ala. »Schön, dass es wenigstens bei dir gut gegangen ist.«

Ich wollte sagen, dass sie eine Frau sei, die Liebeleien mag – und zwar nur Liebeleien. Eine Frau, die es liebt, angehimmelt zu werden – und zwar nur ab und zu. Dann tat sie mir plötzlich schrecklich Leid – denn Ala ist wirklich ein außergewöhnlich guter Mensch. So gut, dass man Lust hat, mit ihr zusammen zu sein. Nie hat sie jemandem Hilfe abgeschlagen. Nie hat sie ihre Freunde enttäuscht. Wie oft kam es in der Redaktion vor, dass der Computer einen Text verschluckt hat, der gerade in den Umbruch sollte, oder dass die Fotos nichts geworden waren – Ala regelte alle Angelegenheiten so geschickt mit dem Chefredakteur, dass es nie Krach gab. Und mit den Männern …

Ich blieb ein halbes Stündchen bei ihr und ging mit dem Geld. Ich zahlte es bei der Bank ein und dachte mir, dass ich im Grunde nicht viel anders war als sie. Sie hat Angst, so richtig mit einem Mann zusammen zu sein, ich habe Angst, ehrlich mit Adam zu sein. Zum Glück werde ich Adam einmal alles erzählen, irgendwann, wenn die Gelegenheit sich bietet. Jetzt aber muss ich allein damit klarkommen. Adam hätte nie im Leben Schulden gemacht, nur weil ihm jemand ein schnelles und schmerzloses Geschäft anbietet. Ich dachte wirklich nicht, dass ich so schrecklich naiv sein könnte, und ich will nicht, dass er es erfährt. Alles wird gut. Ich habe einen Monat, um mir einen Kredit bei der Bank zu beschaffen und Adam von einem gemeinsamen Urlaub abzubringen. Ein hoher Preis für meine Blödheit.

Endlich allein

Endlich werden wir die ganzen Tage für uns haben. Natürlich erst nach Feierabend. Niemand wird uns stören, wir werden früh ins Bett gehen und früh aufstehen, wir pflügen die Erde an Ulas Zaun entlang durch, und ich werde schnell ein paar Kräuter säen. Zu spät. Ich werde Basilikum in Töpfen kaufen und umpflanzen. Adam repariert den Rasenmäher – zum sechsten Mal in diesem Jahr. Der Rasenmäher hat den Motor von der Waschmaschine, aber dauernd verheddert sich irgendetwas, und er läuft nicht mehr. Adam bleibt neben mir stehen.

»Hör mal, Jutka …«, und er hielt bedeutungsvoll inne.

Von diesem Innehalten wird mir immer ganz warm im Bauch, und ich bekomme leicht weiche Knie.

»Ja, ich höre«, gab ich zur Antwort, denn warum sollte ich schließlich nicht hören.

»Wenn wir die Fenster verhängen und so tun, als wären wir weggefahren, wenn wir kein Licht anmachen, dann würden doch alle denken, wir wären nicht da, oder?«

Ich weiß schon, was er meint, denn manchmal machen wir das so. Wenn Tosia da ist, geht es nicht. Ich weiß nicht, wieso wir so viele Probleme haben, denn Renia zum Beispiel oder Artur müssen ihre Fenster nicht zuhängen und tun, als seien sie nicht da. Ula und Krzys gehen auch einfach ins Schlafzimmer, wann immer ihnen danach ist. Und wir müssen tricksen, obwohl ich keinen Hehl daraus mache, dass auch das seine guten Seiten hat und einen leichten Schauer verursacht, der dafür sorgt, dass ich mich fühle, als würde ich in einem Erotikthriller mitspielen. Wenn er mich vielleicht endlich heiraten würde, was ich natürlich überhaupt nicht will, dann würden gewisse Dinge eindeutiger für mich werden. Natürlich will ich das überhaupt nicht, keine Hochzeiten, keine Ehemänner, keine Abhängigkeiten von einem Mann, das soll er ja nicht denken!

»Vielleicht sollten wir das machen«, flüstere ich.

Und dann machen wir das. Obwohl es Anfang Juli ist, zündet Adam ein Feuer im Kamin an. Ich verhänge die Fenster, nehme ein Bad und weiß, dass ein romantischer Abend mit einer erotischen Note vor mir liegt und zudem kein Kind im Haus ist, was die Lage noch anziehender erscheinen lässt. Ich will nicht darüber nachdenken, was Tosia jetzt vielleicht tut. Ich komme ins Schlafzimmer, Boris liegt quer über dem Bett. Ich jage ihn ins Wohnzimmer, zünde eine Kerze an, Adam werkelt in der Küche herum, öffnet eine Flasche Wein, bringt Gläser. Das Geld ist auf dem Konto, jetzt kann ich ihn mit reinem Gewissen davon überzeugen, dass wir es zum Beispiel für den Winterurlaub zurücklegen sollten. Bis zum Winter ist es noch lang. Adam bleibt nackt vor mir stehen, Mamma mia, ich kann nur hoffen, dass Tosia ihre Abende anders verbringt als ich!

Mit einer Geste, die ich mir aus einem amerikanischen Film abgeguckt habe, schlage ich die Decke zurück, Adam hüpft ins Bett, wir vergraben uns in der Wäsche, er legt seine Arme um meine (ich wünschte, ich könnte sagen gertenschlanke ...), um meinen Hals und ... anstelle eines romantischen Seufzers höre ich:

»Verflucht noch mal! Was ist das für ein Sandkasten hier?«

Er springt auf und macht das Licht an. Tatsächlich hat sich ein Haufen Sand, Boris sei Dank, in malerischer Unordnung über das halbe Bett verteilt. Die ganze Romantik ist zum Teufel, weil wir uns daranmachten, das Bett neu zu beziehen. Danach hüpften wir heiter kichernd in die sauberen Laken und löschten das Licht. Nur eine kleine Kerze brannte. Ich streckte meinen Arm nach der Weinflasche aus, während Adam sich wie ein Pascha breit machte.

»Ich weiß nicht, ob es sich in unserem Alter ziemt, solche Dinge zu tun.«

»Was für Dinge?«, fragte ich unschuldig und trank meinen Wein aus.

»Ich weiß nicht, was ich gemeint habe. Alzheimer«, sagte er und zwickte mich in den Po.

In dem Augenblick klingelte das Telefon. Wir erstarrten.

»Ich gehe dran, bestimmt hat jemand das Licht gesehen.«

»Ich bringe dich um, wenn du in zwei Minuten nicht wieder hier bist.«

Ich sprang aus dem Bett, wütend, dass jemand gerade in solch einem Moment, um halb zehn, wo ein romantischer Abend vor uns lag (der erste, seit Tosia weg ist), anrufen musste. So senkten wir auf ausgezeichnete Weise den Landesdurchschnitt in Sachen Sex, der ohnehin viel zu wünschen übrig ließ und den wir gerade heben wollten.

Ich zog mir Adams T-Shirt über und lief zum Telefon.

»Hallo?«

»Hast du einen Augenblick Zeit?«

Nein, ich hatte keinen Augenblick zu verlieren. Schließlich wartet nicht immer ein Mann auf eine achtunddreißigjährige Frau, und ich hatte gar keine Zeit für dumme Telefongespräche. Es war Agnieszka, und ihre Stimme klang traurig wie sechs Kilo zu schälender Kartoffeln.

»Ja, klar«, sagte ich und erinnerte mich mit Mühe daran, dass ich Zeit für sie haben musste, weil sie mich unterstützt hatte, als ich in einer schwierigen Lage war.

»Warte einen Moment.« Ich legte den Hörer auf den Tisch und lief zu Adam.

»Es ist Agnieszka, ich muss kurz mit ihr sprechen, sie hat ein Problem.« Ich küsste ihn auf die Stirn und schenkte mir Wein ein. »Wartest du?«

»Ich werde geduldig sein wie Godot.«

»Die anderen haben auf Godot gewartet, nicht Godot auf sie«, erinnerte ich ihn.

»Ich bin mir nicht sicher. In Wirklichkeit war es vielleicht anders herum.« Adam drehte sich auf die Seite und nippte an seinem Wein. »Lauf, und komm schnell wieder.«

Mit meinem Weinglas in der Hand setzte ich mich in den Sessel und nahm den Hörer.

»Was ist los?« Ich gab mir Mühe, nicht ungeduldig zu klingen.

»Ich weiß nicht, soll ich nach Bialystok fahren oder nicht?«

Oje! Ich dachte, mit dem Thema seien wir durch. Vor drei Monaten war Agnieszka dienstlich in Bialystok gewesen, wo ihre Firma eine Niederlassung hat. In eben diesem Bialystok ist der Chef der PR-Abteilung ein gewisser Herr Gwidon. Und Herr Gwidon hat Agnieszka beim Bankett anlässlich des fünfjährigen Bestehens der Firma heftig angebaggert. Sie haben sich sogar vor dem Hotel im Taxi geküsst, und Agnieszka musste ihre ganze Willenskraft darauf verwenden, ihn nicht in dieses Hotel einzuladen, obwohl er sie diesbezüglich sehr bedrängte. Und da hat es Agnieszka, die ohne jeden Zweifel Grzesiek sehr liebt, etwas umnebelt. Wir haben sechshunderttausend Gespräche geführt des Typs: »Ich liebe Gwidon nicht, aber du verstehst nicht, was es heißt, fünfzehn Jahre lang von dem gleichen Mann geküsst zu werden!«

Damit hat sie mir ein wenig wehgetan, denn das war vor Adams Zeit (er wartet auf mich, Agnieszka, mach schneller!), aber ich verstehe, dass die Gefühle die Oberhand gewannen, also habe ich dem keine besondere Bedeutung beigemessen. Dann irgendwelche SMS, Anrufe, als er in Warschau war, haben sie sich auf einen Kaffee getroffen, und das war's. Leider hat vor drei Wochen in der Hauptniederlassung ein Meeting aller VIPs stattgefunden. Diesmal warf Gwidon Agnieszka jedoch keine verschleierten Blicke mehr zu, sondern nahm sich eine Sekretärin mit ins Hotel, und diese Sekretärin verließ ihn erst am Morgen darauf. Agnieszka ist verrückt geworden.

»Er hatte sich doch in mich verliebt!«, jammerte sie. »Wie konnte er mir das antun, vor meinen Augen?«

Agnieszka sondierte ein wenig, und es stellte sich heraus, dass Gwidon eine Frau und einen niedlichen Sohn hat und für unverfängliche One-Night-Stands bekannt war. Und jetzt stand wieder eine Fahrt nach Bialystok an, und der Chef hatte sie gefragt, ob sie fahren würde, denn man müsse ja die Hotelzimmer rechtzeitig buchen.

»Fahr nicht«, antwortete ich direkt.

»Ich soll nicht fahren?« Ich hörte Verwunderung in Agnieszkas Stimme.

»Fahr nicht«, wiederholte ich.

»Könntest du das irgendwie begründen? Es ist leicht, so etwas hoppla-hopp zu sagen.«

»Wenn du nicht fährst, wirst du eine zufriedene, mit dem Leben glückliche Person sein, die ihrem Mann gegenüber keine Gewissensbisse hat.«

»Zieh nicht meinen Mann da mit rein!« Agnieszka fühlte sich verletzt. Nach kurzem Schweigen fügte sie traurig hinzu: »Aber wenn ich nicht fahre, werde ich eine verzweifelte, einsame und sitzen gelassene Person sein. Wo liegt der Fehler?«

»Fahr nicht.«

»Ich verstehe dich nicht. Ich suche einfach nach einer Lösung, nicht nach Widerworten. Ich dachte, du würdest mir helfen.«

»Fahr nicht.«

Ich zog die Beine an und nippte an meinem Glas.

»Und dass Aska fährt, das ist kein Argument? Nein? Aber wenn ich nicht fahre, dann werden sie sich das Maul über mich zerreißen. Eine Sekretärin … Wo doch zwischen uns ein Band entstanden ist, und du bist so trivial. Wenn ich nicht fahre, wird ihm das das Herz brechen.«

»Vielleicht wird es brechen, aber zumindest nicht in deiner Gegenwart, sondern in der der Sekretärin.«

»Du hast Recht. Es wäre besser, nicht zu fahren. Was soll ich tun?«

»Fahr nicht«, wiederholte ich stumpfsinnig.

»Das heißt, bei der nächsten Dienstreise soll ich dem Chef auch sagen, dass ich nicht fahre? Bist du vielleicht in der Lage, mir etwas anderes zu sagen, mir etwas Kluges zu raten?«

»Möchtest du, dass ich dir sage: fahr?«, fragte ich erfinderisch.

»Ja!«

»Ich werde es aber nicht sagen. Fahr nicht.«

»Musst du wirklich so fies zu mir sein?«

»Nein. Aber fahr nicht.«

»Du bist eintönig. Wird es mir damit entschieden besser gehen? Deiner Meinung nach bin ich hoffnungslos? Ich weiß nicht, was ich tue? Du solltest sagen: fahr.«

»Aber ich sage dir: fahr nicht.« Mein Glas war leer, und ich wollte zum Himmelblauen, und zwar dringend und sofort.

»Aber wieso eigentlich nicht? Auf so eine einfache Frage findest du keine richtige Antwort? Es gibt drei Fragen aus der Natur, die ich dir stellen möchte. Gibt es Gott, gibt es ein Leben nach dem Tod, und soll ich fahren? Oder vielleicht eher doch nicht? Auf die ersten beiden können wir ein anderes Mal eine Antwort finden. Was soll ich also tun, eine endgültige, kurze Antwort! Schließlich erteilst du doch Ratschläge, oder?«

»Nein!«, brüllte ich ins Telefon. »Fahr nicht! Wenn dein Mann dir im Augenblick nichts bedeutet, dann nimm trotzdem zur Kenntnis, dass du Gwidon mal gern haben kannst!«

»Woher weißt du das?«, fragte Agnieszka betrübt. »Meinst du, wegen der Sekretärin? Aber wahrscheinlich hast du Recht … Wenn er doch mit dieser fiesen Sekretärin zusammen war. Dass die sich nicht schämt …« Agnieszka klang wirklich traurig. Nach einer Weile nahm ihre Stimme einen entschiedenen Ton an: »Das heißt, ich sollte fahren und ihm zu verstehen geben, dass zwischen uns nichts gewesen ist, dass er mir gleichgültig ist.« Diesmal schwang Hoffnung in der Stimme mit.

Ich sah auf die Uhr. Zwanzig kostbare Minuten waren vergangen.

»Fahr nicht. Ihm ist egal, was du machst. Er hat nicht einmal angerufen.«

»Ich habe sowieso nichts anzuziehen.«

»Sehr gut, dann fällt es dir leichter, nicht zu fahren.«

Agnieszka verstummte.

»Also sollte ich besser nicht fahren«, ertönte es aus dem Hörer. »Na dann, tschüs, wir hören voneinander.«

Ich zog den Telefonstecker aus der Wand und ging mit meinem leeren Glas zu Adam zurück. Er lag quer im Bett. Zu seinen Füßen schlief Boris auf dem gerade frisch aufgezogenen Laken. Die Kerze zischte, der Docht ertrank im Wachs. Das halb volle Glas stand auf dem Boden. Ich setzte mich aufs Bett und berührte leicht den Arm vom Himmelblauen.

»Komm, komm, ich warte doch …«, sagte Adam mit schläfriger Stimme.

Ich blies die Kerze aus und schlüpfte zu ihm unter die Decke. Er legte seinen Arm um mich, platzierte meine

Brust bequem in seine Armbeuge und schnaufte mir warm ins Schlüsselbein. Im Schlaf.

Ich lag reglos da und überlegte, warum ich mich früher, vor sehr langer Zeit, nach einem Telefon gesehnt hatte. Welch sinnloser Wunsch. Dann dachte ich, dass Tosia hoffentlich ihre Abende genauso verbrachte. Und schließlich bin ich eingeschlafen.

*

Wieso stand mir früher, als ich so um die zwanzig war, morgens nie der Sinn nach Liebe, wo das doch so schön ist? Ich weiß es nicht. Immer öfter kommt es vor, dass ich keine Antwort auf diese und andere Fragen finde, dabei werde ich doch fürs Beantworten bezahlt. Vielleicht sollte ich mir selbst schreiben?

Ich fuhr in die Redaktion und klopfte beim Chefredakteur an.

»Unser Kollege war bei einem Shooting des ›Playboy‹«, sagte er naserümpfend. »Wussten Sie, dass man den Models die Pobacken mit Tesa hochklebt?«

»Warum?«, fragte ich intelligent, denn kein Tesa dieser Welt könnte Pobacken senkrecht oben halten.

»Ich weiß es nicht. Angeblich sieht es ekelhaft aus.« Der Chefredakteur war sichtlich angewidert. »Ja, ja, das Leben zerstört Illusionen. Und in welcher Angelegenheit kommen Sie, Frau Judyta?«

Ich erläuterte ihm knapp meine finanziellen Schwierigkeiten und meinen psychischen Zustand, der daraus folgte, wobei ich mich reuig für mein vorausgehendes Verhalten und meine Drohungen, ich würde die

Stelle wechseln, entschuldigte und ihn um mehr Aufträge bat.

»Vielleicht könnten Sie ja mal was zum Thema Sex schreiben?«, ereiferte sich der Chefredakteur, doch bevor ich auch nur etwas erwidern konnte, winkte er ab. »Nein, in dieser Situation hat das keinen Sinn.«

»Ich würde gern etwas darüber schreiben«, stotterte ich. Ein Mensch, der Schulden abzahlen muss, kann sogar über Sex schreiben, auch wenn ich somit die tausendzweihundertundfünfzehnte Person wäre, die über Sex schreibt. Wenn sich alle, die darüber schreiben, mit der Praxis statt mit der Theorie auseinander setzen würden ... Eine richtig schöne Vorstellung.

»Na, dann schreiben Sie mal. Obwohl ich eigentlich gerade für die Rückkehr zu althergebrachten Werten in diesen wechselhaften Zeiten war«, erklärte der Chefredakteur. »Wie man eine Beziehung retten kann, wie man eine Sprache mit dem Partner spricht ... Es gibt da jetzt so Bücher ... Schreiben Sie, es ist Urlaubszeit, niemand arbeitet«, seufzte der Chefredakteur und schaute aus dem Fenster. »Ich muss auch in Urlaub fahren. Was will man machen, so ist das Leben.« Er wirkte nicht begeistert.

Ich bedankte mich und zog mich leise hinter die Tür zurück. Natürlich würde ich schreiben. Ich würde schreiben, schreiben und nochmals schreiben, ich muss arbeiten, denn ich bin nicht in der Lage, mit solchen Schulden zu leben. Auf dem Heimweg machte ich einen Abstecher in die Buchhandlung und kaufte einen Haufen nützlicher Bücher, die Bridget Jones bestimmt erworben hätte, wenn sie an meiner Stelle wäre. Ich mag Adam lieber als Hugh Grant.

Wie man ihn verführt. Wie man ihn verlässt. Wie man ihn ködert. Wie man ihm die Lust wieder nimmt. Der Misogyn und die Frau, die liebt. Verständige dich mit deinem Partner. Verständige dich mit deinem Mann. Verständige dich mit deinem Liebhaber. Verstehe, was er sagt. Verstehe, was er fühlt. Verstehe, was er nicht sagt und so weiter. Zu all diesen Büchern gab mir die Verkäuferin an der Kasse zwei weitere: *Sternzeichen. Wie man sich binden soll, um lange und glücklich zu leben*, was mir von allen am interessantesten erschien. Und noch ein Buch über Sex. Ich habe vierundsechzig Zloty ausgegeben, weil es ein modernes Antiquariat war.

Ich werde eine Artikelreihe schreiben. Der Chefredakteur wird begeistert sein und mir eine eigene Spalte anbieten. Vor meinem geistigen Auge tanzte groß aufgemacht meine eigene Rubrik: »Judyta rät«. Nein, hoffnungslos, wenn jemand jemandem rät, dann wird das bestimmt keiner lesen. Judyta und du. Du und Judyta. Judyta, die nicht rät. Judyta, die keinem etwas rät.

Judyta, die selbst keinen Rat weiß.

Judyta versteht dich. Du, er und Judyta. Geliebte Dreiecke. Du im Dreieck mit Judyta. Dein Partner und Judyta. Judytas Liebe. Adam und Judyta. Judyta und Adam Himmelblau. Interessant, wie wohl unser gemeinsames Namensschild an der Tür aussähe? Ich würde natürlich niemals meinen Namen ändern, und schon gar nicht den von Adam annehmen, schließlich trägt Tosia doch meinen, das heißt den von dem von Jola, und sie könnte sich etwas verloren fühlen, sollte ich zufällig Adams Namen tragen. Denn Tosia wird wohl nicht so bald ihren Namen ändern. Und ich auch nicht. Weil ich ihn niemals heiraten werde, weil ich nicht will. Ich werde keinen blöden Namen von irgendeinem Typen tragen, und sei es auch mein Adam!

Ich war ein wenig sauer. Alles musste ich im Kopf haben. Adam sollte um fünf an die Ecke Marszalkowska/Aleje Jerozolimskie kommen, und er war nicht da. Und hier kann man nicht parken. Ich werde mich nie wieder mit ihm verabreden. Dabei war es noch gar nicht so lange her, da konnte ich auf ihn zählen, und er war pünktlich. Schließlich haben wir doch keine blöde Hochzeit gefeiert, nach der sich die Männer zu verspäten pflegen, die Socken irgendwohin werfen und die Dichtung der Spüle nicht reparieren, was Adam mit der Begeisterung und der Kompetenz eines Soziologen tut, hingegen der von Jola nie konnte.

Ich stehe also wie blöd an dieser Ecke und fühle mich wirklich wie eine sitzen gelassene Frau. Die Bücher werden schwer, und bestimmt gaffen mich alle an und denken sich: Da, die nächste sitzen gelassene, naive Type. Ich werde mich nicht lächerlich machen. So einen Einfluss hat also Sex in der Frühe auf den Mann. Ich sehe auf die Uhr – es ist siebzehn Uhr vierzig. Ooooo, nicht gut. Aber ein wenig hätte er schon auf mich warten können. Früher hat er gewartet. Ich wüsste gern, wie lange ich hier bereits stehe. Fünf Minuten? Eigentlich brauche ich nicht länger zu warten. Er ist gefahren.

»Süßes Kleines, hast du keine Uhr?«

Ich drehe mich um und sehe meinen geliebten Himmelblauen.

Ich werde ihm gar keine Szene machen, weil ich mich verspätet habe.

Hilflos breite ich die Arme mit zwei schweren Tüten mit der Aufschrift »Modernes Antiquariat« aus.

»Ich musste hinten, vor dem Kinderladen parken. Komm.« Er nimmt mir eine Büchertasche ab und wirft einen Blick hinein. Ganz oben: *Sex und alles, was du darüber wissen solltest.*

Der Himmelblaue, dieser Soziologe, lächelt!

»Das hättest du mich heute früh fragen sollen, anstatt Literatur zu diesem Thema zu kaufen. Es zählen die empirischen Studien.« Wenn er mich ärgern will, dann sagt er solche Dinge.

»Empirische Studien«, hebe ich an, »sind Experimente, also ...« Ich boxe ihn freundschaftlich und halte ihm nicht vor, dass er gestern mit diesem Wein auf mich warten sollte. Denn Adam ist ein sehr, aber wirklich sehr guter Mensch. Manchmal weiß ich überhaupt nicht, wie ich mich neben ihm verhalten soll, denn ich kann nicht einmal mit ihm streiten, obwohl ich in dieser Disziplin gar nicht schlecht war, wenn es um den von Jola ging.

Es ist fast Abend, als wir nach Hause kommen. Im Westen verschwimmt der Himmel zu einem orangefarbenen Streif. Wir sitzen unter der Weide, knabbern an Hähnchen aus irgendeinem Grill und spülen mit Orangensaft nach. Adam trinkt den Rest vom gestrigen Wein.

»Jutka, war das dein Ernst, dass du nicht in Urlaub fahren willst? Sollen wir zu Hause sitzen?«

Man kann also doch nicht in Ruhe essen, weil einem wieder etwas vorgeworfen wird, was man mal dahingesagt hat. Vielleicht passt es ihm ja in den Kram, dass ich nicht nach Kreta fahren will?

»Willst du denn fahren?«, frage ich vorsichtig.

»Ich würde fahren … Aber …«

Ich erstarre. Gleich wird er mir sagen, dass er nicht mit mir fahren will, oder nur mit Szymon, oder mit seiner Exfrau, weil er Sehnsucht nach ihr hat.

»Szymon braucht dringend einen Computer. Ich dachte, wenn du wirklich lieber hier bleibst, dann könnten wir von dem Geld, das wir für den Urlaub weggelegt haben, etwas für den Computer nehmen, und wir würden vielleicht einfach im Winter fahren, so, wie du wolltest? Ich habe einen festen Auftrag beim Radio angenommen, damit haben wir die Ausgabe schnell wieder drin … Was meinst du dazu?«

Was ich dazu meine? Nichts. Ich kann ihm nicht sagen, dass ich Ala Geld schulde, und da kommt mir der Gedanke, ihm vorzuschwindeln, dass meine Mutter oder mein Vater sich dringend Geld leihen wollten, und ob wir ihnen nicht vielleicht … Ich werde später lügen.

»Klar«, sage ich ruhig. »Machen wir es so. Jetzt ist es in den südlichen Ländern zu heiß.«

»Schön. Szymon wird sich freuen. Außerdem habe ich gedacht, dass Tosia auch eine eigene Ausrüstung gebrauchen könnte. Sie hat doch schon seit einem Jahr Informatik, und du erlaubst ihr nicht, an deinen Computer zu gehen.«

»Doch«, empöre ich mich. »Natürlich erlaube ich es ihr, aber im Rahmen der Norm.«

»Schon.« Adam packt mich am Bein. »Nur ist die Norm bei dir so eingeschränkt.«

»Adam, es ist mein Job, kein Spielzeug. Wie viele Computer soll es in diesem Haus denn geben? Deinen, meinen, und jetzt noch Tosias?«

»Genau«, stimmt Adam zu. »Wenn man bei Szymons altem Gerät die Festplatte ein wenig erweitert, wäre er für kleines Geld gar nicht so schlecht. Tausend, vielleicht Tausendzweihundert.«

Das ist so viel, wie ich die nächsten zwei Jahre lang abzahlen werde, wenn ich den verfluchten Kredit bei der Bank bekomme, um Ala das Geld wiederzugeben. Gütiger Gott, was habe ich da bloß angestellt?

Das Gartentor quietschte, und zwischen den Dahlien tauchte Krzys auf. Er winkte gen Himmel.

»Kommt rüber, wir grillen eine Kleinigkeit«, sagte er. »Lasst uns diesen Sonnenuntergang feiern.«

Also feierten wir ihn.

Ich mache mich unabhängig

»Wollt ihr wirklich nirgendwo hinfahren?« Konrads Stimme war so laut, dass sogar Ula, die sich auf ihrem Grundstück über ihre Pflänzchen beugte, den Kopf hob.

Konrad und seine Frau waren an diesem Samstagnachmittag vorbeigekommen. Es war klar, dass ich mich von Adam abhängig machte, und ich beschloss, alles in Ordnung zu bringen. Jetzt würde unser Haus voller Leute sein.

»Wenn du dich nicht mehr mit Freunden triffst und er am wichtigsten für dich ist …«

»Das wundert mich überhaupt nicht«, sagte Konrads Frau und sah sich in unserem Garten um. Der zwar noch nicht ganz fertig ist, aber alles Mögliche blühte schon, und der Kürbis in der Ecke ließ einen sechs Meter langen Schnurrbart mit gelblich-weißen Blüten sprießen.

»Darf man wissen, wieso?«, fragte Konrad unbedachterweise seine Frau.

Bisher hatte ich immer geglaubt, ich würde viel reden. Aber nein, neben Konrads Frau könnte ich als Lots Frau durchgehen. Bevor noch jemand von uns den, wie man meinte, in der Luft hängenden Streit abwenden konnte, begann Konrads Frau, mit der Geschwindigkeit eines Maschinengewehrs zu sprechen.

»Ach, Liebling, weißt du noch, wie du angeordnet hast, dass wir den Urlaub ohne Kinder verbringen sollten? Letztes Jahr …« Sie stellte Fragen, wartete aber nicht auf die Antworten. »Er hat gesagt, sie seien schon so groß, dass sie ins Feriencamp und in die Ferienfreizeit fahren könnten, zum Glück könnten wir uns das leisten, und wir, tja, wir hätten uns auch etwas Zeit für uns verdient. Nicht wahr, Liebling, das hast du doch gesagt? Und stell dir vor«, hier wandte sie sich an mich und beugte ihren Oberkörper leicht nach vorn. »Die Kinder waren weg, und er brachte Reiseprospekte mit, denn wenn das unsere überfälligen Flitterwochen seien, dann würden wir nicht sparen. Weißt du noch, Liebling?«

Konrad wollte sie unterbrechen, aber ich habe gesehen, wie Adam ihn unter dem Tisch anstieß. Und Konrads Frau fuhr fort: »Wir haben kein Bett. Nicht wahr, Liebling? Bis heute. Und wisst ihr, wieso?« Sie ließ einen triumphierenden Blick über uns wandern. »Weil er«, sie schob ihren anklagenden Zeigefinger fast vor Konrads Brust, »gesagt hat, dass Erinnerungen wichtiger sind als ein neues Bett. Seit letztem Jahr haben wir für ein Doppelbett gespart, nachdem das alte durchgebrochen ist, und seitdem schlafen wir auf einer Yogamatratze, die wir vor ungefähr zwanzig Jahren gekauft haben. Nicht wahr, Liebling?«

»Aber …«, versuchte Konrad tapfer, und das war alles, was er einwerfen konnte.

»Aus der Matratze kommen auf der einen Seite die Federn raus, ich hätte nie gedacht, dass da Federn drin sind, auf der anderen ist eine Kuhle. Du kannst dir sicher vorstellen, wie es sich darauf schläft, nicht wahr?« Das galt wiederum mir.

Ich nickte mit einem Blick auf Adam. Er machte ein Pokerface. Das Gesicht von Konrads Frau hellte sich auf.

»Wir haben uns ein sehr nettes Bett ausgeguckt, für Zweitausenddreihundert, leider ohne Bettkasten. Aber da meinte Konrad, nicht wahr, Liebling, dass das Bett doch warten könnte! Tolle Reiseprospekte! Wir würden Freiheit schnuppern! Unabhängigkeit! Es würde so sein, wie wir es uns immer ausgemalt haben! Ja, und garantiertes Bombenwetter, in Ägypten zum Beispiel! Und der Flug? Das erste Mal im Leben! Das wäre der Trip schlechthin! Damals war Ägypten im Angebot, zu dem Geld für das Bett hat Schwiegermutter noch Zweitausend draufgetan, obwohl das, glaube ich, das einzige Geschenk war, was sie uns im Leben gemacht hat, nicht wahr, Liebling?«

»Ist nicht wahr!« Konrad war etwas sauer auf seine Frau.

Boris hatte sich eine Kuhle in der Nähe der Trauerweide gebuddelt und legte sich auf die Ringelblumen.

»Ach ja, und dann noch die erbärmliche Kaffeemaschine. Konrad hat die Kanne zerschlagen, und bis heute haben wir keine neue!« Konrads Frau breitete die Arme aus und lachte laut. »Du hast Recht, Liebling.«

Ich sah Adam an, er mich. Unsere Blicke trafen sich für eine halbe Sekunde, und ich wusste, dass wir nicht mit ihnen nach Kreta fahren würden. Niemals.

»Schon im Flugzeug wurde ich krank, nicht wahr, Liebling?«, fuhr Konrads Frau unermüdlich fort.

»Keine Details, mein Bienchen.« Konrad versuchte, seine Frau zu bremsen. Ohne Erfolg.

»Und als wir gelandet waren, schlug uns eine Hitze wie aus dem Backofen entgegen. Auf dem Weg ins Hotel hielten uns viele Kinder an und bettelten um Bakschisch. Die Kinder sahen ausgemergelt aus, also habe ich ihnen Bonbons gegeben.«

»Ja, eben. Du hast nie darauf gehört, was der Reiseleiter sagte. Er hatte deutlich erklärt, man solle nichts geben.« Konrad hatte siegreich geschafft, einen Satz zu platzieren, bevor sich der nächste Redeschwall ergoss. Mein Soziologe schwieg artig, ich dagegen unartig, aber ich glaube, sie haben es nicht bemerkt.

»Eben, Liebling. Die Kinder ausgemergelt, und da soll man ihnen nichts geben. So kann nur ein Mann sein. Aber ich bin eine Frau, Liebling.« Konrads Frau räkelte sich und deutete mit den Händen eine Art Kreis um ihre Brüste an. Dann verzog sie das Gesicht. »Von da an begleiteten sie uns auf Schritt und Tritt. Wir waren überhaupt nie allein. Im Hotel fiel die Klimaanlage aus, also konnten wir nicht schlafen, Gott, wie heiß es war. Konrad beschloss, nicht auf den Reiseleiter zu hören, der gesagt hatte, man solle kein rohes Obst essen. Aber du hattest dir irgendwelche italienischen Äpfel gekauft, nicht wahr, Liebling? Und das war's dann.« Sie hielt dramatisch inne. Konrad sackte hinter dem Tisch in sich zusammen. »Er wurde krank.«

Ich musste laut lachen, aber es schickte sich nicht. Schließlich war der Gast kein Schwein, sondern hatte seine Rechte, wie mein Vater zu sagen pflegte.

»Die beiden nächsten Tage hat er im Bett verbracht, das zwar bequemer war als das zu Hause, aber dafür hat er so um die fünf Kilo abgenommen. Und das nur wegen der italienischen Äpfel! Nicht zu glauben. Ich saß bei ihm und erstickte vor Hitze. Ich beneidete unsere Kinder, dass sie irgendwo in einem netten, grünen Land waren, in dem es regnet und wo man sich erholen kann, also in Polen. Nach zwei Tagen packten sie uns in einen Reisebus. Wir fuhren in das Tal der Könige, ich habe mich so gefreut. Drei Busse mit Touristen und drei Autos mit bewaffneten Soldaten, die uns vor Terroristen schützen sollten! So sah die Freiheit aus! Denn, wie sich herausstellte, hatte es zwei Monate zuvor im Tal der Könige ein Gemetzel an Touristen gegeben, das wir in den Nachrichten verpasst hatten. Mein Mann war krank, und ich betete nur, wir mögen heil nach Hause kommen. Am Eingang zum Tal der Könige waren Toiletten, also ist Konrad dageblieben, weil er musste, denn …«

»Liebling!« Konrad packte ihren Arm. »Bitte!«

»… denn die Folgen des Apfelkonsums waren immer noch spürbar. Ich schaute mich die ganze Zeit nach Terroristen mit versteckten Bomben um, und deshalb konnte ich mir kaum etwas ansehen. Nach einer Woche waren wir völlig erschöpft. Vierzig Grad im Schatten. Regen sollte es in einem halben Jahr geben. Konrad hat drei zusätzliche Tage Urlaub genommen, um sich zu erholen, nicht wahr, Liebling? Dann hat sich herausgestellt, dass deine Mutter uns das Geld gar nicht geschenkt, sondern nur geliehen hatte. Und ich bin zur Arbeit gegangen und habe erzählt, wie wundervoll unsere Hochzeitsreise nach Ägypten war.« Sie verstummte für einen Augenblick, dann lachte sie herzlich auf. »Aber ich muss euch sagen, dass der Neid in den Augen meiner Kolleginnen mich für die traurige Nachricht, dass wir ein weiteres Jahr auf der Yogamatratze schlafen würden, ein wenig entschädigt hat. Und deshalb wundert es mich gar nicht, dass ihr nicht mit uns nach Kreta fahrt. Wo es hier doch so schön ist!«

Wir verbrachten einen entzückenden Abend. Wir machten aus, dass sie zwar allein nach Kreta fahren würden, wir uns aber zum Bridge treffen könnten, denn sie liebten dieses altmodische Spiel, und Konrads Frau, von ihm Bienchen genannt, verabschiedete sich sehr herzlich von mir.

»Ich habe zwar gedacht, du seiest rothaarig, Adam steht auf Rothaarige. Aber ich habe dich sehr lieb gewonnen. Komm doch mal allein zu mir, Liebes«, sagte sie. »Wenn die Männer dabei sind, kommt man ja nicht zu Wort, dann quatschen wir mal für uns.«

Adam stand hinter ihr und schnitt Fratzen in meine Richtung. Er rollte die Augen und tat, als würde er gleich ohnmächtig werden.

*

Wieso hat Konrads Frau gesagt, sie hätte gedacht, ich sei rothaarig???

*

Renia ist rothaarig. Sollte ich mir die Haare färben?

*

Wieso will Adam eigentlich nicht mit mir in Urlaub fahren? Obwohl, andererseits, wenn man alles genau plant, dann wird es meistens nichts. Ich weiß noch, wie der von

Jola in spe und ich noch vor der Hochzeit alles genau geplant hatten. Das ganze gemeinsame Leben en detail, eine Dreizimmerwohnung (es wurde eine Zweizimmer-), Fenster gen Osten und Westen (es wurde Süden), grüne Sofas (er hasste Sofas, die ganzen Jahre lang quälte ich mich auf Schemeln), Bücherregale aus Kiefernholz (er hat welche aus Plastik gekauft). Was aber die Pläne anging, waren wir immer einer Meinung. Bis zu dem denkwürdigen Juni, als der von Jola in die Berge wollte, ich aber ans Meer. Wir haben uns gestritten. Dann kam ich zur Besinnung, ein Kompromiss ist das Beste in jeder Beziehung, auch in einer künftigen (wenn nicht ausschließlich in einer künftigen), und ich dachte mir – es soll wundervoll sein, der Ort spielt keine Rolle, wenn nur mit ihm, von mir aus in den Bergen. Beflügelt lief ich zum nächsten Treffen und verkündete dem Zukünftigen von Jola, es könnten die Berge sein.

»Wie? Das sagst du mir jetzt?«, staunte er. »Ich dachte, du wolltest ans Meer. Entscheide dich.«

»Dann vielleicht die Masuren?«, fragte ich schüchtern, denn das zukünftige Zusammenleben sollte doch ein Kompromiss werden.

»Die Masuren? Eben hast du doch noch gesagt, wir sollten in die Berge fahren.«

»Von mir aus in die Berge«, erklärte ich.

»Wie, von dir aus?« Er war beleidigt. »Ich zwinge dich doch zu gar nichts.«

Wir haben uns gestritten. Er hat Rosen gekauft, wir haben uns wieder vertragen.

»Was ist denn jetzt mit unserem Urlaub?«

»Wir fahren, wohin du möchtest«, stotterte ich, denn ich war jung und dumm.

»Wie, wohin ich möchte? Das soll eine gemeinsame Entscheidung sein. Wie ich sehe, hast du dir keine Gedanken gemacht. Wohin willst du denn?«

»Ich will ans Meer«, stöhnte ich.

»Ans Meer? Wir hatten doch ausgemacht, dass du in die Masuren willst, aber wenn du jetzt schon wieder deine Meinung änderst …«

Im Juni haben wir ein Zelt gekauft. Die Abreise rückte in gefährliche Nähe.

»Also, wohin fahren wir?«, fragte der Zukünftige von Jola. »Ich habe eine ausgezeichnete Idee, nur weiß ich nicht, ob du sie nicht torpedierst, denn mit dir kann man sich gar nicht absprechen.«

»Wohin auch immer«, stöhnte ich. »Hauptsache, wir zusammen.«

Wenn ich mir jetzt vorstelle, dass ich so geredet habe. Ich hatte es verdient.

»Siehst du«, sagte er. »So ist das mit dir. Aber es darf uns doch nicht egal sein.«

Es waren sehr nette Ferien. Ich habe sie mit Ela verbracht, deren Freund sie auch im Regen hat stehen lassen. Wir sind nach Zakopane und in die Dolina Koscieliska gefahren, ich habe Bolek kennen gelernt, aber dann bin ich aus den Ferien wiedergekommen, und der von Jola hat gesagt, er liebe mich über alles. Und dass man Kompromisse machen müsse.

Wieso habe ich ihn geheiratet? Das ist keine kluge Frage, und ich weiß die Antwort darauf nicht. Besser ist es jedoch, Klarheit über die Gründe der Scheidung als der Heirat zu haben.

Vielleicht war es besser, wenn Adam und ich später in

Urlaub fahren würden. Sollte ein Wunder geschehen und ich die verfluchten Zehntausend verdienen, werde ich auf immer die Finger von schnellem Geld lassen.

*

Ich sitze zu Hause und quäle mich, wie der Chefredakteur es verlangt hatte, mit einem Text über Misogyne und ihre Partnerinnen. Der Misogyn, das ist mein Ex, also ein Typ, der mich nicht mochte, also keine Frauen mag. Wenn ich aber diesen Text schreibe und man mich dafür bezahlt, dann wird das einer der Vorteile dieser Verbindung sein, die allmählich in Vergessenheit geraten sollte, es jedoch nicht tut. Gerade steckte ich mitten in einem der vergangene Woche gekauften Bücher, und daraus folgte ganz klar, dass ein Mann zum Verrecken nicht alle Bedürfnisse einer Frau befriedigen kann. Und dass es am besten ist, man hat ein anderes Hobby. Hobbys schweißen eine Beziehung zusammen. Abends redet man dann darüber, und das ist der Baustoff für den Bestand der Beziehung. Und just als ich beispielhaft für eine gequälte Frau die Beschreibung unserer Ehe auf den Fingerspitzen hatte, kam Renia vorbei.

»Kannst du mir einen Gefallen tun?«

»Klar«, sagte ich und erinnerte mich an die Rosen, die sie mir gegeben hatte, und daran, dass Adam Rothaarige mag.

»Hättest du nicht Lust, Tennis mit mir zu spielen?«

Wie bestellt! Klar würde ich liebend gern spielen. Auf diese Weise hätten Adam und ich unterschiedliche Hobbys und würden einander nicht langweilen. Das heißt, ich würde mit Renia Tennis spielen, und er mit Krzys. Ula spielt nicht. Und Adam würde sich nicht verpflichtet fühlen, all meine Bedürfnisse zu befriedigen. Und außerdem sollte ich mich mehr in Renias Nähe aufhalten, um noch etwas von ihr zu lernen. Ich vergesse dabei nicht, dass Renia rothaarig ist. Woher hat Konrads Frau das gewusst? Ich muss nur aufpassen, dass ich nicht paranoid werde. Kontrollieren? Nein, aber überprüfen kann man ja mal, so für alle Fälle.

Renia nimmt den erstbesten Brief in die Hand, der auf eine Antwort wartet, und beginnt zu lesen. Sie darf die Briefe nicht lesen, niemand außer mir darf sie lesen. Vorsichtig ermahne ich sie. Unwillig gibt sie mir das rosa Blatt zurück.

»Tosia ist mit einem Jungen in den Ferien?«

So etwas, Renia erkundigt sich nach Tosia!

»Mhmmm«, knurre ich.

»Hattest du keine Angst, sie allein fahren zu lassen?«

Klar hatte ich Angst, bis jetzt habe ich Angst. Ich zittere schon bei dem Gedanken, dass …

»Woher denn, sie ist eine reife junge Frau.«

»Hast du keine Angst, dass sie schwanger zurückkommt?«

»Ach was.« Ich winke ab. »Es gibt Schlimmeres.«

»Schlimmeres? Du hast sie doch nicht mehr alle. Das ist doch überhaupt nichts Schlimmes!«

Mir bleibt die Luft weg. Wie kann Renia nur so blöd sein? Hat selbst keine Kinder und überträgt aus diesem Grund ihre ganze Wut auf mich und meine Tochter. Wie kann sie mir wünschen, dass Tosia schwanger zurückkommt? Mamma mia!

»Dann hole ich dich am Samstag ab.« Renia sieht mich aufmerksam an. »Bis dann.«

Ich habe meinen Schläger aus dem Schrank im Flur geholt. Keine Bespannung – gerissen. Der Griff ist etwas verbogen, weil der Koffer darauf lag. Mit einem Wort, ich habe keinen Schläger. Ich holte mein Tennisröckchen aus dem Schrank. Zum letzten Mal habe ich es vor drei Jahren getragen. Zu eng. Das bedeutet, ich habe keine Tenniskleidung. Ich tauchte in den Schuhschrank und holte die Tennisschuhe hervor. Nicht zu gebrauchen für den Tennisplatz – ich bin damit auf Zypern ins Meer gelaufen. Sie sind etwas aus der Form.

Am Donnerstag nach der Arbeit renne ich durch Geschäfte. Ich leihe mir einen Schläger von meinem Vater. Ich kaufe Shorts. Bei meinen Beinen sind Shorts nicht ideal. Ich muss noch Tennisschuhe kaufen, lege ein Paar Söckchen – weiße, was sonst? – darauf. Ich fahre nach Hause und rufe Adam freudig zu, dass ich Samstag Tennis spielen gehe. Den Abend würden wir dann zusammen verbringen, wenn ich schon ein bisschen schlanker wäre.

Um das Ganze zu vereinfachen, hat Renia einen Platz in Warschau festgemacht. Er ist ab halb sieben reserviert. Wir treffen uns schon um drei, wir wollen früher fahren, essen noch eine Kleinigkeit in der Stadt, Mittagessen koche ich nicht. Ich werfe die Tasche mit dem Schläger meines Vaters, den neuen Shorts, den neuen Tennisschuhen und den neuen Söckchen über die Schulter. Ist das schön, ein neues Leben zu beginnen! Wir werden zweimal pro Woche Tennis spielen! Und ich werde eine schlanke, attraktive Frau werden, die nicht alles von ihrem Partner erwartet, denn Tennis etwa spielt sie mit jemand anderem!

Renia führt mich in ein ausgezeichnetes Chinarestaurant, das zwar in entgegengesetzter Richtung zu den Tennisplätzen liegt, aber sie hat ja ein Auto. Im Chinarestaurant bestellen wir köstliches Rindfleisch in süßsaurer Soße – wir können es uns leisten, schließlich werden wir das in zwei Stunden wieder runter haben! Renia redet über Männer, und dass es manchmal schwer ist mit ihnen. Sie fragt mich, wie es mit mir und Adam läuft. Sie fragt nach dem von Jola. Sie fragt, ob ich wusste, dass der von Jola eine Affäre hat. Ich werde aufmerksam und antworte in Halbsätzen.

Beim Tee blickt Renia zufällig auf die Uhr. Wir lassen den Tee stehen und rasen zum Auto. Erst kommen wir nicht raus. Der leere Parkplatz ist plötzlich voll. Auf den Aleje bleiben wir in einem Stau stecken. Der Stau ist lang und breit, so weit das Auge reicht. Renia biegt in eine Seitenstraße ein – quer durch wird es schneller gehen. Es geht nicht schneller, weil die Straße gesperrt ist. Renia versucht, zu drehen und zu wenden, aber das ist nicht so einfach.

»Mensch, Frau, wohin fährst du!«, ruft irgendein Typ, und der ist bestimmt ein Misogyn. »Wozu bist du hier reingefahren, da steht doch ein Schild, dass es eine Sackgasse ist! Das sieht doch jeder Idiot!«

Ein Schild, ja, das stand mal, ist aber umgefallen, und nun liegt es da. Der Typ meint wohl, dass es leicht ist, aus dem Auto heraus ein Verkehrsschild zu sehen, das mit dem Gesicht nach unten auf dem Boden liegt. Der Typ brüllt, Renia wendet, wir fahren zurück auf die

Aleje. Das heißt, wir stehen an. Der Stau ist in Bewegung geraten, und es ist schwer, sich wieder einzuordnen. Wir fahren los. Im Kreisverkehr der Sibirischen Strafgefangenen stehen wir wieder. Die Strafgefangenen sind nicht da, dafür bittet uns ein Kind in einer fremden Sprache um eine Spende. Hinter dem Kind steht ein Mann, hinter dem Mann eine Frau. Wir sitzen im verschlossenen Auto und warten. Besser ein Kind, ein Mann und eine Frau als die, die Scheiben einschlagen, um Handtaschen von den Rückbänken zu klauen.

Wir biegen ab. Pech. Weil es mitten im Sommer ist, haben die Straßenbauarbeiten begonnen. Gerade jetzt, wo wir es eilig haben, zum Tennis zu kommen, muss jemand neuen Asphalt gießen! Wir stehen. Wir fahren an. Wir stehen. Wir fahren an. Nach dem nächsten Kreisverkehr gibt Renia Gas. Uns bleiben sechs Minuten für zwei Kilometer. Nach dreißig Sekunden beginnt es hinter uns zu heulen, Renia wird langsamer und schmiegt sich an den Bordstein. Auch das Heulen wird langsamer, denn es stellt sich heraus, dass wir angeheult werden. Wir bleiben stehen. Ein Polizist kommt zu Renia und klopft an die Scheibe. Renia bemüht sich, den Polizisten zu überzeugen, dass wir keine Zeit haben. Der Polizist weist uns an, auf den Bürgersteig zu fahren. Wir fahren drauf. Der Polizist holt aus der Tasche etwas, das wie ein Block mit Strafzetteln aussieht. Er fragt, ob wir wüssten, dass man hier nur fünfzig fahren dürfe. Natürlich wissen wir das. Ganz Polen weiß es! Wir beginnen zu jaulen. Wir schlagen dem Polizisten vor, er solle uns belehren, statt Punkte aufzuschreiben. Den Herrn Minister hat er doch auch nur belehrt, und was war schon unser Tempo gegen das des

Ministers!!! Wir überzeugen den Polizisten weitere zehn Minuten lang. Der Polizist lässt sich überreden, belehrt uns aber lange, es vergehen weitere siebzehn Minuten. Endlich dürfen wir fahren. Ohne Strafzettel. Renia versucht, sich einzuordnen. Keine Chance, die Autokolonne rollt und rollt. Endlich fährt sie los. Langsam. Vor den Tennisplätzen Parkverbot. Ein Schild, dass die Einfahrt zu den Parkplätzen auf der Seite des Schwimmbades sei. Renia setzt zurück, Stau, wir stehen, wir biegen ab, fahren ums Karree. Wir parken. Gegen halb acht reißen wir unsere Taschen aus dem Kofferraum und laufen um das Schwimmbadgebäude. Ein sehr freundlicher Herr informiert uns sehr freundlich, dass die Plätze belegt seien, ja, sie seien reserviert gewesen, aber wir sind zu spät gekommen. Sehr freundlich nimmt er uns das Geld für eine nicht genutzte Stunde ab. Wir gehen zurück zum Auto. Wir fahren nach Hause, aufs Land. Es ist vollkommen dunkel. Der Himmelblaue wartet auf mich, aber Renia bittet mich sehr, wenigstens kurz mit reinzukommen. Natürlich komme ich noch mit rein, soll der Himmelblaue nicht denken, dass ich eine vollkommen abhängige Frau bin und nicht ohne ihn leben kann. Kann ich sehr wohl. Renia fängt an, mir von ihrem Mann zu erzählen, der nicht zu Hause ist. Ich höre ihr nicht richtig zu, ich überlege, was Adam wohl macht, und eigentlich denke ich mir, dass ich doch Glück habe, denn ich habe zwar keinen Mann, aber auf mich wartet ein Mann, und Renia hat einen Mann und ist allein. Sie wirkt ziemlich traurig.

»Also, was meinst du? Können wir das machen?«

»Aber was denn?« Ich hatte abgeschaltet und weiß nicht, was sie mich gefragt hat.

»Du hast doch bestimmt all diese Dinge im Computer.«

»Was für Dinge?«, frage ich.

»Ja, welche Diät die beste ist. Was man tun soll, um so und so auszusehen … Ich dachte, du würdest mit mir … zu zweit geht es immer leichter.« Als sie sich in meine Richtung beugt, um den Aschenbecher auszuwechseln und mir Bordeaux nachzuschenken, rieche ich den köstlichen Duft eines starken Parfüms.

»Du hast ein tolles Parfüm«, sage ich. »Riecht leicht nach Zimt. Und nach noch irgendetwas.«

»Kenzo Jungle Elephant«, sagt Renia. »Ich mag es nicht besonders. Also, was ist? Dir täte ein gesunder Lebenswandel auch gut. Adam sagt, du sitzt den ganzen Tag vor dem Computer, und für dich hast du gar keine Zeit.«

Wo, was sagt er? Ich mache es mir bequemer im Sessel. Nun habe ich Zeit für mich und werde mich gar nicht nach Hause beeilen, nur weil da irgendein Mann ist. Wann hatte Adam die Gelegenheit, mit Renia über mich zu sprechen? Und wieso? Ich beschließe, dass ich nicht schlechter sein werde als sie. Natürlich können wir zusammen trainieren, laufen oder irgendeinen Schweinkram essen, bitte schön.

Wir quatschen bis Mitternacht. Renias Augen glänzen. Vielleicht braucht sie wirklich Gesellschaft? Sie ist hier nicht glücklich. Und wahrscheinlich fährt sie deshalb ständig in die Stadt. Ula und ich waren immer schon befreundet, sie dagegen steht etwas abseits. Und auch wenn sie geringfügig weniger wiegt als ich, so macht das nichts, schließlich werde ich auch bald so ein Püppchen wie sie. Wir können gern mit der Diät beginnen. Denn ein normaler Mensch hat keine Chancen, zum Tennisplatz zu gelangen. Vorsichtig mache ich sie darauf aufmerksam, dass wir auch drei Kilometer entfernt Tennisplätze haben.

»Ach, hör doch auf«, sagt Renia. »Wer fährt denn in so ein Loch?«

Nun, Adam und Krzys. Dafür spielen sie aber Tennis.

Nach der zweiten Flasche Wein bringt Renia mich mit Azor nach Hause, damit ich mich sicher fühle. Sicher! Wenn Azor neben mir läuft! Ich gehe mit kerzengeradem Gang und werde mit jedem Schritt nüchterner. Aber Renia muss den Hund mitnehmen, denn sonst wird sie auf dem Rückweg Angst haben. Renias Mann ist immer noch nicht da, er arbeitet bis spät. Ich glaube, er übertreibt, ich bin froh, dass ich keine Ehefrau bin und auf meinen Mann warten muss, der nicht nach Hause kommt. Eine wundervolle Nacht, und Sport heißt Gesundheit und Freude. Zu Hause alles dunkel. Ich habe wohl übertrieben.

Vorsichtig öffne ich das Tor, aber Boris fängt an zu bellen. Leider, ich werde nicht ins Haus gelangen, ohne dass Adam merkt, wann ich wiedergekommen bin. Adam steht in der Tür. Er sieht nicht begeistert aus. Sehr gut. Soll er ruhig wissen, dass ich mich nicht von ihm abhängig mache und mein eigenes Leben habe.

»Gütiger Gott, wo bleibst du? Ich dachte, dir wäre was passiert, du hast doch gesagt, du gehst Tennis spielen!«

Und wie, zum Teufel, soll ich ihm erklären, dass ich gerade vom Tennisplatz komme?

Aufräumen, Leid und Krzys

Agnieszka ist nicht nach Bialystok gefahren, sondern mit ihrer Familie und Freunden für zehn Tage nach Italien. Ich weiß nicht, wieso erwachsene Menschen nicht nur mit der eigenen Brut, sondern auch noch mit fremder in Urlaub fahren, wenn sie sich erholen wollen. Vier Kinder und vier Erwachsene können einen Menschen doch an Ort und Stelle umbringen, dafür muss man ja nicht auch noch sein schwer verdientes Geld ausgeben. In der Redaktion gähnende Leere. Alle im Urlaub, sogar der Chefredakteur hat sich von einem Tag auf den anderen entschlossen zu fahren. Ich muss mich nicht mit dem Text beeilen. Nur wenige Briefe.

Liebe Redaktion, wie kann ich schnell braun werden …

Liebe Redaktion, ich bin zu schnell braun geworden, und mein ganzer Körper pellt sich, überall sind kleine weiße Flecken, was soll ich tun …

Liebe Redaktion, ich möchte braun werden, bevor ich in Urlaub fahre, um nicht so weiß herumzulaufen, nennt mir bitte die besten Selbstbräuner …

Liebe Redaktion, ich habe mich mit Selbstbräuner eingeschmiert und habe nun gelbe Flecken, was soll ich tun, damit sie weggehen …

Liebe Redaktion, da ich nicht wegfahre, möchte ich ins Sonnenstudio gehen, wie lange darf man auf so einer Bank liegen …

Liebe Redaktion, ich bin das ganze Jahr über ins Sonnenstudio gegangen, jetzt sieht meine Haut aus wie dünnes Pergamentpapier …

Zu Hause lege ich den Kopf in den Nacken. Gott, habe ich Nackenschmerzen. Ich kann den Kopf weder nach links noch nach rechts drehen. Aber ich mache trotzdem einige ordentliche Dehnungen. Das Kinn auf die Brust senken … gleich neben der Lampe entdecke ich einen rosa Zettel am Boden. Ich nehme ihn in die Hand. Es ist ein Brief, den ich übersehen habe, noch aus dem letzten Stapel. Ich wüsste gern, wer in diesem Haus aufräumt.

Liebe Redaktion,
bitte, helfen Sie mir. Seit zwei Jahren bin ich wegen Kinderlosigkeit in der Mutter-Kind-Klinik in Behandlung. Ich weiß selbst nicht mehr, was ich schon unternommen habe, und wo ich schon überall war, damit man mir hilft. Ich gebe die Hoffnung nicht auf, dass ich endlich schwanger werde. Letztens ist jedoch ein Problem aufgetaucht, mit dem ich nicht fertig werde. Wie soll ich meinen Mann davon überzeugen, dass auch er sich untersuchen lässt? Er ist der Meinung, die Schuld läge bei mir,

und so ist es sicher auch. Aber mein Arzt hat gesagt, dass mein Mann eine Samenprobe abgeben soll, und er will nicht …

Das ist genau das, was ich an der Natur nicht begreife. Wenn ein Mann einen klitzekleinen Komplex hat, dann wiegt er dreihundertfach schwerer als der ärgste Komplex einer Frau. Und da bringe den Kerl mal dazu, sich durch eine Untersuchung zu kompromittieren, die ihm helfen könnte, Vater zu werden. Das ist nicht möglich, denn immer und an allem sind die Frauen schuld. In Afghanistan werden sie dafür bestraft, dass das Klappern ihrer Schuhe unter dem schwarzen Tschador die Männer stört … Soll Adam doch mal so einen Brief beantworten. Jeder Versuch, einen Typen zu ändern, dem sein Komplex wichtiger ist als du oder deine Gesundheit, erscheint als ziemlich hoffnungsloses Unterfangen. Wenn ich mir vorstelle, was diese Frau durchmacht und wie schmerzhaft und schwierig die Behandlung ist, und dieses Jüngelchen kann nicht einmal die Freude in ein Reagenzglas füllen, dann werde ich zum Tier. Und mein Nacken tut mir immer mehr weh.

Ich habe mich für einen Augenblick auf einer Decke im Garten ausgestreckt, meine Wirbelsäule und ich sind müde. Ehrlich gesagt träume ich davon, irgendwohin zu fahren. Wenigstens kurz von zu Hause auszureißen. Gestern hat Tosia angerufen, ob sie noch zwei Wochen bleiben kann, es ist so wunderschön hier, Mami, wirklich wunderschön. Dann hat Jakub mit mir geredet, dass es wirklich wunderschön sei, und ob Tosia nicht bleiben dürfe, dann hat er den Hörer an die Oma weitergegeben, und die Oma hat gesagt, dass es absolut wunderschön sei, und ob Tosia nicht bleiben dürfe.

Adam hat einen langfristigen Auftrag beim Radio angenommen, donnerstags macht er eine Nachtsendung, und an allen anderen Tagen kommt er sehr spät, weil er wegen der Urlaubszeit mehr oder weniger allein im Büro ist. Ich verstehe nicht so ganz, wieso er sich dazu entschlossen hat. Gewiss, ich habe mein eigenes Leben und rase nicht immer sofort nach Hause, aber doch nur, weil ich um sein Wohl besorgt bin. Zudem ist das Auto kaputt, und er hat Dreihundert vom Konto abgehoben, also habe ich zum wiederholten Male Ala gesegnet. Der Kredit ist beinahe zugesagt, innerhalb der nächsten zwei Wochen soll ich von der Bank Bescheid bekommen, dann werde ich ihr das Geld zurückgeben.

Ich halte es einfach nicht so viele Stunden vor dem Computer aus, doch ich habe noch zwanzig Briefe zu erledigen. Außerdem wollte ich die Gelegenheit nutzen, dass ich keinen vor den Füßen habe, und die Schränke ausmisten. Ich hievte mich von der Decke hoch, räumte den Schlafzimmerschrank aus und begriff, was es bedeutete, einen Mann im Haus zu haben. Denn es muss mir wohl entfallen sein. Adam hat drei Fächer zugeteilt bekommen, genau wie ich. Eines für seine Unterhosen, Socken und Unterhemden, das zweite für Sweatshirts und Hemden, das dritte für Hosen. Und da hat sich herausgestellt, dass mein Himmelblauer Hosen nicht von einer Bohrmaschine unterscheiden kann (sie lag ganz zuunterst), und Sweatshirts nicht von Unterhosen. Ich habe ihm für die Bohrmaschine und seine Schrauben in der Küche Platz gemacht und einen Teil meiner Küchenutensilien – den Backautomaten und die großen Töpfe – in den Schrank im Flur geräumt. Ich bin sogar so weit gegangen, das gesamte Haus nach diversen wichtigen Teilen zum Bohren, Hämmern, Ziehen, Krümmen, Geradebiegen, Schneiden und Kleben zu durchkämmen und sie an ihren Platz zu räumen. So habe ich zum Beispiel im Bad auf dem untersten Regalbrett verschiedene Schraubenzieher und Zangen gefunden. Im Schuppen Gläser mit irgendwelchen Kappen. Der Engländer lag in der Schublade beim Besteck. Unter der Spüle entdeckte ich irgendwelche schmutzigen Lappen, die ich sofort weggeschmissen habe, und ein undefinierbares schwarzes Band. Bei dieser Gelegenheit habe ich bemerkt, dass es aus der Spüle tropfte, kein Wunder also, dass das Wasser nicht so einwandfrei ablief wie früher. Ich stellte nichts mehr in den Schrank unter der Spüle. Dann würde Adam gut an das Rohr kommen, denn so konnte das nicht länger weitergehen. Ich habe irgendwelches Zeug weggeworfen, Stecker, irgendwas Verbogenes, unnützen Kleinkram und Dichtungshanf für Rohre.

In Adams Schublade habe ich zwanzig silberne Schräubchen gefunden und sie in das Glas mit den anderen Schrauben gelegt.

Als Adam zur Tür hereinkam, war ich sehr stolz auf mich. Nur sah die Küche etwas unordentlich aus, weil die ganzen Sachen, die wir sonst unter der Spüle aufbewahrten, momentan mitten auf dem Boden lagen. Ich hätte nie gedacht, dass ein Unterschrank so geräumig sein kann. Stolz zeigte ich Adam die neue Ordnung. Er wurde blass.

»Was hast du weggeschmissen?«, fragte er mich, und

seine Stimme klang so ruhig, dass mich ein Schauer durchfuhr.

»Nur unnützes Zeug«, erklärte ich ruhig und selbstbewusst.

Er ließ seine Tasche fallen und rannte ins Zimmer. Er öffnete den Schreibtisch und blickte mich an, als sähe er mich zum ersten Mal.

»Hier waren so kleine Schräubchen, was hast du damit gemacht?«

Also, Leute, wisst ihr! Da will der Mensch sich einmal nützlich machen, räumt auf, und anstelle des erwarteten Lobes treffen ihn lauter unangenehme Fragen.

»Habe ich zu den Schrauben gelegt, sie sind im Glas in der Küche, im ersten Schrank rechts.«

Adam stürzte in die Küche und wurde noch blasser.

»Das waren Schrauben vom Diskettenlaufwerk.«

Woraufhin er sein Gläschen mit den Schräubchen ins Zimmer trug und auf dem Boden auskippte.

»Ich muss sie finden«, warf er mir über die Schulter zu. »Ich muss sie sofort finden.«

Es lagen da tausend Schräubchen, wenn nicht mehr. Diese winzigen silbernen waren in dem Durcheinander irgendwie völlig verschwunden. Adam kniete sich hin und sortierte sie sorgsam auseinander.

An Männerarbeit muss ich keinen Anteil haben.

»Dann gehe ich vielleicht zu Ula rüber?«, sagte ich. »Oder willst du zuerst etwas essen?«

»Nein, erst muss ich aufräumen«, antwortete Adam, ohne mich auch nur anzusehen, mit der Nase am Boden.

Ich war sehr verletzt. Da räume ich den ganzen Tag

auf, damit es sich netter wohnt, und er hat nicht einmal ein freundliches Wort für mich übrig.

Ula und Krzys waren dabei, Fotos zu bügeln. Auch eine schöne Beschäftigung, obwohl mir nie im Leben in den Sinn käme, Fotos zu bügeln. Nun ja, aber ich bügele überhaupt nicht gern. Ula setzte mich an den Tisch und schenkte mir Pfefferminztee ein.

»Entschuldigt, frischt ihr eure Fotos oft so auf?« Ich bemühte mich, nicht allzu bissig zu klingen.

»Nein, nur mittwochs und freitags«, gab Krzys zurück. »Machst du das nie?«

»Ich gebe sie in die Mangel«, knurrte ich zurück.

»Ach, Jutka.« Ula stieß Krzys mit dem Ellbogen an. »Unsere Waschmaschine ist ausgelaufen, und die Kartons sind nass geworden, also müssen wir die Fotos jetzt bügeln, weil sie sich aufgerollt haben. Guck mal, wie schlank ich da war.« Sie streckte die Hand aus.

Ich wickelte die Rolle auseinander und sah auf das Schwarzweißfoto. Ula und Krzys vor zwanzig Jahren, als ich sie noch nicht kannte. Er hält sie in der Taille, sie blickt zu ihm auf. Sie war damals wirklich schlanker, und? Ich schaue das Foto an und werde traurig. Die Zeit rast so, und außerdem habe ich mit Adam kein Foto von vor zwanzig Jahren. Die Vergangenheit gehört uns nicht. Und das ist gut so. Es ist besser, eine wunderbare Zukunft vor als eine großartige Vergangenheit hinter sich zu haben. Ich sehe mich in Ulas Zimmer um. Auf dem Teppich Fotoröllchen, unter dem Klavier Fotoröllchen, neben Daszas Körbchen ein Karton mit hässlichen Wasserflecken.

»Ich kann euch ja helfen«, sagte ich. »Obwohl ich den

ganzen Tag mit Aufräumen zugebracht habe. Ich habe Ordnung in Adams Werkzeug gebracht, aber …«

»Oh Gott!« Krzysztof erstarrte am Tisch. »Was hast du gemacht?«

»Ordnung!«

»Und was macht er jetzt?« Krzysztof fixierte mich aufmerksam und feindselig, als hätte ich seine Familie ermordet. Noch nie hat er mich so angesehen.

»Er sucht nach Schräubchen.«

»Dann gehe ich zu ihm.« Krzys drückte mir das Bügeleisen in die Hand.

»Wozu?« Ula hielt ihn am Arm fest.

»Er muss mir helfen, den Ventildeckel aufzuschrauben«, sagte Krzys, warf mir einen rügenden Blick zu und verschwand über die Terrasse.

Ich seufzte tief. Ja, ja, das Leben ist nicht leicht. Du tust etwas für jemanden, und dann wirst du wie der letzte Dreck behandelt.

»Da.« Ula gab mir die nächsten Fotos. »Nur vorsichtig, durch das Tuch. Weißt du was, Jutka?«

»Was?«, fragte ich intelligent und fuhrwerkte mit dem Bügeleisen herum. »Wir sind schon seit zwanzig Jahren zusammen, aber ich würde mich niemals trauen, sein Werkzeug aufzuräumen.«

»Nicht einmal, wenn es in deinem eigenen Schlafzimmerschrank wäre, da, wo eigentlich die Hosen liegen sollten?«

»Dann erst recht nicht. Männer sind wie Kinder. Du räumst für sie auf, und sie können anschließend nichts finden.« Ula seufzte. »Und siehst du, meiner ist sofort losgelaufen, weil Adam Leid widerfahren ist. Du hast seine Bohrmaschine Gott weiß wo hingelegt. Männliche Solidarität.«

»Nicht Gott weiß wo, sondern in die Küche.« Verbissen bügelte ich die Fotos.

»Hat er dir eine Szene gemacht?« Ula war herzlich.

»Also, wirklich!«

Ich hielt mit dem Bügeleisen in der Luft inne. Adam? Eine Szene? Wofür? Ula sah mich an und lächelte versonnen.

»Oje, muss er dich lieben.« In ihrer Stimme schwang Rührung mit.

Am frühen Abend waren wir mit den Fotos fertig. Wir haben Ofenkartoffeln gebacken und die Männer gerufen. Krzys kam als Erster, und auf dem Weg ins Bad flüsterte er mir zu:

»Das nächste Mal besprich solche Manöver mit einem Freund, sonst könntest du Schwierigkeiten kriegen …«

Kurz darauf erschien Adam, mit Gleich im Arm. Gleich, der kleine schwarze Kater, ist gar nicht mehr so klein, aber wenn er in der Nähe des Hauses ist, benimmt er sich wie ein Baby, sitzt zum Beispiel auf dem Arm und leckt einem die Wange. Für gewöhnlich treibt er sich irgendwo auf den Nachbarfeldern herum, Ula hat gesagt, sie hätte ihn sogar einmal hinter den Schienen gesehen, vielleicht liebt er uns deshalb so sehr, weil er nur alle paar Tage bei uns ist. Seit Tosia weg ist, war er nur dreimal zu Hause.

Ich beschloss, erwachsen zu sein und ging zu Adam.

»Du weißt, dass ich es gut gemeint habe …«

»Himmel, wenn ich das nicht wüsste, würdest du nicht mehr leben.« Adam klopfte mir auf den Rücken. »Und was hast du mit dem Ersatzsyphon gemacht?«

Ich sah ihn verständnislos an.

»So ein gebogenes Stück Rohr.«

»Da war nichts Gebogenes«, log ich ihm ins Gesicht.

»Krzys, hast du den Syphon?«, rief Adam.

»Ich glaube, er ist in der Garage, lass uns was essen, und dann sehen wir nach!«, rief Krzys zurück. »Danach hilfst du mir, den Ventildeckel festzuschrauben.«

Adams Gesicht hellte sich auf.

Krzys hat einen guten Charakter. Ich finde es immer sehr erhebend, dass es auf der Welt Männer wie Krzys gibt. Und der gute Charakter macht sich in verschiedener Hinsicht bemerkbar. So hat Krzys zum Beispiel ein sehr günstiges zweites Auto gekauft – einen Bedford. Er hat Dreitausend dafür bezahlt, der Wagen ist zwanzig Jahre alt und englisch. Aus dem Besitz eines solchen Autos ergeben sich für Ula lauter angenehme Dinge.

Das Auto, das ich meine, als Schnäppchen gekauft, hat Macken. Eine davon sind schrecklich wichtige Schrauben für den Ventildeckel. (Ich weiß nicht, was das ist, aber es klingt sehr schön!) Diese überaus entscheidenden Schrauben sind in unserem Land nicht zu bekommen. Hier also, was mit Krzys und seinem Auto geschah:

Vor einem Monat schon hat er diesen Ventildeckel abgeschraubt, ganz vorsichtig, ein Schräubchen, dann das zweite, das dritte, und das vierte ist gebrochen. Der Bohrer, mit dem die Schraube herausgeholt werden sollte, brach ebenfalls. Krzys brauchte dringend Ersatz für die Schraube, aber da der hier nicht zu beschaffen ist, hat er all seine Kontakte zu Hobbybastlern aufgefrischt – angefangen bei den Kumpels aus der Grundschule, bis hin zu seinen Kommilitonen.

Die weiterführenden Schulen hat er in seiner Jugend dreimal gewechselt, es gibt also viele Kumpels, und mit jedem einzelnen hat er sich wegen der Schraube auf ein Bier getroffen. Gut, dass er darüber nicht zum Alkoholiker geworden ist – die Chancen dafür standen bestens. Aber schließlich kann sich ein Mensch, der ein günstig gekauftes englisches Auto restauriert, Bier nicht so recht leisten. Das Schräubchen wurde besorgt, und jetzt musste es nur noch reingeschraubt werden.

Und während wir Frauen uns an dem lauen Abend zu erfreuen versuchen, schlingen Krzys und Adam die Kartöffelchen mit Dill im Turbotempo herunter, Krzys holt zwei Bier aus dem Kühlschrank, und beide gehen wie auf Kommando heraus. Ula und ich spülen. Ulas Tochter, Agata, die erst morgen mit Bekannten (einer ganzen Clique natürlich) in die Masuren fährt, kommt aus Warschau, ich trockne ab, Agata macht sich über die restlichen Kartoffeln her.

»Aber du hast Tosia für einen ganzen Monat fahren lassen«, sagt sie hoffnungsvoll zu mir.

»Agata, zwei Wochen, mehr können wir uns nicht leisten.« Ula setzt Teewasser auf.

»Schon«, stimme ich zu, denn es ist ja die Wahrheit. »Aber sie ist bei Bekannten und zahlt nichts für das Zimmer.«

»Mein liebes Kind«, sagt Ula, und schon will ich ihr ein Zeichen geben, dass man einen Teenager nicht mit »mein Kind« anspricht, aber ich beiße mir auf die Zunge. »Wenn du mit den Fünfhundert bis Ende August auskommst, dann fahr für länger. Mit mehr kannst du nicht rechnen.«

Seufzend trinkt Agata etwas Sauermilch.

»Siehst du«, sagt sie zu mir. »Zwei Autos, aber ich bekomme für die Ferien bloß fünfhundert Zloty. Und nur, weil ich mir das ganze Jahr über Achthundert zusammengespart habe, kann ich fahren. Und Iska hat überhaupt nicht gearbeitet, hat kein eigenes Geld, und ist für drei Wochen in ein Segelcamp gefahren, das dreimal so teuer war. Das ist nicht gerecht.«

»Agatka, du weißt doch, dass wir für Isias Camp nur das Essen bezahlt haben, weil Papas Bekannter da Lehrer ist.«

»Schon«, stimmt Agata zu. »Aber wenn er nicht Papas Bekannter wäre, hättet ihr mindestens Tausendfünfhundert bezahlt, und mir gebt ihr nur Fünfhundert.«

»Wenn er nicht Papas Bekannter wäre, hätte Isia überhaupt nicht in das Camp fahren können.«

»Ehrlich?«

Ich dachte, Agata sei froh darüber, doch ich irrte mich.

»Dann würde sie zu Hause sitzen? Nach einem ganzen Schuljahr? Obwohl wir zwei Autos haben! Ihr seid sehr ungerecht zu ihr«, sagt sie und zerkaut das letzte Kartoffelstückchen. »Ich gehe auf mein Zimmer. Wenn Damian anruft, sag, ich bin nicht da.«

»Agatka!« Ula brüht den Tee auf. »Agata, ich werde doch nicht lügen!«

»Ach, Mama«, tönt es von hinter der Tür. »Das ist überhaupt keine Lüge!«

Ula seufzt und nimmt das Tablett mit dem Tee. Wir gehen auf die Terrasse. Es ist schon dunkel, aber am Bedford brennt noch eine Lampe aus dem Wohnzimmer. Sie wirft einen Lichtkegel auf Krzys, der am Boden liegt und unter dem Bedford herummeistert, auf Adam, der neben ihm liegt und mit der Lampe das Areal unter dem Auto sowie ein Stück Rasen mit Rhododendronbüschen beleuchtet. Das sieht sehr malerisch aus.

Das Schräubchen für den Ventildeckel hat eine ganz bestimmte Unterlegscheibe, und eben diese Unterlegscheibe ist ihnen durch den Motorraum in die Wiese gefallen. Der Wagen ist aufgebockt, wegstellen kann man ihn nicht, und eine Unterlegscheibe im Gras wiederzufinden ist ein Kunststück. Jede Frau würde einen Zusammenbruch erleiden, wenn eine wichtige Unterlegscheibe von dem Ventildeckel ins Gras gefallen wäre, das weiß ich genau. Die beiden aber brachen gar nicht zusammen, wovon wir uns mit eigenen Augen überzeugen konnten. Krzys stand auf, holte eine Schaufel aus der Garage, Adam nahm den Lampenschirm ab und griff sich ein Sieb. Beide arbeiteten in völligem Schweigen, und wir sahen ihnen fasziniert zu. Von unter dem Auto waren nur kurze Kommandos zu hören:

»Das Bier!«

»Pass auf!«

»Achtung, Erde!«

»Pass auf, das Bier!«

Krzys grub sich vorsichtig unter das Auto, während Adam die Erde aufs Genaueste durchwühlte, um ja nicht die Unterlegscheibe von dem sehr wichtigen Schräubchen zu übersehen. Und schon gegen elf Uhr abends schallte es freudig durch die heiße Julinacht:

»Da ist sie!«, und mit der Unterlegscheibe in der Hand kroch Krzys unter dem günstig gekauften Auto hervor.

Damit hat er mir imponiert. Adam davon abgesehen

auch. Aber am meisten imponierte mir Ula, deren Gesichtsausdruck sich beim Anblick der Unterlegscheibe aufhellte, sie lief zu ihnen und küsste Krzys. Dann drehte sie sich zu mir um und zwinkerte mir zu.

Oh, ich sehe, ich muss noch viel lernen. Ich beugte mich zu Ula und fragte leise:

»Aber so unter uns, nervt dich das nicht manchmal, dass Krzys ständig an diesem Auto herumfingert?«

Ula sah mich an, und ihre Augen blitzten freudig. Genauso leise antwortete sie mir:

»Schließlich ist es doch besser, der Mann fingert am Auto herum als an anderen Frauen.«

Und da begriff ich, wieso sie sich so schrecklich freute, dass er durch das Umgraben die Unterlegscheibe gefunden hat. Sie beschloss außerdem, das zu feiern. Wir feierten es mit Fiddler-Wodka und spielten den Song *Wenn ich einmal reich wär*, was uns nach dem dritten Drink sehr, aber wirklich sehr belustigte. Nur aus Agatas geöffnetem Fenster drang einmal ein Brüllen:

»Seid still, man kann ja nicht schlafen!«

Die Lampe erhellte bis tief in die Nacht einen Teil des Gartens, den Graben unter dem Auto und uns, die wir freudig die Unterlegscheibe für das schrecklich wichtige Schräubchen vom Ventildeckel begossen.

So ist das eben mit Ula und Krzys.

Und als Doktor Martens – das ist Ulas schwarzer Kater – eine Elster totgebissen hatte, und die Elster schon den zweiten Tag unter der Eiche lag, denn schließlich brauchte es ja eine männliche Hand, um sie zu begraben, da hat Krzys seine Schaufel genommen und ist kurz weggegangen. Dann rief er:

»Liebling, ich habe die tote Elster begraben!«

Worauf Ula rief:

»War sie sehr tot?«

»Sehr!«, rief er zurück, was mit seinem außergewöhnlich guten Charakter zusammenhängt, denn wenn ich auch nur versuchen würde, den von Jola zu fragen, ob etwas sehr tot sei, dann würde er mir schon Bescheid geben, dass ich wohl nicht mehr alle Tassen im Schrank hätte. Deshalb liebe ich den von Jola auch überhaupt nicht mehr, sondern den Himmelblauen. Es war ein sehr nützlicher Abend. Es hat sich gelohnt, zu Hause aufzuräumen.

Fort mit den Komplexen

Hurra! Ula und ich fahren für ein paar Tage nach Wrona! Endlich bleiben die Männer mal allein und werden sich ohne unsere Hilfe mit der Tierhaltung beschäftigen, während Ula und ich uns ein wenig Abwechslung gönnen. Die Idee ist Adam gekommen. Ich habe ihm gesagt, dass ich mich auch zu Hause erhole, aber es stimmt, es ist Sommer, ich bin blass, als würde ich im Souterrain wohnen, und ich habe Kopfschmerzen von der Arbeit am Computer. Adam ist lieb, weil er an mich gedacht hat, und ich gehe vor Erschöpfung wirklich auf dem Zahnfleisch. Gestern habe ich bis zwei Uhr morgens gearbeitet. Soll noch mal jemand sagen, dass er mich um freie Arbeitszeiten beneidet!

Ich durchwühle den Kleiderschrank auf der Suche nach meinem Badeanzug, endlich werde ich mich ohne Komplexe sonnen können. Nowa Wrona ist nämlich ein richtiges Dorf. Unsere Freunde besitzen sieben Hektar Land, davon ist ein halber Hektar voller alter Obstbäume, es steht ein altes Haus darauf, in dem es kein Bad gibt, der Austritt befindet sich draußen, die Tür ist meist geöffnet, denn sie geht zu den Obstbäumen hinaus, und man verbringt seine Zeit sehr angenehm dort. Unweit gibt es einen See, in dem man schwimmen kann, und morgen fährt Krzys uns hin. Statt nach Kreta. Adam arbeitet. Ich weiß nicht, wieso er jetzt mehr Arbeit hat als gewöhnlich.

Während ich noch versuchte, meinen Badeanzug aufzutreiben – seit meiner berühmten Aufräumaktion finde ich nichts mehr wieder –, kam Renia vorbei.

»Wir wollten uns doch gemeinsam pflegen«, sagte sie. »Ich mache jeden Tag eine halbe Stunde Gymnastik, und trotzdem … Du weißt ja, Männer mögen attraktive Frauen.«

Das braucht sie mir nun wirklich nicht zu erzählen. Mir ist doch klar, wieso der von Jola zu Jola gegangen ist. Wohl kaum, weil sie Narben von den Windpocken hatte, hässlich, dumm und blöd war. Leider. So viel guten Charakter besaß er nicht, um nur auf die inneren Werte zu achten und dem Körper gegenüber gleichgültig zu sein. Mein Ex hatte einen miesen Charakter und achtete auch auf die äußeren Werte. Was ich Renia sofort erklärte.

»Ich werde hier ab und zu mal reinschauen, um zu sehen, wie sich eure Männer so benehmen«, sagte Renia und atmete Rauchschwaden aus. »Einen Mann sollte man nie aus den Augen lassen.«

Das beunruhigte mich jetzt. Ich fahre nicht für ein paar Tage weg, damit irgendeine rothaarige Dame auf meinen Mann aufpasst. Renia muss die Unruhe in meinem Blick bemerkt haben, denn sie fügte beschwichtigend hinzu:

»Weißt du, wenn er dich betrügen will, dann kann er das überall tun, und du wirst nicht einmal was merken.«

Wirklich, ich sollte mich sofort beruhigen. Vor meinem geistigen Auge wanderte mein Ex vorbei, den Kinderwagen vor, die attraktive Jola neben sich. Echter Balsam für meine, sollte man denken, geheilte Seele. Ich nickte jedoch eifrig.

»Was hast du eigentlich über diese Spermien geschrieben?«

Renias Frage verblüffte mich in höchstem Maße.

»Was für Spermien?«

»Na, wo diese Frau will, dass er sich untersuchen lässt, und er sich weigert.«

Der Brief, sie hatte ihn gelesen! Sie hatte ihn neben den Schreibtisch geschmissen!

»Renia, hör auf, diese Briefe zu lesen. Die Menschen haben wirklich Probleme, das ist nicht witzig. Adam hat gesagt, sie sollte mit einem Freund von ihrem Mann reden, einem anderen Mann also, und der sollte ihrem Gatten erklären … und überhaupt, wieso fragst du?«

Renia lief rot an.

»Weil es mich aufregt, dass jede Frau unbedingt ein Kind haben, in ihrer Rolle als Mutter aufgehen muss …«

»Nicht jede«, widersprach ich. »Aber diese wollte nun einmal. Sie wird darum kämpfen. Und das ist ihr Recht.«

Meine Stimme muss unangenehm geklungen haben, denn plötzlich wechselte Renia das Thema.

»Ich habe gehört, dass Adam beim Radio arbeitet?«

»Ja, er hat eine Nachtsendung in der Woche. Nette Sendung, die Leute rufen an, und er redet mit ihnen. So ein Seelsorgetelefon.«

»Hast du keine Angst, dass er über Nacht wegbleibt?«

Bis jetzt war es mir nicht in den Sinn gekommen, Angst zu haben. Aber nun, so über einen Stapel alter Blusen gebeugt, vor allem denen von Tosia, keine Ahnung, wie die in meinen Schrank geraten sind, hob ich den Kopf.

»Wieso sollte ich mir Sorgen machen?«

»Ach, weißt du, wenn ein Mann sich Beschäftigungen außer Haus sucht …« Renia war nicht gut drauf.

»Bist du verrückt geworden?«, empörte ich mich. »Ein Mann arbeitet meistens außer Haus. Außer, er ist …« Fieberhaft suchte ich nach einem Beruf, den man zu Hause ausübt. »Schaffner, Piloten, Feuerwehrleute, Polizisten, Ärzte, Schornsteinfeger – zählte ich in einem Atemzug auf – arbeiten außer Haus.«

»Worum geht es denn in seiner Sendung?«, fragte Renia beiläufig und drückte die Zigarette im Topf mit dem Ficus aus.

»Um alles Mögliche. Sie hatten einen fest angestellten Psychologen, aber der hat gekündigt, weil er zu wenig verdiente. Und manchmal brauchen die Menschen Rat und wollen sich nicht an einen Profi wenden. Es ist einfacher anzurufen. Dann bist du nur eine anonyme Stimme, keine Person.«

»Kann da jeder anrufen?«

»Jeder.«

»Ich auch?«

»Ich sage doch, jeder«, regte ich mich auf, denn wieso sollte Renia Adam anrufen wollen.

»Ach so.« Renia nickte, und in der Tür, im Gehen, drehte sie sich noch mal um. »Du solltest abnehmen, ich übrigens auch. Artur und ich fahren für ein paar Tage ans Meer.«

Ich blieb vor dem geöffneten Schrank zurück, und die Unruhe umfing mich wie eine Spinne mit dicken Armen.

Vielleicht sollte ich lieber nicht fahren. Wieso soll ich überhaupt verreisen und Adam allein lassen? Wieso kümmert Renia sich nicht um ihren Mann, statt um einen fremden? Weil er kein Ehemann ist, sondern ein freier Mensch, der zufällig mit mir zusammenlebt. Er muss keine Rücksicht auf mich nehmen. Wer hatte gesagt, dass Adam auf Rothaarige steht? Und wieso hatte der Jemand das gesagt? Oh, diese Idee, nach Nowa Wrona zu fahren, gefällt mir gar nicht mehr. Obwohl, habe ich früher, als ich noch die Frau meines Ex war, gemerkt, dass er ein Auge auf irgendeine Jola geworfen hatte? Nein. Aber ich hätte darauf kommen müssen, denn wenn der Ehemann zu nett ist, dann heißt das, dass er eine andere hat. Manchmal ist er auch nicht nett. Adam ist nett zu mir. Bedeutet das, dass er etwas ausheckt? Aber er ist schließlich nicht mein Mann, er kann ohne Grund nett sein. Wieso hat Renia sich so genau nach Adam und seiner nächtlichen Arbeit erkundigt? Ich werde nirgendwohin verreisen. Aber sie kann sich gar nicht um Adam kümmern, weil sie mit ihrem Mann ans Meer fährt. Das alles behagt mir überhaupt nicht mehr. Wieso soll ich abnehmen? Wieso hat sie Komplexe, obwohl sie schlanker ist als ich? Vielleicht will Renia mir klar machen, dass Adam mich verlassen wird, wenn ich nichts an mir ändere?

*

Totale Entspannung. Keine Gedanken an Geld, Chefs, Schulden und Betrüger. Vom Himmel ergießt sich Hitze, die Gleiche, die in der Stadt so unerträglich ist. Die Luft summt, weil die verschiedensten geflügelten Tierchen umherschwirren. Bei uns schwirren sie doch auch, aber irgendwie weniger und leiser. Vielleicht, weil wir keine Bienenstöcke haben. Im Obstgarten ist eine Hängematte gespannt, und wenn man sich nicht an dem Gesumme stört, kann man sie benutzen. Im Keller prionenfreie Sauermilch. Die Milch kann man mit dem Messer schneiden und sie entweder essen oder sich auf die Haut legen, sollte man einen Sonnenbrand haben.

Liebe Redaktion,
angeblich sind Umschläge aus Sauermilch ein Hausrezept gegen Sonnenbrand, aber ich glaube nicht daran, meine Freundin auch nicht, und sie lacht mich aus, was soll ich tun …

Sonnen konnte ich mich nicht, denn an Ausziehen ist nicht zu denken, obwohl ich es vorgehabt hatte. Zwar sind Adam und Krzys zu Hause geblieben, denn jemand muss ja schließlich arbeiten, aber der Bauer schielt nach mir, da gibt es kein Vertun. Soeben hat er Kirschkompott gebracht und gefragt, warum ich mich vollständig bekleidet sonne. Die Männer hören nicht auf, mich zu überraschen. Wie sollten wir uns ausziehen – ich und mein Übergewicht?

Abends haben uns Mücken zerstochen, und es war wunderbar. Wieso ist Adam nur nicht dabei? Eigentlich fühle ich mich einsam. Und außerdem, was macht er? Der von Jola ließ mich auch immer allein. Und bitte, mit welchem Ergebnis? Ich kann nicht einschlafen.

»Wenn du nicht einmal einen Tag in Ruhe ohne deinen Partner aushältst …«

Am nächsten Vormittag reiste eine Freundin der Bauern aus Schweden an. Mit ihrem polnischen Ehemann und drei Stück Kleingemüse. Das Kleingemüse verschwand sofort aus dem Blickfeld, indem es entweder in den Wald oder in die Scheune oder in die Felder lief – alles ging so schnell, dass ich es nicht einmal gemerkt habe. Die Schwedin lächelte göttlich divenhaft, begrüßte alle und verschwand im Haus. Nach einer Weile kam sie ausgezogen zurück. Das heißt, im Badeanzug und darüber ein Tuch oder so etwas Ähnliches. In der Hand hielt sie zwei Messer und einen Eimer mit Kartoffeln. Sie trat zu mir und fragte, ob wir sie zusammen schälen würden. Mit Freude würden wir sie schälen! Ich kenne keine angenehmere Beschäftigung, als sechs Kilo Kartoffeln in einem Obstgarten zu schälen. Während die Kartoffeln munter auf dem Feuer gluggerten, war ich bereits von der Schwedin verzückt. Was für eine hinreißende Frau! Was für eine Anmut! Was für ein Zauber! Was für ein Witz! Was für eine Schönheit!

Das Kleingemüse tauchte von Zeit zu Zeit auf, zwitscherte wie ein Vogelschwarm und flog wieder in die Wälder und Felder davon.

Die Hängematte war verlassen, denn wir begaben uns mit Körben und einer Leiter ausgestattet zu den Apfelbäumen und pflückten reife Äpfel, die der Bauer auf dem Markt verkaufte. So würden wir uns wenigstens nützlich machen. Dann stapelten wir einen Teil von dem Holz, das der Bauer gehackt hatte. Danach haben wir die Veranda und den Gartentisch geschrubbt, denn schließlich konnte man ja nicht zulassen, dass die Bäuerin sich wegen des Besuches totschuftete.

Abends, wie sollte es anders sein, zerfraßen uns erneut Mücken am Lagerfeuer, an dem wir Würstchen und Brot grillten. Am Mittag des nächsten Tages zog ich meine Jeans aus und meinen Badeanzug an. Das Kleingemüse der Schwedin war mit Bauer und Bäuerin zum Markt gefahren, um Äpfel zu verkaufen, wir drei Frauen blieben zurück. Die Schwedin erzählte, wie es in Schweden ist, und wie wunderbar ihr Mann sei, und wie wunderbar die Kinder seien, und dass sie sich so freue, weil wir auch so wunderbar seien. Mit einem Wort – während sich die Hitze vom Himmel ergoss, gingen wir Süß- und Sauerkirschen pflücken, denn sonst würden sie schlecht werden, morgens waren ganze Scharen von Staren zugange. Wir pflückten zu den Geschichten der Schwedin, die ab und zu auflachte, und dann war es, als würden Glöckchen in der Luft erklingen. Ich sah die Schwedin an und kam aus dem Staunen nicht heraus, wie sie das machte, dass die Welt ringsum schöner wurde. Kein Wunder, dass sich mein Aussehen auch gleich verbesserte.

Nach drei Tagen waren wir auf immer befreundet, und Ula und ich hatten eine Einladung nach Schweden, sobald wir Zeit und Lust hätten, und überhaupt. Und das, wo Tosia mit dem Fahrrad durch Schweden unterwegs war!

Am vierten Tag kam Adam, weil er Sehnsucht hatte. Nur für das Wochenende, um sich ein wenig zu erholen. Er hatte meine Mutter gebeten, sich um Boris und die Katzen zu kümmern. Meine Mutter sagte, sie würde sich gern auf dem Land erholen. Vielleicht würde auch mein Vater dazustoßen, denn er würde sich auch gern auf dem Land erholen. Bereits nach einer halben Stunde konnte

Adam den Blick nicht mehr von der Schwedin abwenden, lachte mit ihr, als würden sie sich seit hundert Jahren kennen, und wäre der Mann der Schwedin nicht liebevoll zu der Schwedin, würde es mich zerreißen. Aber das Kleingemüse in Form von zwei Jungs und einem Mädchen sicherten die Schweden auch noch ab, und Adam sagte zu mir:

»Du hast dir die Nase verbrannt.« Und, glaubt mir, es lag viel Zärtlichkeit in diesem Satz.

Adam wollte sich ein wenig erholen, aber am Morgen mussten wir sofort raus, denn man war ja gezwungen, etwas wegen des gehackten Holzes zu unternehmen, weil es regnen sollte. Adam und der Bauer bauten hastig so eine Art Dach, während die Schwedin, Ula und ich das Heu in die Scheune warfen, damit es nicht nass wurde. Um vier Uhr nachmittags begann es zu tröpfeln – das Dach war fertig und das Heu in der Scheune. Ich fühlte meine Arme, meinen Rücken und meine Beine nicht mehr. Wir aßen zu Mittag, dann spülte ich zehn tiefe Teller, zehn flache Teller, sechzehn Becher mit Resten von Sauermilch, sechs Töpfe, zwei Pfannen, einen ganzen Haufen Besteck und fegte den Boden in der Küche. Erholung muss man sich verdienen. Um sechs Uhr nachmittags kam der Nachbar der Bauern mit der Nachricht, dass seine Kuh kalbte, und ob jemand helfen könne. Ich bin mit dem Bauern hingefahren, denn schließlich ist das ja interessant. Die Kuh hat um vier Uhr morgens gekalbt. Ich habe dem Kälbchen geholfen aufzustehen. Was für ein wundervolles Erlebnis!

Im Morgengrauen liefen wir über die Wiesen zurück, der Tau schimmerte auf dem Gras, und ich spürte, dass ich lebe. Nach zwei Stunden Schlaf wurde ich brutal geweckt, denn wir wollten doch Pilze sammeln. Die Bäuerin erinnerte mich, dass ich versprochen hatte, Pfifferlinge zu suchen. Fürs Rührei, zum Frühstück, denn es gehe nichts über Rührei mit Pfifferlingen, der Himmelblaue schwärmt für Rührei mit Pfifferlingen. Nun ja, jede Beziehung hat ihre Mankos.

Da die Schwedin mit ihrem Lächeln das ganze Haus erhellt und ausgerufen hatte: »*Wonderful, mushrooms!*« – schleppte auch ich mich hinaus, um so einen netten Morgen nicht zu verpassen.

Pfifferlinge, das sind kleine gelbe Pilze, von denen es keine gab. Gegen Mittag kehrten wir zurück, denn die Schwedin hatte sehen wollen, was hinter dem Birkenwäldchen lag. Hinter dem Birkenwäldchen lag ein Kiefernwäldchen. Was dahinter lag, wollte sie auch sehen. Und so weiter, und so weiter. Gegen zwei Uhr kamen wir wieder an. Das Kleingemüse spielte mit den Hunden, die normalerweise gefährlich waren. Die Schwedin scheuchte die Kinder an den Tisch, das Gesicht ihres Mannes strahlte bei ihrem Anblick wie die Sonne, und ich verspürte völlig unbegründete Eifersucht, dass der Gesichtsausdruck des Himmelblauen auch ein Strahlen zeigen könnte, wo ich doch geholfen hatte, ein Kälbchen auf die Welt zu bringen, Pilze suchen war und heil zurückgekommen bin.

Nachmittags beschlossen wir, uns ein wenig auszuruhen und gingen in die Sonne hinaus, die Schwedin im Badeanzug, das Kleingemüse in nicht näher definierbaren Kleidungsstücken, weil es sofort verschwunden war, und ich natürlich in einem langen, wenngleich indischen

Kleid. Der Bauer stellte zwei Kisten Erbsen zum Schälen vor uns, denn wir wollten doch nicht tatenlos herumsitzen.

»Wieso hast du dich so angezogen?«, fragte Adam, und sein nackter, vom Rasenmähen wenigstens ein wenig gebräunter Oberkörper glänzte.

»Ich werde mich kaum vor der Schwedin ausziehen, ich sehe sowieso, dass du den Blick nicht von ihr losreißen kannst«, stöhnte ich eifersüchtig auf.

»Die ist doch noch mal so dick wie du«, staunte Adam und schaute mich skeptisch an. »Und siehst du, sie macht sich überhaupt nichts daraus. Gerade das ist so schön an ihr.«

Ich blickte die Schwedin an. Und ich bemerkte, was mir bisher entgangen war, weil ich die letzten Tage so schwer gearbeitet habe. Sie war wirklich dick! Und was für ein Zauber, was für eine Anmut! Wie schön sie war! Vor lauter Aufregung küsste ich den Himmelblauen und sprang in meinen Badeanzug. Die Komplexe verderben mir die Freude am Leben. Alles nur wegen Renia! Sie hat Komplexe, obwohl sie wunderschön und rothaarig ist, und ich lasse mich wie eine Schülerin davon anstecken, sogar wenn ich hundert Kilometer von ihr entfernt bin! Außerdem ist nicht die Figur wichtig, sondern der Charakter! Und da bin ich gewiss im Vorteil. Außerdem bin ich überhaupt nicht abhängig von einem Mann!

*

Wir sind bestens gelaunt nach Hause gekommen. Einmal, an einem Abend, war ich zwar nahe dran, Adam zu erzählen, was ich angestellt hatte, aber ich hielt mich zurück. Jetzt habe ich Kraft zu arbeiten. Ab morgen.

Es begann zu schütten, ich riss die Fenster auf – wundervoll, wenn es nach einem Hitzetag so schüttet und schüttet, man kann hören, wie die Erde das Wasser trinkt, die Wurzeln regen sich bestimmt im Mutterboden, öffnen ihre Mündchen, die Welt beginnt aufzuklaren, ich liebe Sommerregen. Ich habe zwei Kilo Kirschen gewaschen und mich vor den Fernseher gesetzt. Da rief unerwartet Renia an.

»Bist du wieder da?«, seufzte es in mein Ohr.

»Ach, Renia!«, sagte ich erfreut. »Bist du wieder da?«

»Ja, eben. Wir sind früher zurückgefahren«, fügte sie nach einer Pause hinzu.

»Prima«, rief ich sorglos aus. »Lass uns treffen! Ich habe mich auf dem Land ausgezeichnet erholt!«

Stille im Hörer. Ich merkte, dass irgendetwas nicht stimmte.

»Wie war dein Urlaub?«, fragte ich.

»Hoffnungslos.«

Hab ich's mir doch gedacht. Sie hat da am Meer einfach keine wunderschöne, dicke Person getroffen. Am Strand flanierten schlanke, braun gebrannte Teenager vor ihrer Nase auf und ab, langbeinig, ohne Cellulitis. Und die arme Renia ist in eine Sommerdepression verfallen! Sie hatte nicht so viel Glück wie ich!

»Können wir uns sehen?« Wie durch einen Nebel vernahm ich Renias Stimme.

»Komm schnell rüber, ich habe wunderbare Kirschen!«, freute ich mich. Soll sie sich doch gleich auf den Weg machen, man kann wirklich nicht wegen des eigenen Äußeren die Welt so schwarz sehen! Ich biege das schon wieder hin!

Kurz darauf hielt Renia vor dem Tor, die tiefen Pfützen spritzten nur so. Boris hängte sich erfreut mit seinen Vorderpfoten an ihre Schultern, und ich schaute sie ausnahmsweise mitleidig an. Ringe unter den Augen, blass (!) – und das nach dem Urlaub! Keine Spur von frischer Bräune, Entspannung, Erholung!

Ich setzte sie in den Sessel und holte Butterplätzchen mit Hagelzucker, weil sie sehr lecker sind. Ich habe Tee aufgebrüht. Renia kam mir in die Küche hinterher, ich konnte erkennen, in was für einem Zustand sie war.

»Sag nichts«, meinte ich nur. »Wir setzen uns erst mal hin, und du erzählst mir alles.«

Armes Mädchen! Vor meinem geistigen Auge sah ich sie am Strand, in eine Decke, oder Gott weiß was, gewickelt. Wenn sie nicht mal im Gesicht braun gebrannt war!

Renia schleppte sich hinter mir ins Wohnzimmer und knabberte eine Kirsche an. Die Plätzchen beachtete sie gar nicht.

»Na, erzähl schon, wie war's?« Ich machte es mir bequem.

»Hast du vielleicht einen Drink?«

Hatte ich nicht.

»Wir sind am Montag gefahren. Aber, verstehst du …«

»Ach, Renia«, rief ich mitfühlend aus. »Man darf sich nicht so wichtig nehmen!«

»Moment.« Renia griff nach einem Plätzchen und blickte mich irgendwie unfreundlich an.

Boris saß steif neben ihr und beschnupperte ihren

Rockzipfel. Auf Kilometer Entfernung roch er den mörderischen Azor.

»Warte.« Ich beschwichtigte sie mit einer Handbewegung. »Erst erzähle ich dir von meinem Dorf, dann wirst du verstehen, was ich dir vermitteln will!« Ich war in der Stimmung, verirrte Seelen auf den einzig richtigen Weg zurückzuführen.

Renia griff abermals nach einem Plätzchen, und ich fühlte mich wie ein Fisch im Wasser. Ach, wie leicht mir die Geschichte von der dicken Schwedin von den Lippen ging, von der niemand wusste, dass sie dick war, weil sie einen wundervollen Charakter hatte! Ich ließ die Kinder und den verliebten Mann nicht aus, erwähnte kurz meine Eifersucht bezüglich des Himmelblauen, um nach einer Stunde den Schluss zu ziehen – dass wir dann schön sind, wenn wir uns akzeptieren.

Renia futterte Kirschen und sah mich immer sonderbarer an. Sie schwieg. Ich begriff, wie schwer es für sie gewesen sein muss, sich mit ihrem Mann am Strand aufzuhalten, der weiß, dass sie, obwohl sie schön und rothaarig ist, dem Vergleich mit den Models aus den Fernsehreklamen nicht standhalten kann. Im Handumdrehen wurde mir klar, dass ihr und ihrer eigentlich nicht so üblen Ehe der Vergleich zwischen ihr und den Teenagern nicht bekommen ist. Oder vielleicht haben sie sich die ganze Zeit gestritten? Vielleicht hat Renia unberechenbar komplett auf die Erholung verzichtet und ist nicht zum Strand gegangen, sondern saß einsam und verlassen in irgendeinem Ferienhäuschen und litt vor sich hin? Da sieht man, was eine Frau sich antun kann, wenn sie sich in den Strudel der eigenen Illusionen hineinziehen lässt und keinen Kontakt zur Wirklichkeit hat! Adam mag Rothaarige, aber ich bemitleidete Renia trotzdem. Ich vergab mir ja nichts!

»Renia, Liebes«, sagte ich schließlich gerade heraus. »Mach dir keine Sorgen! Mal ehrlich, wie oft warst du am Strand?«

»Ich versuche dir ja gerade zu sagen …«

»Wie oft?«

»Kein Mal! Aber …«

»Warte.« Ich beruhigte sie. »Erzähl mir alles von Anfang an.«

»Ich war nicht einmal am Strand!« Renia sprang so abrupt auf, dass unser neuer Kater, Später, der bisher ruhig auf meinem Schoß gelegen hatte, zusammenzuckte und das Köpfchen hob. Renia schien fuchsteufelswild und sprach mit erhobener Stimme. »Ich war nicht da, weil es gegossen hat! Es hat fünf Tage lang nonstop gegossen! Und auf dem Heimweg ist dieses verfluchte Auto kaputtgegangen, und wir mussten per Anhalter zurück, unter irgend so einer Plane! Ich bin am Ende! Ich habe Schnupfen, mir geht es dreckig, und ich dachte, dass ich vielleicht mit dir quatschen könnte. Aber du laberst mir hier die Ohren voll mit dem Oberschenkelumfang von irgendeiner Schwedin!«

Ich nehme heimlich ab

Ich habe mit Ula ausgemacht, dass sie auch in aller Heimlichkeit vor Krzysiek abnimmt. In aller Heimlichkeit vor Adam habe ich ein Buch über gesundes Leben ausgeliehen. Ich habe darin gelesen, dass eine dreitägige Entschlackung sich ausgezeichnet auf mich auswirken würde. Am ersten Tag – Kefir und Vollkornzwieback, am zweiten Tag – o.g. Zwieback und Apfelsaft, am dritten Tag – gekochtes Gemüse. Ich kann am Freitag anfangen, dann halte ich den Samstag und den Sonntag irgendwie zu Hause durch, und danach wird es schon weiterlaufen. Ich habe nicht einmal Tosia was gesagt, die ohnehin seit ihrer Rückkehr aus Zakopane hauptsächlich bei Ula sitzt, weil ihre Töchter, Isia und Agata, ebenfalls wieder da sind.

Eine Woche lang habe ich nach Vollkornzwieback gesucht – ist gar nicht so einfach. Endlich hat die Nachbarin meiner Mutter gemeint, dass die Schwiegermutter ihrer Bekannten im Stadtteil Grochowo welchen bekommt. Also habe ich die Nachbarin meiner Mutter höflich gefragt, ob sie ihre Bekannte, deren Schwiegermutter in Grochowo wohnt, bitten könnte … Sie konnte.

Ich bin mit Zwieback ausgestattet, und nichts steht mir mehr im Wege. Ich werde niemandem etwas davon erzählen! Den Zwieback wollte ich erst in der Anrichte verstecken. Dann habe ich an den Backofen gedacht. Schließlich habe ich ihn unten im Schrank neben dem Backofen deponiert, um blöden Fragen aus dem Weg zu gehen, warum ich so viel Zwieback kaufe. Was Fragen angeht, so beschränkt Adam sich auf solche zum Zustand meiner Wirbelsäule. Er würde meine Diät zwar nicht mit der Empfehlung des Chiropraktikers in Verbindung bringen, aber bevor eine Frau einem Mann nicht sagt, sie sei zu dick, merkt er es zumeist nicht. Ich habe drei Liter Kefir gekauft. Ganz beiläufig habe ich bei Ula nachgehakt, ob sie eventuell auch diesen Zwieback mit mir zusammen essen will. Sie hat gesagt, es komme nicht in Frage, weil sie jetzt viel Energien durch ihre Diätgymnastik verbrennen würde und normal esse. Dann eben nicht.

Gott, war ich hungrig, als ich aufgewacht bin! Ich habe Kefir getrunken und Zwieback gegessen. Ich werde durchhalten! Ich werde durchhalten! Ich fresse Zwieback und spüle mit Kefir nach. In aller Heimlichkeit vor Boris und dem Himmelblauen. Von Tosia ganz zu schweigen. Irgendwie werde ich bis Montag überleben. Am Montag sitze ich in der Redaktion und tue, als würde ich nicht merken, dass alle ausschließlich mit Essen beschäftigt sind. Ich habe Hunger. Ich denke an ein Mittagessen, bestehend aus zwei panierten Schnitzeln mit Kartoffelpüree. Ich trinke Kefir.

Ich komme wieder nach Hause, und hier fangen die Probleme an. Tosia und Adam haben mit duftenden Frikadellen auf mich gewartet, die Tosia nach telefonischem Diktat meiner Mutter zubereitet hat, und ich musste so tun, als hätte ich schon gegessen.

Gleich nach dem Essen hat Adam seine Papiere auf dem Küchentisch ausgebreitet, um zu arbeiten, weil Tosia seinen Computer belegte. Ich konnte nicht an meinen Zwieback! Ich trank meinen Kefir und schlich wie Falschgeld durchs Haus. Bis Adam mich gefragt hat, was ich denn so hin und her laufen würde. Männer sind derart konstruiert, dass sie nicht bemerken, dass du deine bodenlangen Zöpfe abgeschnitten hast und kahl bist, wenn du allerdings an deinen versteckten Zwieback willst, werden sie misstrauisch.

Ich sterbe vor Hunger. Ich frage Adam, ob er ins Kino mitgehen würde. Würde er, aber nicht heute, weil er arbeiten muss. Ich frage Tosia, ob sie nicht ins Kino mitgehen würde. Würde sie, aber mit Jakub, und nicht heute. Alles ist besser, als zu Hause herumzusitzen, wo ich meinen Zwieback versteckt habe, an den ich nicht gelangen kann. Ula ruft, dass sie sehr gern mit mir ins Kino gehen würde. Wir gehen in den neuen Film mit Harrison Ford. Im Kino sah Harrison toll aus und lud seine Frau zum Abendessen ein. Und sie waren bei einem Empfang. Dort gab es viel gutes Essen. Dann hat seine Frau ein Körbchen mit Essen zurechtgemacht und ist zur Nachbarin gegangen, um ihr die Leckereien zu geben. Aber die Nachbarin war nicht da, nur der Nachbar, der den Korb mit hineingenommen hat. Dann hat sie mit dem Fernglas einen Mann beobachtet, der mitten in der Nacht einsam über seinem Essen saß. Dann ging sie an den Kühlschrank. Dann öffnete er eine Weinflasche. Es war irgendein Film über Ernährung, ich bin mir nicht sicher, ob über gesunde. In der Zwischenzeit brachte jemand jemanden um, aß dabei aber nicht, also verlor ich das Interesse an der Handlung. Am Leben hielt mich nur die Gewissheit, dass ich in der Küche, im Schrank, dem ganz in der Ecke, neben dem Backofen, meinen Zwieback versteckt hatte, und dass ich sofort, wenn ich nach Hause komme, die erste Gelegenheit nutze, um mich mit ihm im Bad einzuschließen.

Am späten Abend rase ich nach Hause und spüre, dass ich ein ganzes Rind ohne Wahnsinn verschlingen könnte, denn den Wahnsinn hatte ich schon in mir. Die Küche ist leer, der Himmelblaue sitzt vor neuen schlechten Nachrichten aus aller Welt, Tosia hängt am Telefon. Ich stürze mich auf den Schrank – keine Spur von meinem Zwieback!

Mamma mia, wo habe ich den bloß hingetan? Vielleicht meine ich nur, er sei hier? Vielleicht habe ich ihn doch in die Anrichte gelegt? Ich hole alle Töpfe aus der Anrichte. Nichts! Ich hole alles aus dem Schrank unter der Spüle. Nichts. Nichts! Nichts!!!

Da kommt Adam herein. Er blickt sich in der Küche um, schaut auf die Töpfe und Topfdeckel auf dem Boden, die feuerfesten Formen, die Kartoffeln, den Feger und den Mülleimer und sagt:

»Suchst du den Zwieback? Ich habe Boris schon gefüttert. Den ganzen Abend lag er vor diesem Schrank. Du ahnst ja gar nicht, wie er ihm geschmeckt hat!«

Oh Gott!!!

Also esse ich zwei köstliche Frikadellen. Tosia kocht ausgezeichnet. Und drei Scheiben Brot. Ich glaube, ich muss über eine radikalere Hungerkur nachdenken.

Tosia beendet ihr Gespräch mit Jakub.

»Ich hoffe, dass er angerufen hat«, werfe ich ihr freundlich über die Schulter zu. Ich will lieber nicht an die Höhe der nächsten Telefonrechnung denken.

Tosia sieht mich vorwurfsvoll an, dann schaut sie auf das Butterbrot in meiner Hand, und schließlich blitzt Verständnis in ihrem Blick auf.

»Machst du Diät? Das war dein Zwieback, nicht wahr? Das ist ja ein Ding!«

Ich gehe also in mein Zimmer und fahre den Computer hoch.

*

Adam spricht nicht mehr von Szymons Computer. Leider hat er einen weiteren Auftrag beim Radio angenommen, und auf diese Weise verbringe ich von sieben Nächten in der Woche zwei einsam. Ich weiß nicht, wieso er so entschieden hat. Vielleicht hat er genug von mir. Vielleicht sieht er, dass ich doch nicht die Frau fürs Leben bin.

Tosia hat heute das Buch *Denk dich schlank* mitgebracht und auf dem Tisch liegen lassen.

»Was ist das?« Ich schlug es auf.

»Ach, nur so«, meinte sie erläuternd. »Ich habe es gelesen.«

»Das ist Unsinn.«

»Niemand hat gesagt, dass du es lesen sollst. Aber schau mal rein«, erklärte Tosia und lief zum Auto, weil Adam bereits hupte. Und weg sind sie. Sie zur Schule, er zur Arbeit.

Ich bleibe allein. Ich habe schrecklich viel zu tun, aber ich schaue rein.

Ich habe mich im Sessel zusammengerollt und das Buch aufgeschlagen. Dabei schlürfte ich Tee mit Zucker und aß Käsekuchen von Ula. Das Wichtigste ist doch die richtige Lektüre. In diesem Buch einer überaus klugen Autorin stand ganz klar geschrieben, dass der Körper selbst wüsste, wie er aussehen sollte. Du musst nichts tun! Deine einzige Aufgabe besteht darin, dir vorzustellen, dass du schlank bist! Ist das nicht wunderbar???

Der Käsekuchen von Ulas Schwiegermutter schmeckt köstlich. Ich schließe die Augen und stelle mir vor: Ich betrete ein tolles Geschäft, in dem wundervolle Kleider hängen. Eine mollige Verkäuferin kommt auf mich zu.

»Welche Größe?«, fragt sie.

Im Wachzustand weiß ich, dass Konfektionsgrößen erst ab 40 beginnen, aber in so einem Traum – bitte schön.

»Sechsunddreißig«, antworte ich. Ich gehe in die Kabine, streife das Kleid Größe 36 über, und wie sehe ich aus? Ausgezeichnet! Nur die Farbe ist irgendwie ... Gleich daneben hängt ein wundervolles korallenfarbenes Kleid aus seidigem Samt ... Ich spreche die mollige Verkäuferin an und bitte um das korallenfarbene Kleid. »Es tut mir Leid«, sagt die Mollige, »die Korallenfarbenen gibt es nur in höheren Größen, da fängt es erst ab 40 an ...«

Es klingelt. Die Mollige mit ihrem Geschäft zerspringt wie eine Seifenblase. Na bitte, meine Fantasie reicht doch nicht aus! Mir war immer schon klar, dass körperliche Veränderungen sich erst später einstellen. Ich stehe auf – es ist Ula. Direkt von der Arbeit, deshalb kommt sie nicht durchs Gartentörchen.

»Was machst du?«

Ich verstecke das Buch, denn schließlich muss sie ja

nicht wissen, dass ich damit beschäftigt bin, meine Vorstellungskraft zu schulen. Die solche Aussetzer hat. Ich koche Tee für Ula – Ula nimmt keinen Zucker. Kein Wunder, dass die Raffinerien Pleite gehen und die armen Menschen, die dort arbeiten, jeden Augenblick ihren Job verlieren können.

Ula drängt sich in den Sessel, hebt die Decke, das Buch fällt herunter. Vorbei! Ula betrachtet es aufmerksam, dann betrachtet sie mit der gleichen Aufmerksamkeit mich.

»Liest du das?«

Nun, Bilder sehe ich mir wohl kaum an. Ich nicke so, dass es bedeuten könnte, dass ich wirklich keine Ahnung habe, wie es dort hingekommen ist, und dass ich es nicht lese, sondern jemand es mir da hingelegt hat, ich wüsste gern, wer, oder dass ich es vielleicht lese, oder doch nicht, was geht es dich überhaupt an.

»Nein«, antworte ich. »Ich habe es nur durchgeblättert.«

»Du bist anscheinend total übergeschnappt«, sagt Ula. »Glaubst du etwa diesen Quatsch?«

Ula fehlt es wirklich an geistigen Werten. Die reinste Materialistin. Wie soll ich ihr erklären, dass der Körper tatsächlich klug ist und genau weiß, was er braucht? Dass man sich nur vorstellen muss, man sei gertenschlank, und der Körper es flugs begreift?

»Du hast Käsekuchen gegessen«, sagt Ula anklagend.

Also wirklich, da ist mir schon lieber, meine Mutter ruft an. Die kann durchs Telefon wenigstens nicht sehen, was ich esse.

»Hast du mir doch selbst gebracht«, knurre ich.

Das genau ist Freundschaft. Erst gibt man dir was Gutes, um dir anschließend vorzuwerfen, dass du es seinem Zweck zuführst.

»Lecker, oder?«

Nun ja, meine Vorstellungskraft hatte wieder eingesetzt, denn Ula klagt mich gar nicht an, sondern sie lächelt mich an.

»Köstlich.«

»Ist noch was da?«

Im Grunde ist nichts mehr da. Das heißt, doch, da im Küchenschrank ist noch ein winziges Stückchen, aber das lässt sich ganz sicher nicht mehr halbieren. Das ist fast so, als wäre es gar nicht da. Andererseits hat Ulas Schwiegermutter den Kuchen gebacken, und Ula hat mir fast ein halbes Blech rübergebracht. Also sollte ich dieses winzige, kaum sichtbare Stückchen schnell auf einen Teller legen und ihn Ula zuschieben. Aber wenn Ula den Kuchen doch essen wollte, warum hat sie ihn mir dann gebracht? Wer Geschenke zurücknimmt, kommt in die Hölle … Und die Hölle setzt sich bestimmt aus unzähligen kleinen Käsekuchenstückchen zusammen, an die ein einfacher Sünder nicht herankommt. Ich sehe Ula in dieser Hölle, umgeben von köstlichen, goldbraunen Kuchenstückchen, aus denen Rosinen lugen, sie streckt die Hand aus, aber plötzlich sind sie weg …

»Ist noch was da?«

Tja, ich gehe in die Küche und schneide diesen kleinen Käsekuchenrest. Es ergibt noch anderthalb Stücke für jede. Ich nehme die Teller und bringe sie ins Zimmer.

»Wunderbar. Zu Hause habe ich keinen gegessen, sonst hätte er mich ausgelacht.«

Er, das ist Krzys. Arme Ula. Sie hat ihrem Mann alles erzählt. Und jetzt lacht er sich ins Fäustchen. Nicht wie Adam, der mir offen ins Gesicht lachen würde, wenn Tosia ihm von meiner Diät berichten würde. Aber nach der Hochzeit ist immer alles schlimmer.

»Weißt du«, sagt Ula nachdenklich. »Ich habe es jetzt nicht leicht. Er hat sich im Fitness-Studio angemeldet, weil er nicht hinter mir zurückstecken wollte …«

»Meine Güte!«

»Außerdem hat er ein Abo fürs Schwimmbad gekauft, und wir werden zweimal die Woche schwimmen gehen … Er sagt, es sei wunderbar, dass ich ihn mobilisiert habe. Er wünscht sich auch gesunde Kost. Das ist das Ende. Jetzt kann ich mir nur noch vorstellen, ich sei eine freie Frau …«

Ula geht, ich bleibe mit dem Buch *Denk dich schlank* und meinem Hund Boris zurück, der sich vorstellt, dass ich sicher mit ihm durch den Garten toben werde, obwohl es heute kühl ist. Hat jemand schon einmal Mitte September solche Temperaturen erlebt?

Ich kann mir in aller Ruhe vorstellen, wie der Himmelblaue mich auch mobilisieren will. Zum Beispiel kommt er heute Abend zur Tür rein, begrüßt liebevoll Boris, mir gibt er vielleicht einen Kuss und verkündet anschließend, dass wir von nun an morgens um sieben schwimmen gehen würden. Nachmittags ins Fitness-Studio. Außerdem habe er einen Aerobikkurs für mich gebucht. Und wir würden nur Gemüse essen, weil er Veganer geworden sei. Gott im Himmel, was soll ich ihm zu Essen machen? An Gemüse habe ich nur Sellerie da, aber wenn er nun mal solch einen Entschluss gefasst hat, kann ich mich ihm doch nicht in den Weg stellen!

Ich gehe in die Küche und reibe trist den Sellerie, dünste ihn in der fettfreien Pfanne, soll er doch, verdammt, wenn er sich zu einem neuen Leben entschlossen hat. Ich schäle Kartoffeln und taue grüne Erbsen auf. Bitte schön. Um einen Mann muss man sich auch manchmal kümmern.

Tosia kommt als Erste aus der Schule. Sie begrüßt den Hund, und gleich in der Tür ruft sie:

»Ich esse nichts, ich mache Diät!«

Adam kommt um vier. Er küsst mich, dann rennt er in die Küche, hebt den Deckel an und sagt ein wenig enttäuscht:

»Was für ein Duft! Leben wir heute gesund?«

Also sehe ich ihn vorwurfsvoll an und sage:

»Aber um sieben mit dir schwimmen gehen mache ich bestimmt nicht!«

Und da merke ich, dass meine Vorstellungskraft vollkommen in Ordnung ist. Sogar noch besser. Ich kann mir ruhig vorstellen, ich sei schlank!

Alles wird rauskommen

Ich gehe Adam aus dem Weg. Was nicht weiter schwierig ist, weil Adam mir aus dem Weg geht. Ich habe Angst, der Wahrheit ins Auge zu sehen. Er arbeitet sehr viel, dabei ist doch Sommer.

Ich fürchte jedes Gespräch mit ihm. Ich weiß nicht, in welchem Augenblick alles herauskommt. Die Bank hat meinen Darlehensantrag abgelehnt.

Liebe Redaktion,
haben wir eine Chance, ein gemeinsames Konto zu eröffnen, obwohl wir nicht verheiratet sind?

Liebe Leserin,
es ist kein Problem, ein gemeinsames Konto zu eröffnen. Man geht zusammen zur Bank, füllt die entsprechenden Formulare aus, unterschreibt einen Vertrag und hinterlegt Unterschriftenproben. Die Bank händigt euch zwei vorläufige Karten und zwei Scheckhefte aus, und nach einiger Zeit bekommt ihr auch zwei Karten für die Bankomaten. Wenn ihr über ein gemeinsames Konto verfügt, stehen eure Chancen besser, einen Kredit bei der Bank zu bekommen …

Leider könnt ihr das nicht tun, wenn einer von euch beiden nichts davon weiß.

Es kommt vor, dass der Partner (oder die Partnerin!) sich als leichtsinnige und verschwenderische Person entpuppt und anfängt, das Geld ohne Sinn und Verstand zu verschleudern. Es besteht die Gefahr, dass einer ohne das Wissen des anderen alle Ersparnisse abhebt. Wenn du dich zu einem gemeinsamen Konto entschließt, hast du keine Möglichkeit mehr, dich zu schützen …

Mein Vater hat mir die Zweitausend gegeben, aber ich brauche mehr! Als ich nach Hause kam, saß Adam vor dem Fernseher, und Tosia stand am Tisch. Der Wortwechsel zwischen beiden musste schon seit geraumer Zeit andauern, denn Tosia war in meiner Lieblingslaune, also: Ihr seid alle nicht normal.

»Mama, sag du ihm, wie diese kleinen …« Tosia hielt inne. »Na, diese kleinen Dinger in der Zeitung heißen.«

»Artikel?«, fragte ich versöhnlich.

»Oh Gott!« Tosia hob den Blick zum Himmel. »Keine Artikel, sondern so kleine schwarze …«

»Anzeigen?« Auch Adam stellte sich der Herausforderung.

»Wisst ihr das denn nicht? So kleine schwarze Dinger in der Zeitung.«

»Buchstaben?« Ich gab mich nicht geschlagen.

»Keine Buchstaben, verdammt, klein, aber etwas größer, mit so Verzierungen, und Kreuzchen.«

»Stickmuster?«, fragte Adam und machte den Fernseher leiser.

Ungeduldig schüttelte Tosia den Kopf und ließ Boris ins Zimmer.

»Titel vielleicht?«

»Keine Titel, so andere Dings …«

»Was für andere?«

»Ihr seid nicht normal, ihr wisst nicht, wovon ich rede, so kleine, schwarze, vom Tod!«

»Todesanzeigen?«

»Ja! Mit euch kann man überhaupt nicht reden …« Tosia machte auf dem Absatz kehrt und ging in ihr Zimmer.

»Wofür brauchst du denn Todesanzeigen?«, rief ich ihr hinterher.

»Was meine angeht, so kann ich dir den Inhalt diktieren, aber rechne nicht damit, ihn in den nächsten dreißig, vierzig Jahren zu nutzen!«, rief Adam.

»Ich habe nur vergessen, wie die Dinger heißen!«, rief Tosia zurück.

Ich ging in die Küche, wusch mir die Hände und begann, das Fleisch für morgen zu schneiden. Adam kam mir hinterher und schlang seine Arme um mich – ich hatte schon vergessen, wie sich das anfühlt – und sagte:

»Judyta, was ist los mit dir? Willst du nicht mal mit mir reden? Hast du irgendwelche Probleme? Wir wollten doch immer über alles sprechen …«

Gleich schlich um meine Beine, Später versuchte beharrlich, an meinen Waden hochzuklettern. Ich legte das Fleisch in eine Schüssel und spülte mir die Hände ab. Adam zog mich ins Zimmer. Kurz darauf hörte ich Fußgetrappel auf der Treppe und das Knallen der Kühlschranktür. Das liegen gelassene Fleisch und die Katzen fielen mir wieder ein.

»Tosia, pfeffere es bitte!«, rief ich in Richtung Küche.

Abermals knallte die Kühlschranktür.

»Ich bin einfach müde«, beschwerte ich mich bei Adam. »Vielleicht läuft ja ein netter, hirnamputierender Film im Fernsehen?«

Später sprang mit erhobenem Schwanz aus der Küche und versteckte sich unter der Heizung. Tosia knallte noch einmal mit der Kühlschranktür, und wieder hörte man ihr Fußgetrappel auf der Treppe. Adam sah mich an, wie er mich schon lange nicht mehr angesehen hatte.

Ich stand auf und ging in die Küche. Auf der Arbeitsplatte saß Gleich und fraß in aller Ruhe den Lummerbraten weg. Nicht einmal wenn man schwer arbeitete, konnte man darauf zählen, dass einer das Fleisch beschützt. Ich schmiss Gleich runter und schleppte mich zu Tosia.

»Tosia, ich hatte dich doch gebeten, das Fleisch zu pfeffern! Gleich hat fast alles aufgefressen!«

Tosia saß über ihren Büchern.

»Ich habe Später eine gepfeffert!«, sagte sie und schaute mich grenzenlos erstaunt an.

»Du solltest nicht dem Kater eine pfeffern, sondern das Fleisch, damit sie nicht mehr drangehen!«

»Ach so …« Tosia steckte sich ein Stück Käse in den Mund. »Dann habe ich dich falsch verstanden. Das heißt, Später hat unnötigerweise was abbekommen.«

Und sie beugte sich wieder über ihre Bücher. Seit Jakub gesagt hat, er möge kluge Frauen, hat Tosia beschlossen, ihre Lücken in Windeseile zu schließen. Ich ging nach unten.

»Ich habe den Computer für Szymon bestellt«, sagte Adam und schaltete auf ein anderes Programm.

Ich fiel beinahe in Ohnmacht, doch ich ließ mir nichts anmerken. Meine einzige Hoffnung war Artur. Nur er hatte Geld. Ich würde ihn bitten, obwohl wir keinen so nahen Kontakt haben. Ich rufe Renia an.

Ich frage Tosia nicht einmal, wie es in der Schule war, und mache mich ans Spülen. Ich erledige noch ein paar Handgriffe in der Küche, dann sage ich beiläufig, dass ich zu Renia gehe.

»Du wolltest dir doch einen ruhigen Abend vor dem Fernseher machen«, entgegnet Adam, und ich sehe, dass er nicht sehr zufrieden ist. Doch ich habe keine Wahl. Ich muss für morgen diese Dreieinhalbtausend leihen, und wenn es mich das Leben kostet. Also mache ich mich auf den Weg.

Hinter der Bahnlinie stolpere ich in ein Loch, meine wunderschönen Wildlederschühchen vom Vorjahr sind über und über mit rotem Lehm bedeckt. Ich verfluche das Loch, das Haus am Waldrand, die späte Stunde, das Geld, die Schulden, die Banken und die Computer. Ich bitte Artur um Verschwiegenheit. Er hat mir einen Scheck ausgestellt, ich solle es ihm dann wiedergeben, wann ich könnte, ich dankte ihm und lief fröhlich nach Hause. Adam saß am Computer, in seine Arbeit vertieft, also fuhr ich auch meinen hoch und setzte mich davor.

Liebe Redaktion,
mein Mann betrügt mich. Ich weiß es ganz sicher, er hat sich verändert, er ist nicht mehr wie früher. Er kommt ziemlich spät von der Arbeit nach Hause, und wenn ich ihn anrufe, geht niemand dran. Auf die Frage, wieso er nicht abhebt, sagt er, dass die Sekretärinnen um diese

Zeit nicht mehr da seien. Aber so fängt das an, ich weiß es. Langsam werde ich neurotisch, ich schnuppere an seinen Kleidern, kontrolliere die Einträge im Kalender, durchwühle seine Sachen. Irgendetwas zwischen uns ist kaputt, aber besser die Wahrheit als die Ungewissheit. Ich bin sogar so weit gegangen und abends zu seinem Büro gefahren. Er war dort, aber das heißt ja nichts. Ich weiß nicht, was ich tun soll. Ich bin verzweifelt, um jeden Preis will ich unsere Beziehung retten.

Mamma mia, wenn ich an seiner Stelle wäre, würde ich es mit so einer Frau nicht aushalten. Wie kann man nur so wenig Vertrauen in seinen Partner haben und nach dem Haar in der Suppe suchen? Wenn er noch nicht angefangen hat, sie zu betrügen, dann wird sie ihn ganz ohne Zweifel dazu bringen.

Das Telefon klingelt. Ich hebe ab. Eine Männerstimme.

»Ich möchte einen Termin zur Abwasserentsorgung machen.«

»Das freut mich«, sage ich sinnlos.

»Hier meine Anschrift ...«

»Ich entsorge kein Abwasser.«

»Hören Sie, es läuft über! Ich weiß, es ist spät, aber wenn Sie morgen früh kommen könnten ...«

»Dies ist ein Privatanschluss«, antworte ich und lege auf. Wieder verwählt. Zum Teufel mit der Telekommunikation ...

Liebe Leserin,
in einer echten, guten und partnerschaftlichen Beziehung steht das Vertrauen an erster Stelle. Erwachsene

Menschen dürfen einander nicht kontrollieren. Ich habe den Eindruck, dass Sie nach einer Entschuldigung für Ihr Misstrauen suchen, nach Beweisen für einen Seitensprung. Wenn Sie ihm dermaßen wenig vertrauen, ist es kein Wunder, dass Ihr Mann von Ihnen abrückt. Die Anspannung und Ihre unbewusste Abneigung gegen ihn komplizieren die Sache zudem noch …

Na bitte, ich kann doch vernünftig, ohne Emotionen, auf Briefe antworten. Aber vielleicht stimmt es ja, dass er sie betrügt? Frauen haben dafür einen siebten Sinn, und ich komme ihr mit kaltem Kaffee wie Vertrauen und Schau-mir-in-die-Augen … Das Telefon. Diesmal für Adam.

Er unterhält sich eine Weile, klingt besorgt.

»Ich muss zum Sender fahren.« Adam sieht mich an und beginnt, seine Hausklamotten auszuziehen. »Eine Kollegin bekommt gerade ihr Baby, und Konrad muss in zwei Stunden weg. Ich bin erst nach zwei wieder da.« Er kommt zu mir und küsst mich aufs Ohr. »Du musst dir um nichts Sorgen machen«, fügt er hinzu, und einen Augenblick später höre ich das Tor ins Schloss fallen.

Kurz darauf ist Tosia heruntergekommen.

»Was hat sieben Häute und beißt alle Leute?«

»Keine Ahnung.«

»Ach, Mama, denk doch mal nach.«

Ich hatte keine Kraft nachzudenken. Ich konnte nur an das denken, was Adam gesagt hatte. Wieso hat er gesagt, ich müsste mir um nichts Sorgen machen? So etwas sagte er nie. Habe ich also Grund, mir Sorgen zu machen?

»Zwiebel!«

»Keine da«, antwortete ich automatisch.

»Was hat sieben Häute und beißt alle Leute? – Die Zwiebel!« Tosia sah mich an, als läge mein IQ meilenweit unter dem Durchschnitt. »Jakub hat es gewusst. Und welches Wort endet mit -lauflauf?«

»Tosia!«, stöhnte ich herzzerreißend auf. »Nicht heute.«

»Kartoffelauflauf. Zu dir kommt man überhaupt nicht mehr durch. Ich gehe schlafen. Ist Adam noch mal weg?«

»Zum Sender.«

»Er hat doch heute gar keinen Dienst ...«

Tosia nahm Gleich auf den Arm und ging in ihr Zimmer. Ich fuhr den Computer herunter und ließ die Badewanne voll laufen. Der Sommer war vorbei. Tja, unser Sommer sollte unvergesslich bleiben, und gewiss werde ich mich immer an ihn erinnern. Zwei Tage in Berlin haben mir alles kaputtgemacht. Wieso soll ich mir keine Sorgen machen?

Ein Mann, der zu viel Zeit außer Haus verbringt, mag dieses Haus nicht. Wieso hat Adam auf einmal so viel Arbeit? Ich legte mich in die Wanne und schloss die Augen. Ich sollte ihm alles sagen. Aus kleinen Missverständnissen werden echte Probleme. Aber er hätte sicher nie gedacht, dass ich so blöd bin. Und es war auch noch unser Geld, nicht meines, ich hatte kein Recht, es anzurühren. Und nun meide ich ihn wirklich, denn jetzt habe ich ständig Angst. Das führt zu nichts. Ich bleibe in der Wanne, bis das Wasser kalt ist. Ich steige ins leere Bett und bin auf einmal sehr traurig. Boris liegt auf dem Bettvorleger, er drängt sich nicht mehr in unser Bett. Dann beschließe ich, dass ich etwas ändern muss und schlafe ein.

*

»Mama, hast du mal nachgezählt, wie viele Tiere du in deinem Leben schon gegessen hast?«

Tosias Frage erschüttert mich. Sie ist Vegetarierin geworden, weil Jakub kein Fleisch isst. Natürlich bin ich nicht in der Lage, all die von mir gegessenen Tiere zusammenzuzählen, aber die Wahrheit ist schockierend.

»Im vergangenen Jahr hast du mindestens ein Viertel Kalb gegessen, einen oder zwei Würfe niedlicher bunter Küken, von Rindersteaks ganz zu schweigen«, führte Tosia aus. »Kein Wunder, dass du eine toxische Mutter bist.«

»Und die Kartoffeln, die ich gegessen habe, würden ein Ar Land zum Blühen bringen, hätte ich sie gepflanzt und nicht gefuttert, und der Zucker, hätte ich ihn auf die Erde gekippt, nicht ins Glas, würde den gesamten Boden in diesem Haus bedecken«, entgegnete ich ruhig. »Und ich kann das alles nicht auf meine toxischen Eltern abwälzen. Sie tragen keine Verantwortung dafür.«

»Ach was.« Tosia ist nicht zufrieden. »Mit dir kann man überhaupt nicht vernünftig reden«, sagt sie, greift in den Kühlschrank, fischt eine Stange Sellerie heraus und knabbert daran.

Ich habe neunzehn Briefe beantwortet, ich bin platt, ich brauche eine Brille, und es hat keinen Sinn, dass ich Vegetarierin werde. Wenn Adam erfährt, was ich getan habe, wird er mich einfach verlassen. Ich rufe Ula an, und sie verspricht, abends reinzuschauen. Aber sie schaut sofort rein. Wahre Freunde beachten keine Fehler in der Ernährung, sondern nur die Seele. Und meine Seele, erdrückt von ganzen Kilos Ballast, den sie abwerfen will, heult. Ula sieht mich erstaunt an.

»Von was für einem halben Kalb sprichst du?«

»Kein halbes, sondern ein Viertel. Ich nehme am Töten teil, ich nehme aktiven Anteil an Verschwendung, ich verarbeite lebendige Vögelchen zu Keulchen mit Ananas, und es musste der Moment kommen, da mir das jemand bewusst macht.«

»Wirst du jetzt Vegetarierin?«, fragt Ula. »Wir können uns darauf einigen.«

Ich weiß nicht, was ich werde. Ich bin jedenfalls im Begriff, eine einsame Frau zu werden. Ich habe den Mann, den ich liebe, belogen …

Ula wird mich nicht verstehen. Niemand wird mich verstehen. So wird es für immer bleiben. Was macht das schon, dass ich nicht allein bin, wenn ich es doch gleich sein werde? Meine eigene Tochter nimmt ihr Leben in beide Hände, während ich nicht einmal zu einem konstruktiven Schritt in der Lage bin.

Ula ist ebenfalls vom Leben erdrückt. Wir beschließen, den Fernseher einzuschalten. Auf dem Bildschirm nichts als schlanke Frauen. Die die besten Waschmittel benutzen. Die dünnsten Binden verwenden. Blendend weiße Zähne putzen. Sie machen sich schmutzig, schütten irgendwelche Säfte über sich und die Umgebung und räkeln sich anschließend ästhetisch vor der Waschmaschine. Oder sie reichen ihrem Mann Fett, das sich völlig problemlos verstreichen lässt. Oder sie essen etwas Leichtes – was nur zwei Kalorien hat. Oder sie schenken im Minirock Bier aus. Auf langen, schlanken Beinen. Sie springen mit dem Fallschirm ab, dabei würden sie auch ohne heiter ins All segeln, da sie ja nichts wiegen. Wir schalten den Fernseher aus.

Ula langt nach dem Schälchen mit den gesalzenen Nüssen – eine Million Kalorien. Ich lange auch danach.

»Siehst du?«, sage ich.

»Ich seh's«, sagt Ula. »Und weißt du was? Da bringe ich mein Leben lieber mit was anderem zu. Und dir rate ich auch, dich darum zu kümmern.«

Aber worum? Worum? Um Unterschlagung? Betrug? Flecken machen und waschen? Sich umziehen und Alkoholausschank? Den besten Kaugummi kauen – unter der Bedingung, dass man 53 Zentimeter Taillenumfang hat? Das ist doch nichts für uns!

»Weißt du was?«, sagt Ula. »Wir sind dumm. Wir sind durch die Werbung beeinflussbar. Das ist das ganze Problem. Würdest du nicht fernsehen, wärst du eine glückliche Frau ohne Komplexe. Überleg mal, wer diesen magersüchtigen Lebensstil bewirbt? Und den Reichtum, der wichtiger ist als alles andere?«

Eines ist sicher – ich nicht.

»Und dabei« – Ulas Augen glänzen – »geht es überhaupt nicht darum, so auszusehen!«

Nicht darum! Das ist eine sehr interessante Theorie, die sich leider nicht mit der Wirklichkeit deckt.

»Worum dann?«

»Im Großen und Ganzen geht es darum, glücklich zu sein«, sagt Ula und greift wieder nach einer Nuss.

»Hast du jemals eine glückliche dicke Person gesehen?« Dicke Betrügerinnen will ich lieber gar nicht erst erwähnen.

»Ich habe ein Model gesehen, das gesagt hat, es sei seit sieben Jahren auf Diät, aber die Karriere dauere ja nur kurz, also würde sie sich irgendwann einmal noch normal ernähren können. Möchtest du so leben? Dünn zu sein dient dafür, andere glücklich zu machen«, fährt Ula fröhlich fort. »Und das Leben besteht doch in Wirklichkeit daraus, sich selbst glücklich zu machen. Dann werden auch die anderen davon profitieren.«

Sie hat die Nüsse aufgegessen und ist gegangen.

Ich setze mich wieder einmal hin und ziehe Bilanz aus einem Jahr. Die Statistik, die Kälber, Küken und Zuckerraffinerien lasse ich beiseite. Nun, ich sehe aus, wie ich nun mal aussehe, nur, dass ich ein Jahr älter bin. Ich bin mit Ula befreundet. Es gibt Adam. Ich liebe ihn. Tosia macht etwas aus sich. Ich habe zwei Pullover gestrickt, sie sind göttlich. Ich habe mich gefreut, als Ewa sich ein neues Auto gekauft hat, und geweint, als Marta von ihrem Typen verlassen wurde. Ich habe mich unzählige Male mit meinen Freunden getroffen. Ich rufe meine Mutter an. Es steht gar nicht so schlecht.

»Gar nicht so schlecht«, wiederhole ich laut.

»Es steht nicht gut um dich.« Wie ein Geist ist Tosia im Zimmer aufgetaucht, und ich habe es überhaupt nicht gemerkt. »Mama, du kannst nicht so tun, als wäre alles in Ordnung. Ich gebe dir eine tolle Diät. Die steigert die Lebensfreude. Und außerdem, mach endlich was mit deinen Haaren. Ich würde dir eine Packung aus Rizinusöl empfehlen.«

»Morgen.« Ich verziehe das Gesicht. »Und bringt das überhaupt was?«

»Das steht in deiner Datenbank.«

Na, dann ist das etwas anderes.

Ich vermisse ihn

Irgend so ein Schlechtwetterdienstag hat sich breit gemacht. Seit einer Woche schüttet es, Adam ist beruflich für sechs Tage nach Kielce gefahren! Das ist ungerecht, denn er ist mehr weg, als dass er da ist. Aber vielleicht ist das der richtige Zeitpunkt, um ohne einen Mann im Haus eine Entscheidung zu treffen. Also habe ich eine Entscheidung getroffen. Erstens – klare Sache, das verfluchte Gemüse. Zweitens – ein Tag ohne Stress. Drittens – ein Minimum an Pflege fürs Äußere – eine Packung aus Rizinusöl und Zitrone fürs Haar, denn schließlich geht nichts über alte Hausrezepte. Und dann, wenn ich erst schön bin, werde ich mich mit ihm aussprechen. Ich werde alles zugeben. Ich habe mir einen freien Tag genommen, um zu Hause zu arbeiten. So schaffe ich mehr. Bitte schön, keine geregelten Arbeitszeiten, also kann ich hungrig mit Öl im Haar vor dem Computer sitzen. Warum nicht? Gleich nach dem Frühstück. Zum Frühstück ungezuckerter Tee. Aber bald gibt's ja schon Mittagessen. Zum Mittagessen zwei gekochte Möhren, Rohkostsalat aus geraspeltem Sellerie und eine beliebige Menge Salat mit einem Löffelchen Öl. Ohne Salz. Prima. Dafür darf ich viel stilles Wasser trinken. Bitte schön. Ich lege los. Vier Fläschchen Rizinusöl, eine Zitrone, Vitamin E. Folie auf den Kopf. Ich setze mich an den Computer. So, in vier Wochen werde ich schön sein! Mindestens acht Kilo werden fallen, die Haare Glanz annehmen und so weiter. Und dann, auch wenn ich ihm alles beichte, wird Adam mich ansehen, und sein Herz wird wie Butter in der Pfanne schmelzen. Er wird denken: Jutka ist eine wunderschöne Frau, was macht es da, dass sie Mist gebaut hat. Eine zweite so wunderschöne werde ich nie finden. Obwohl ihr Betrug andererseits ein ausreichender Grund ist, zu gehen.

Ich habe Durst. Nicht ein Tropfen stilles Wasser im Kühlschrank. Ich würde mich auch wundern, wenn welches da wäre, denn ich habe keines gekauft. Auch keine Möhren. Vielmehr, es sind welche da, aber armselig verschrumpelt. Ich weiß nicht einmal, wann ich sie gekauft habe. Vielleicht hat Adam sie boshafterweise dort deponiert. Ich schmeiße sie weg. Die Folie rutscht mir vom Kopf. Ich rücke sie zurecht. Ich habe Hunger. Ich trinke ein Glas Wasser aus dem Hahn. Giftiges Ekelzeug. Ich mache mich an die Arbeit. Ich stelle mir ein Glas von dem giftigen Ekelzeug hin und setze mich bequem in den Sessel. Meine Haare tropfen. Das Öl rinnt mir weich hinter den Ohren entlang.

Liebe Redaktion,
ich fürchte, dass ich nicht nur meine Seele, sondern auch meinen Körper vernachlässigt habe, könntet ihr mir eine Kalorientabelle zukommen lassen …

Liebe Leserin,
hier die Kalorienangaben von einigen Speisen:
100 g Lummerbraten …

100 g Roulade …
100 g Wildragout …
100 g …

Nach vier Stunden stehe ich vom Computer auf. Ich habe Hunger. Mir ist schwindelig. Renia ruft an.

»Judyta!«, sagt sie weinerlich. »Weißt du, was er getan hat?«

Ich wusste weder wer, noch was.

»Er ist weggefahren, und ich bin krank«, jammerte Renia in den Hörer.

»Was musst du machen?«

Durch die verfluchte Folie, die mich vor der Invasion des Rizinusöls schützen sollte, hörte ich schlecht. Mein Magen knurrte.

»Nichts muss ich, mir geht es einfach schlecht …«

»Vielleicht kommst du vorbei?«, schlug ich vor, und dann rief ich: »Ich rufe dich gleich an!«, denn ich fühlte, wie mir das Rizinusöl den Rücken herunterlief.

»Ich?«, fragte Renia erstaunt. »Ich kann doch nicht … Ich bin krank … Komm du rüber.«

Ich versuchte nicht einmal, ihr zu erklären, dass ich ein neues Leben begonnen habe. Ich sagte, ich würde kommen, was sollte ich sonst sagen? Ich ging unter die Dusche und bemühte mich, das Rizinusöl aus dem Haar zu waschen. Fast eine ganze Flasche Shampoo ging dabei drauf. Ich glaube, dass das, was das Öl wiederbelebt hat, zweihundert Milliliter Shampoo und vier weitere Waschgänge wieder zunichte gemacht haben. Ich trocknete mir die Haare. Ich sah elend aus. Ich hatte Hunger.

Mein Hund Boris schaute mich verächtlich an. Just in dem Augenblick merkte ich, wie ich von einer Depression gepackt wurde.

»Mein Gott, wie siehst du denn aus?! Ist etwas passiert?«, grüßte mich Renia in der Tür, in der Tat etwas verschnupft. »Ich habe köstliche Wiener Würstchen, mit Käse überbacken, isst du was mit?«

Mein Magen heulte laut auf – ich will ein Wiener Würstchen!

»Nein, danke, ich bin auf Diät«, sagte ich und wand mich vor Verlangen.

»Du bist wohl verrückt geworden! Wir wollten zusammen diäten. Ich habe dich doch selbst dazu überredet.« Renia nahm es mir eindeutig übel.

Es stimmte, wir wollten eigentlich zusammen abnehmen. Mein fester Vorsatz wurde leicht erschüttert. Am besten täte mir ein Cognac, aber ich war doch auf Diät.

»Möchtest du etwas trinken?«

»Ich trinke Wasser«, presste ich mit zugeschnürter Kehle heraus.

»Du bist aber ungemütlich.« Renia holte Gläser. »Vielleicht ginge es dir besser, wenn du dir die Haare waschen würdest. Sie sind schrecklich fettig.«

Da hielt ich es nicht mehr länger aus. Der Teufel hat sich das mit dem Rizinusöl zur äußeren Anwendung ausgedacht, die Möhren, den Sellerie, die Freundin ohne Cognac, dafür mit Wiener Würstchen! Bloß keinen Stress! Wie soll ich denn einen Tag ohne Essen und Trinken durchhalten, ohne mich aufzuregen?

»Dann gib mir einen Cognac«, zischte ich durch die Zähne.

»Ich trinke nicht«, sagte Renia, und mir verschlug es die Sprache.

Nun ja. Eines ist sicher. Nach den Wiener Würstchen besserte sich mein Charakter eindeutig. Bester Laune ging ich nach Hause. Hauptsache war doch, dass ich Renia etwas aufgemuntert hatte. Dass sie niemanden mehr verlassen will. Und außerdem war diese Idee mit dem Abnehmen vor den Feiertagen sowieso nicht die beste. Renia will auch normal leben. Obwohl, es dauerte noch eine ganze Weile bis zu den Feiertagen.

*

Ich halte das wirklich nicht mehr länger aus. Die Stromrechnung ist gekommen, und ich sehe, was das Geld (das ich ausgeben muss) mit mir macht. Ich werde Adam alles erzählen. Pech. Ich sehne mich nach ihm.

Adam ist schon den vierten Tag weg. Warum habe ich nicht so eine Arbeit, wegen der ich geschäftlich nach Kielce fahren muss? Weil ich zu dick bin. Ich stehe vor dem Spiegel und sehe darin wahrhaftig nichts Interessantes. Außer meinen Hund Boris, der auch da steht, allerdings mit dem Hintern zum Spiegel, denn sein Kopf ist mir zugewandt. Ich schaue mich an und komme zu dem Schluss, zu dem ich schon längst hätte kommen sollen, wenn meine beiden Hirnhälften richtig arbeiten würden. Da ist nichts zu machen.

Ich rufe Renia an und sage, dass das alles keinen Sinn hat. Ich würde mich weder innerlich reinigen noch hungern oder trainieren.

Renia ist weiterhin verschnupft und sagt, ich solle

schnell kommen. Ich erkläre, dass ich mich nicht nur nicht innerlich reinigen, noch hungern oder trainieren würde, sondern dass ich auch nirgends hingehe, weil diese Abendplaudereien nur Zeitverschwendung seien. Und ich lege auf.

Ich fühle mich ausgezeichnet, geradezu bestens. Nirgends steht, dass ich wie dreiundzwanzig aussehen und fünfzig Kilo Untergewicht haben muss. Nirgends! Und nirgends steht, dass ich eine perfekte Partnerin sein muss, die keinerlei Unsinn macht.

Fünf Minuten später klingelt es an der Tür. Ich öffne. Renia. Das Haar wirr, das Kleid flattert. Wahnsinn im Blick. Die Jacke flattert auch, denn klar, Renia hatte eine Jacke übergeworfen.

»Was in Gottes Namen ist passiert?«, fragt sie.

Was soll passiert sein? Nichts ist passiert. Nie gelingt mir etwas. Boris würde mich auch gegen jemand anderen eintauschen, nur hat der Ärmste nicht die Möglichkeiten.

Renia ist erschüttert. Ich weiß nicht, warum. Es ist Zeit, der Wahrheit ins Auge zu blicken.

»Zieh dich schnell an«, sagt sie. »Wir gehen zum Mittagessen zu mir rüber.«

Das fehlte mir noch. Dass ihr Mann mich ansieht und vergleicht. Soll sie doch allein zum Mittagessen gehen und essen, bis sie platzt. Und dann wird sie so dick sein wie ich. Renia hängt ihre Jacke im Flur auf und läuft in die Küche. Sie kann mich mal! Soll sie sich doch zu ihrem Mann und zu ihrem Mittagessen verziehen, ich habe keinesfalls vor, mir Belehrungen anzuhören. Dass alles von mir abhängt. Und dass man einfach nur positiv denken muss. Denn Renia sagt in letzter Zeit dauernd, man solle nur positiv denken. Sie ist unausgeglichen. Jetzt ist sie zur Abwechslung nach einer depressiven Phase mal in Hochform und hat keinerlei Sorgen.

*

Um siebzehn Uhr zehn ruft Adam an. Schade, dass ich nicht dabei sei. Und warum meine Stimme so merkwürdig klänge? Mutig sage ich ihm, dass ich gerade eine Entscheidung fürs Leben getroffen habe, und dass ich weder eine Diät machen noch sonst was unternehmen würde.

»Du wolltest abnehmen?« Adam ist unendlich erstaunt. »Wo denn?«

Bitte, da hab ich den Salat. Ich werde mich doch nicht in Einzelheiten ergehen, die beträchtlich sind.

»Ich dachte, du triffst dich aus Spaß mit Renia, dass du gern Tennis spielst und überhaupt. Du bist doch genau richtig so«, sagt Adam. Und dann sagt er noch, dass er mich liebt und sich nach mir sehnt.

*

Adam ist zurückgekommen. Ich habe ihn sehr vermisst. Ich habe den Bauch eingezogen und ihn begrüßt. Herzlich.

»Wieso bist du so komisch?«, fragte er, als ich mich neben ihn auf die Sessellehne setzte. Und dann tat er etwas, wovon ich in den letzten Wochen geträumt hatte. Er sagte »komm« und zog mich auf seinen Schoß. Ich sprang wie von der Tarantel gestochen hoch, und noch bevor ich nachdenken konnte, entschlüpfte mir:

»Ich werde auf deinem Schoß sitzen, wenn ich abgenommen habe!«

»Ach was«, lachte er. »Also in zehn Jahren, und dann wirst du mir sagen, dass du zu alt bist. Du findest immer einen Grund, um dir Sorgen zu machen.«

Oh Gott, wenn er wüsste …

Ich nehme immer noch ab

Ich wollte mit ihm reden, aber wieder fehlte mir der Mut. Außerdem, da eh nur noch die inneren Werte zählten, nicht die äußeren, hatte ich mich gerade mit einem starken Tee vor eine entzückende Liebesschnulze gesetzt. Adam verbarg seine Unzufriedenheit nicht. Seltsam – wenn ich allein war, wollte ich nicht allein sein! Im Fernseher liebte er sie, sie ihn aber nicht, und dann, als sie ihn liebte, liebte er sie nicht mehr. Aber als letztendlich … da liebte sowohl er sie, als auch sie ihn. Es war ein sehr lehrreicher Film, der meine Persönlichkeit ohne Zweifel stark entwickelt hat.

»Ich hoffe, dass dein Innerstes nicht wie das da aussieht.« Der Himmelblaue machte eine Handbewegung in Richtung des Pärchens, das sich vor dem Hintergrund der untergehenden Sonne küsste.

Ich war immer schon der Meinung, dass Männer keine Filme schauen, sondern sich nützlichen Dingen widmen sollten. Einen Nagel in die Wand schlagen oder eine Dichtung auswechseln. Ein Wort gab das andere, und schließlich hatten wir uns gestritten. Er behauptete, ich würde das neue Leben nur spielen, denn in Wirklichkeit täte ich gar nichts für mein Innerstes. Immer wollte ich nur abnehmen und schön aussehen, dabei ginge es doch um die Gesundheit, und was ich mir denn antun würde! Ich habe mich schrecklich aufgeregt und einen chinesischen Mediziner angerufen. Eigentlich ist der Arzt Russe, aber für chinesische Medizin, nur dass er Polnisch spricht. Niemand wird mehr behaupten können, ich täte nichts für mich! Bitte schön! Ich werde da hingehen und mich an all seine Anweisungen halten!

Der Russe mit der chinesischen Medizin hat mir indische Kräuter verschrieben, chinesische Perlen und eine ganz und gar einheimische Diät, mit der ich allerdings nicht abnehmen, sondern meine von Gelbsucht zerstörte Leber entlasten sollte. Eine schreckliche Diät, restriktiv, nicht zu ertragen! Morgens Grießbrei, dafür aber mit Sprossen und Sesam, kein Salz, Reis zu Mittag, Aloe Vera, kein Tee oder Kaffee, dafür Gemüse, gekocht noch dazu, zu trinken Lindenblüten- und Shen-Tee.

Ich fuhr nach Hause, erzählte dem Himmelblauen von den Anweisungen, er schmunzelte und meinte:

»Ich verstehe, dass das nichts für dich ist.«

Oh nein, kein Kerl soll mir sagen, was etwas für mich ist und was nicht! Nie im Leben!

»Darf ich erfahren, wieso nicht?«

»Weil du das eh keine Woche durchhältst«, sagte Adam und vertiefte sich in die Zeitung.

Ich knallte die Tür und ging in die Küche. Männer sollten meine Fähigkeiten nicht beurteilen. Ich kann sehr wohl Grieß und Reis essen, den Tee (mit Zucker!) weglassen, Kaffee trinke ich eh nicht, also ein Problem weniger. Ich werd's ihm zeigen!

*

Ich habe einen ganzen Tag damit zugebracht, durch Geschäfte zu laufen. Ich kam beladen wie ein Packesel nach Hause, todmüde und deutlich ärmer – ich hatte nicht geahnt, dass ein winziges Tütchen gesunder Reis fünfzehn Zloty kostet!

Adam beäugte meine Lebensmittel aufmerksam.

»Wozu hast du so viel von dem Zeug gekauft? Das wird doch schlecht. Morgen steigst du ja sowieso wieder auf Fleisch um.«

Ich habe nichts gesagt. Ich werde mich nicht provozieren lassen. Ich werde es ihm und der ganzen Welt beweisen.

Dann ist Tosia aus der Schule gekommen. Sie hat sich in der Küche breit gemacht, sah auf die Einkäufe und sagte:

»Wozu hast du so viel von dem Zeug gekauft? Das wird doch schlecht.«

Am nächsten Morgen kochte ich mir meinen Grießbrei. Ohne Salz. Ich streute Sesam und Kleie darüber. Es sah furchtbar aus. Ich nahm den ersten Löffel in den Mund … und Adam kam in die Küche.

»Ha!«, sagte er.

»Guten Tag«, erwiderte ich und erhellte mein Gesicht mit dem Lächeln einer glücklichen und mit dem Leben zufriedenen Frau.

»Schmeckt's?«, fragte er erstaunt.

Der Brei vermehrte sich vor meinen Augen, Millionen von Körnchen quollen auf und füllten die Küche.

»Köstlich«, sagte ich und fing an zu essen.

Die Genugtuung verschaffe ich ihm nicht!

*

Sechs Tage gingen vorbei. Ich esse den ekelhaften Brei, ich verzichte auf meinen Lieblingstee, ich bin verbissen. Mein Innerstes gesundet von Tag zu Tag. Gestern kam Renia. Ich habe ihr einen köstlichen Tee zubereitet, für mich brühte ich Shen-Tee auf. Renia roch an meiner Tasse, und es schüttelte sie genauso, wie es mich jedes Mal schüttelt.

»Dieses ekelhafte Zeug trinkst du?«, fragte sie aufmunternd.

»Das ist gar nicht so schlecht«, log ich ihr ins Gesicht. »Außerdem energetisiert es wunderbar, oder so.« Das wiederum war die Wahrheit.

»Bist du verrückt geworden, oder was?« Renia war verwirrt.

Ich erzählte ihr von dem chinesischen Russen, von dem neuen Leben, von der Gesundheit, von der Nichtbeachtung von Unwichtigem und der Beachtung von Wichtigem. Und von Adam, der nicht glaubt, dass ich drei Wochen durchhalte. Danach dürfte ich wieder gekochte Hühnerbrust essen. Es sei denn, dass sie Prionen enthält. Oder die Hühnerpest. Oder irgendetwas ganz Neues. Schließlich schreitet die Welt voran. Ich werde Adam beweisen, dass ich zu allem imstande bin.

Renia schlürfte ihren köstlichen Tee und lachte plötzlich fröhlich los.

»Da packt er dich bei der Ehre, und du fällst sofort darauf rein!«, rief sie aus.

Und weg war sie.

Ich kochte innerlich. So hatte ich mich hintergehen lassen! Ich quäle mich auf unmenschliche Weise, und alles nur, weil ich mich von einem Mann in den Grießbrei habe manövrieren lassen! Klarer Fall, er hat mich an der Nase herumgeführt, wie ein Kind im Nebel! Er hat das, was ich gesagt habe, für seine Ziele genutzt! Oh nein, ich lasse mich nicht von einem Mann manipulieren!

Als er von der Arbeit kam, briet ich gerade (verboten!) in der Friteuse (verboten!) Hähnchenschenkel (verboten!) mit Curry (verboten!).

»Ist dir aber schnell vergangen«, sagte Adam.

Gerade wollte ich sagen, dass er mich nie wieder derart steuern würde, als plötzlich die Erleuchtung über mich kam.

»Das ist doch für dich«, sagte ich und deckte den Tisch.

Er bekam einen Hähnchenschenkel, ich Reis mit gekochten Radieschen, Möhren und roter Bete. Ohne Salz. Ekelhaft.

Ich lächelte und begann zu essen. Da hat er aber komisch geguckt! Tosia pfiff sich zwei Hähnchenschenkel rein und verbot uns, es Jakub gegenüber zu erwähnen. Als hätte ich nichts Besseres zu tun, als ihn von Tosias Speiseplan in Kenntnis zu setzen. Tosia ist außerdem stolz auf meine Diät, wie ich annehme. Voller Ekel sah sie auf meinen Teller und sagte:

»Man muss erst abnehmen, um unbeschwert wieder zuzunehmen.«

»Lass deine Mutter in Ruhe«, sagte Adam.

Also ist es schon so weit gekommen, dass es ihm egal ist, wie ich aussehe.

Der Zahn und der Zahnarzt

Existieren auf dieser Welt eigentlich irgendwelche klugen und vorausschauenden Menschen? Ich jedenfalls gehöre nicht dazu. Wenn ich solche klugen und vorausschauenden Personen mit etwas verbinde, dann mit Zähnen. Niemals erfahren sie Schmerzen – noch bevor der Zahn angreifen kann, sind sie, schwups!, beim Zahnarzt.

Bei mir ist es genau anders herum. Ein gewisser Zahn erinnerte mich zunächst vorsichtig daran, dass es ihn gibt. Bin ja nicht doof, ich weiß ja, dass er schon einige Jährchen an dieser Stelle sitzt, also habe ich ihn ignoriert. Vielleicht fühlte er sich gekränkt, denn er verstummte, als sei er gar nicht da. Zufrieden nahm ich diese Tatsache zur Kenntnis. In meinem Kurzzeitgedächtnis vermerkte ich, dass ich irgendwann, in nächster, nicht näher umschriebener Zukunft mal zum Zahnarzt gehen müsste. Dann aber dachte ich mir – habe ich nichts Besseres zu tun? Schließlich gibt es so viele andere Orte auf dieser schönen Welt. Der Zahn tat, als sei er vom Erdboden verschluckt worden, ich indes musste mich dem Leben stellen. Ich stellte mich also so lange dem Leben, bis ich eines Morgens aufwachte und ihn spürte. Ich fuhr zur Begrüßung mit der Zunge darüber, nein, er beruhigte sich nicht. Na warte – dachte ich mir. Ich trank einen heißen Tee – er rebellierte. Mir wurde grün unter den Lidern. Gut, er hatte gesiegt. Ich schüttete kaltes Wasser in den Tee – er beruhigte sich. Ich beschloss, ihn darin zu bestärken. Du bist ein liebes Zähnchen. Du tust mir überhaupt nicht weh. Du bist gesund. Er muss mich verstanden haben, denn er dämmerte so vor sich hin.

Am Samstag fuhr ich mit Adam zu einem Empfang bei seinen Freunden vom Sender, habe dort eine Million geschickt in Cremeschnittchen versteckte Kalorien gegessen – und ihr könnt mir glauben, man konnte sie überhaupt nicht sehen. Ich beschloss, meinen Zahn auszutricksen, und aß nur mit der linken Seite. Leider erwies er sich als trickreicher. Bei der Creme bäumte er sich auf und bohrte mir einen Stachel in den Kiefer. Ich lief ins Bad und spülte den Mund lange mit lauwarmem Wasser aus. Ob lauwarm oder kalt, der Zahn rief: »Nein!«. Und verpasste mir einen Tritt mitten in die rechte Kieferhälfte.

Als ich wieder zu Hause war, nahm ich Schmerztabletten. Und schwor ihm, dass ich gleich Montag früh zum Zahnarzt gehen würde. Er zeigte sich erfreut und hörte auf, Theater zu machen. Dieser Montag lag mittlerweile zwei Wochen zurück.

Aber war es denn meine Schuld, dass der Zahn mich überhaupt nicht mehr an sich erinnerte?

Vorgestern dann nahm er einen schweren Hammer und begann, gleichmäßig zu hämmern. Schmerztabletten lehnte er entschieden ab. Ich ging so weit, ihn betrunken zu machen. Ich bin auf einen Cognac zu Ula gegangen. Wir haben eine halbe Flasche getrunken, denn sie ist eine gute Freundin, und der Zahn war betäubt. Ich habe ausgezeichnet geschlafen.

Am nächsten Morgen wachte ich mit einem mächtigen Kater auf. Leider war der Kater nichts im Vergleich zu den Zahnschmerzen. Unter meinen Lidern blitzte es, der Zahn war verrückt geworden. Er schlug um sich. Hüpfte. Nahm einen Bohrer und versuchte, sich bis in mein Gehirn durchzubohren. Ich fuhr zum Zahnarzt. Voller Mitgefühl sah er mich an.

»Sie haben aber lange gewartet, schade, wir müssen ziehen.«

Lange? Also wisst ihr, ich war doch schon am nächsten Tag bei ihm! Von vorgestern bis heute, war das lange?

Die Trennung von dem Zahn war schmerzlich. Und zudem soll ich noch einmal wiederkommen.

Den dritten Tag nehme ich nun schon Schmerzmittel. Die Wunde blutet. Mein Herz blutet. Ich mag keine Abschiede. Ach, wie unvernünftig ich doch war! Er wäre noch bei mir, hätte ich ihn nicht vernachlässigt!

Und in diesem Zustand traf mich Anita an. Sie kam am Abend auf einen Sprung vorbei, Adam war beim Sender, Tosia mit Jakub im Kino, also freute ich mich.

»Hey! Robert ist zu Bozena gezogen«, informierte sie mich gleich auf der Türschwelle. Die Sehnsucht nach meinem Zahn verblasste hinsichtlich der Tatsache, dass ihr Mann zu einer mir unbekannten Dame gezogen war.

»Jesses Maria«, rief ich aus. Was war die Trennung von einem Zahn gegenüber der Trennung vom Ehemann!

»Das wird für uns beide das Beste sein«, sagte Anita und nahm Gleich auf den Schoß, der sehr erfreut darüber war.

Da verlass dich mal auf die Treue der sozusagen am eigenen Busen aufgezogenen Tiere.

»Kämpfe um ihn!«, stotterte ich mit versteinertem Gesichtsausdruck.

»Das lohnt sich nicht.« Anita streichelte meinen Kater, und er schnurrte. »Seit Jahren lief es immer schlechter und schlechter. Wir haben nebeneinander her gelebt«, seufzte sie. »Ich weiß nicht einmal mehr, wann wir aufhörten, einander zu beachten.«

»Es ist niemals zu spät«, stammelte ich überzeugt.

»Das Einzige, was wir jetzt noch machen können, ist, uns einigermaßen schmerzlos zu trennen. Letztes Jahr hatte ich einen guten Vertrag bekommen und wollte keinen Urlaub nehmen. Da ist er alleine gefahren. Ich wusste, aufgeschoben ist nicht aufgehoben. Dann machte ich gar keine Pläne mehr für uns. Diese Arbeit in der PR-Abteilung war so spannend! Und ich war zufrieden, dass Robert mich in Ruhe ließ, dass er auch umtriebig war, dass er ein eigenes Leben hatte … Sag nichts, ich wollte mich einfach nur mal aussprechen …«

Ich habe uns einen Tee gemacht. Als ich mit der Kanne wieder ins Zimmer kam, legte mein Hund seinen Kopf auf Anitas Schoß. Ich wusste nicht, was ich sagen sollte.

Ich nahm einen Schluck Tee, und die Stelle, an der ein Zahn fehlte, machte sich heftig und unerwartet bemerkbar.

»Geht es dir nicht gut?« Anita sah mich mitfühlend an.

»Ich habe einen Zahn gezogen bekommen«, antwortete ich leise, um den Zahn nicht zu ärgern.

»Na, dann weißt du ja, wovon ich spreche. Genau darum geht es, du wartest bis zum letzten Augenblick, solange noch was zu retten ist, weil du meinst, du hättest noch Zeit. Und dann kann man nur noch ziehen. Wenn du nicht ziehst, gibt's einen Abszess oder so was ...«

Anita seufzte, mir fuhr Eiseskälte in die Knochen.

Ich fühle, dass ich nicht warten sollte, bis meine Beziehung von einem Abszess befallen wird.

Vielleicht war es ja bereits für alles zu spät?

Ich wüsste gern, wieso der von Jola es mehr als zehn Jahre mit mir ausgehalten hat. War der blind? Vor einem Jahr noch meinte ich, alles sei okay. Wieso habe ich nicht von Anfang an gewusst, dass ich der Typ von Frau bin, der sich sofort von einem Mann abhängig macht, sodass der sich nicht einmal mehr ein besseres Auto kaufen kann, und dabei weiß man schließlich, dass die anderen Männer ihn dann bemitleiden und er meint, er sei schlechter als sie? Und dass ich der Grund für all das bin? Gewiss ginge es ihm besser ohne mich, nur dass er jetzt nicht weiß, wie er aus der Nummer wieder rauskommt, obwohl ich doch schon mehr Zeit mit Frauen verbringe und nicht von ihm verlange, er solle zu Hause sitzen, weniger arbeiten und öfter mit mir zusammen sein.

Momentan bin ich jedoch in meinen Schmerz vertieft und kann nicht an Adam denken und daran, was ich tun soll.

*

Heute musste ich wieder zum Zahnarzt. Bei meinem Anblick lächelte er. Mein Herz machte einen Hüpfer, denn schließlich begegne ich nicht allzu oft Männern, die bei meinem Anblick lächeln. Er hat wunderschöne Zähne – ich habe es gut getroffen.

»Legen Sie sich bitte hin«, sagt er samtweich.

Ein Liegestuhl. In diesem einzigen, ruhig und sicher gesprochenen Satz kauerte ein Schauer, der sofort über meinen Rücken lief, aber ich folgte der Aufforderung, denn schließlich hört man nicht allzu oft so einen Satz, zudem von einem gutaussehenden Mann, der auch noch etwas Gutes tut.

Ich legte mich also hin und wartete. Der Zahnarzt ging zu einer anderen Frau auf einem anderen Stuhl, doch das wunderte mich nicht, denn so war es nun einmal in meinem Leben, dass, wenn ich schon einmal einem Mann vertraute ... – siehe oben.

Ich liege da, starre auf die Lampe und die Utensilien, als ich aus der Ferne die Stimme des Zahnarztes vernehme:

»Vielleicht ziehen Sie den Pullover aus, es ist heiß.«

Der Satz galt nicht mir, sondern der anderen. Aha, denke ich mir – das fängt ja nicht schlecht an.

Dann kommt er zu mir. Sogleich fühle ich mich verpflichtet zu erwähnen, dass ich unter der Bluse nichts anhätte und die Bluse nicht ausziehen würde. Er lächelt, und sein Lächeln ist göttlich.

»Bitte das Mündchen aufmachen«, sagt er.

Noch nie im Leben hat jemand so mit mir gesprochen. Vielmehr sagte man mir, ich soll es schließen, und das Wort Mündchen kam in diesen Sätzen auch nicht vor.

Ich machte es also auf. Leider konnte ich nun nicht mehr reden, was mir immer gewisse Schwierigkeiten bereitet. Er fummelte und fummelte in meinem Mündchen herum, dann seufzte er:

»Der Sechser braucht auch eine Wurzelbehandlung.«

Na toll. Da kommt man einfach so, zur Kontrolle, um das Gebiss zu pflegen, und der Mann muss natürlich meine Illusion zerstören. Aber bitte, ich habe vollstes Vertrauen in ihn, mein Blick wird ganz weich, eine Frau beim Zahnarzt ist eine völlig entblößte Frau, folglich ihrem Schicksal ausgeliefert.

»Aber ich werde Ihnen doch nichts antun«, sagt der Mann mit weicher Stimme, und an dieser Stelle müssten eigentlich die Alarmglocken klingeln, denn der von Jola hatte schließlich auch immer gesagt, er würde mir nichts antun. Wem kommt auch in den Sinn, eine Bekanntschaft mit so einem Satz zu beginnen. Wenn wir Frauen einem Mann begegnen, kündigen wir ihm vielleicht gleich an, dass wir seinen Rasierapparat nicht benutzen würden, dass er uns nie mit einer Tönung im Haar zu Gesicht bekommt? Und denken wir etwa daran, Zigaretten auf seiner Haut auszudrücken? Dieser hier log natürlich auch. Es tat höllisch weh. Er stach mit der Nadel in meinen unschuldigen Gaumen, dass mir heiß wurde, und ich bereute, keinen Pullover anzuhaben, den ich ausziehen könnte.

»Ganz ruhig, es wird überhaupt nicht wehtun.« Der Samt in der Stimme linderte mein Leid.

Vielleicht würde es das nicht, irgendwann, in Zukunft, jetzt aber tat es höllisch weh. Er ging zu der anderen Frau, ich wartete unterdessen darauf, dass der Schmerz nachließ. Sofort kam mir meine Ehe mit dem von Jola in den Sinn, und irgendwie gelangte ich zu dem Schluss, dass auch sie vor allem daraus bestanden hatte, zu warten, dass der Schmerz nachlässt. Schöne Aussichten! Macht ja nichts. In der Tat verging nicht viel Zeit, bis meine rechte Gesichtshälfte gelähmt war. Als teilweise gelähmte Frau verdiente ich seine Aufmerksamkeit, er hielt mich vierzig Minuten lang in der liegenden Position. Dann lächelte er und sagte:

»Wir sehen uns Mittwoch wieder. Zweihundertundachtzig. Danke.«

Woraufhin er die nächste Patientin mit dem gleichen Lächeln anstrahlte, mit dem er gerade mich verführt hatte. Bei der nächsten Patientin musste das ganze Gebiss ausgewechselt werden, und sie war auf den ersten Blick vierzig Jahre älter als ich.

Wieder etwas für sich selbst

Tosia sieht blendend aus, sie lässt sich die Haare wachsen, ist irgendwie ruhiger geworden, glücklich, lernt viel. Als ich abends zu Ula kam (Adam beim Sender), prahlte ich mit meinem Kind. Ula darauf:

»Hör mal, du solltest wegen des Geldes mit Adam reden.«

Zum ersten Mal, seit ich ihr das Geschäft meines Lebens gestanden hatte, erwähnte sie es so deutlich. Es tat mir weh. Doch Ula wollte mir nicht wehtun. Sie sagte nur das, was ich selbst wusste: dass es nicht gut war, gewisse Sachen zu verbergen. Und dass ich schließlich niemanden umgebracht hatte, und dass ein Mann, den man liebt, auch dazu da ist, Fehler zu verstehen. Ansonsten würde ich ihn und mich umbringen, und das wäre es dann. Ich brach in Tränen aus, und, ich schwöre, es ging mir besser.

»Tue es für dich«, sagte Ula.

»Ich kann jederzeit etwas für mich tun!«

»Dann tue es!«, sagte Ula entschieden.

»Ich kann mich vor den Spiegel stellen und wiederholen: Es ist nicht wahr, es ist nicht wahr, es ist nicht wahr!«

Ula, die gerade einen Schluck Kaffee nahm (den sie natürlich bald sein lassen wollte), prustete freudig los und fragte mich, ob ich auch einen klugen Ratschlag für sie parat hätte. Als gute Freundin sagte ich ihr, ich hätte da einen. Ich werde nicht zulassen, dass sie sich Illusionen hingibt.

»Ich kann dich mal vor den Spiegel stellen und dann wiederholen: Es ist wahr, es ist wahr, es ist wahr!«

Ich lachte ebenfalls, seit einigen Wochen zum ersten Mal fröhlich. Und ich nahm mir vor, Adam am nächsten Tag alles zu erzählen.

*

Am späten Nachmittag fuhr ich nach Hause. Ich konnte nicht lesen, mir gegenüber saß ein Junge mit einem Handy und quatschte laut. Das beeinträchtigte meine Konzentration. Ich überlegte, wie Adam auf all das, was ich ihm erzählen wollte, reagieren würde. Menschen stiegen ein und aus. In Opacz blieb die Bahn ein wenig länger stehen. Ich wandte den Blick vom Fenster ab und sah eine sehr alte Frau in der Tür. Sie kletterte mühsam in den Wagen, vor sich schob sie eine Gehhilfe her, ein Mann half ihr beim Einsteigen. Ich weiß nicht, ob ich jemals jemanden so altes gesehen habe. Alte, ausgeblichene Augen, die einst blau gewesen waren, Falte an Falte, hier und dort sah man zwischen den Runzeln braune Flecken. Der Junge quatschte weiter. Unverschämt. Bestimmt würde er tun, als bemerke er sie nicht. Der Junge schaute auf und sah die alte Frau, die sich in unsere Richtung schob. Er stand auf, ohne das Handy vom Ohr zu nehmen. Die alte Frau setzte sich, und da entdeckte ich die Erscheinung. Die Erscheinung hatte lange Beine, lief gerade zur Bahn, war blond, verschnaufte, und sprang im letzten Augenblick in den Waggon. Der Zug fuhr ab, und ich konnte meine Blicke nicht von ihr losreißen. Nicht genug, dass die Erscheinung schön war, sie trug auch noch stolz ein vielleicht zwanzigjähriges, lächelndes, intelligentes Gesicht zur Schau, aber, Mamma mia, was für ein Gesicht! Die Erscheinung trug ein gehäkeltes Kleid. Gelb. Großmaschig. Sie hatte keinen BH an! Empörend! Obwohl, wenn ich einen solchen Busen hätte, dann würde ich nicht einmal ein großmaschiges Kleid tragen. Durch diese großen Maschen schimmerte ein wunderbar braun gebrannter Körper, wie es ihn schöner geformt auf der Welt nicht gab. Der Wagen erstarrte, obwohl er fuhr.

Die alte Frau schaute auf. Ich blickte in ihr Gesicht und gefror. Verbissener Ausdruck, tiefe Furchen um den Mund, die Mundwinkel hingen herab, ein Blick, der, wenn er töten könnte, die junge Frau umbringen würde. Ich konnte den Unmut der alten Frau so deutlich spüren, dass Eiseskälte in meine Knochen fuhr. Die junge Frau im gelben Kleid, überflüssig zu erwähnen, dass es kurz war, fuhr nur eine Station. Sie zwängte sich zum Ausgang durch und verschwand an der nächsten Haltestelle. Die alte Frau sah mich an und öffnete die Lippen. Jetzt würde ich mich einfühlsam verhalten, sie wird etwas von Unverschämtheit sagen, von den jungen Leuten von heute, die keinen Respekt mehr haben, die nichts können, nichts wissen, von entblößter, nackter Jugend, von Zurschaustellung und so weiter, und ich würde schweigend nicken.

Die alte Frau beugte sich zu mir, die Furchen wurden tiefer, ihr Gesichtsausdruck sah bedrohlich mörderisch aus, und sagte mit matter Stimme:

»Mein Gott! Haben Sie das gesehen? Wie wunderschön die Jugend doch ist …«

Ich lebe also in der Illusion. Ich habe Dinge gesehen, die es nicht gibt. Es wird Zeit, damit aufzuhören.

*

Gestern Nacht ist Adam zurückgekehrt. Ich lag im Bett, doch ich hatte mir vorgenommen, das Gespräch nicht mehr hinauszuschieben. Egal, wann er wiederkommen würde – mein Entschluss stand fest. Genug der Lügen!

Als ich den Schlüssel im Schloss hörte, knipste ich die Nachttischlampe an. Er trat ins Zimmer und lächelte:

»Schläfst du noch nicht?«

»Ich warte auf dich«, sagte ich, er lächelte erneut, und ich meinte, in seinen Augen etwas zu sehen, was ich schon seit geraumer Zeit nicht mehr gesehen hatte, ohne auch nur zu bemerken, dass es mir fehlte. Statt erst ins Bad zu gehen, kam Adam zu mir und küsste mich. Und da roch ich den starken, frappierend starken Duft. Leider erkannte ich ihn sofort.

Adam ging unter die Dusche, und ich lag da wie gelähmt. Denn Adam roch nach Damenparfüm, dem Parfüm, das ich gekauft hatte, damit Tosia es mir in einigen Monaten unter den Tannenbaum legen konnte, dem Parfüm, das ich zum ersten Mal in einem Badezimmer mit Sauna, Whirlpool und Rattansesseln gerochen hatte.

Adam roch nach Kenzo Jungle Elephant.

*

Jetzt kann ich niemandem davon erzählen. Wenn ein Mann nachts um zwei nach Hause kommt und nach Damenparfüm riecht, ist alles klar. Ich muss nicht überprüfen, kontrollieren, suchen, in seinen Sachen wühlen und Freundinnen um Rat bitten. Vor allem dann nicht, wenn eine von ihnen dieses Parfüm benutzt.

Ich fühle mich wie tot und weiß nicht, was ich tun soll. Mit dem von Jola gab es nichts zu überlegen, mit ihm konnte ich einfach keinen Augenblick länger zusammen sein. Aber beim Gedanken, Adam zu verlieren, packte mich absolute Starre. Ich hatte ihn bereits verloren. Vor meinem geistigen Auge lief ein Film ab – diese plötzlichen Freundschaftsangebote von Renia, diese Anspielungen, dieses: »Wenn er dich betrügen will, wirst du es nicht einmal merken, achte auf dich, ein Mann ist wie ein Jagdhund.« Ich erinnerte mich daran, wie gern er mich mit Ula aufs Land geschickt hat, und wie spät Artur nach Hause kam. Und wie Renia mich ausgefragt hat, ob sie Adam beim Sender anrufen könnte.

Würde ich für den Rest meines Lebens solch eine Idiotin bleiben? Und seine verdammten Schuhe, voll geschmiert mit rotem Schlamm? An einer einzigen Stelle, in diesem verfluchten Loch neben Renias Haus gibt es roten Schlamm. Und ich habe ihm diese Schuhe auch noch gewaschen! Und Konrads Frau, die dachte, ich sei rothaarig. Weil sie ihn mit einer Rothaarigen gesehen hatte, deshalb war sie überrascht gewesen. Oder Konrad hatte die beiden gesehen und zu seiner Frau gesagt: »Adam hat sich ein hübsches rotes Ding geangelt.« Mein Adam.

Nicht mein Adam. Und deshalb war es ihm egal, wie ich aussah, ich konnte ruhig dick sein. Er hatte eine schlanke Rothaarige. Ich weiß nicht, was ich tun soll. Auf der Welt gibt es keine Märchen. Es gibt nur die Wahrheit. Es gibt keine Monogamie, es gibt ständige Treuebrüche. Jeder betrügt jeden, jederzeit. Schon bei dem Gedanken wird mir schlecht. Vielleicht sollte ich mich so verhalten, wie ich es in meinen Briefen anrate. Keine übereilten, von heftigen Emotionen geleiteten Entscheidungen fällen. Renia ist die ideale Kandidatin für eine Geliebte ohne Verpflichtungen – sie hat keine Kinder, dafür einen hart arbeitenden Mann, dem es gleichgültig ist, was sie macht. Und ich? Mit Tosia? Immer zwischen zwei Stühlen? Renia hat sich nicht übel eingerichtet. Und Renia will gar nicht heiraten, denn sie ist bereits verheiratet. Außerdem würde Renia sich ganz sicher nicht scheiden lassen und Adam in eine peinliche Lage bringen, denn sie hat kein Verlangen nach einer beständigen und guten Beziehung. Das muss man überdauern. Sie haben einfach ein Techtelmechtel. Nur Sex. Sex ist nicht wichtig. Eine gute Beziehung übersteht so etwas. Menschen machen Fehler. Und Adam hat einen Fehler begangen. Wenn er nicht mit mir zusammen sein wollte, dann wäre er es nicht.

Wie ist es? So nach dieser rothaarigen Hure? Es bricht mir das Herz. Ich darf nicht daran denken.

Denke daran, dass du liebst

Also tat ich das, was die dümmsten Frauen der Welt tun. Ich habe ihn überprüft, bin zu Konrads Frau gefahren. Sie hat zugegeben, Adam vor längerer Zeit, vor den Ferien, mit einem rothaarigen, attraktiven (bestreite ich nicht), blutjungen (hier hat sie übertrieben) Püppchen gesehen zu haben, dem er die Taschen hinterhertrug. Wie der von Jola bei Jola. Nicht der Rasierpinsel im Bad ist der Beweis für eine Beziehung, sondern der Frau die Taschen zu tragen.

Soll er seine packen und gehen. Ich werde nicht ausziehen, alles von vorn beginnen, ein Haus bauen, mich pflegen müssen. Tosia und ich kommen schon klar. Ich bin immer alleine klargekommen. Ich werde ihm von dem verfluchten Konto erzählen, werde das Geld endlich zurückzahlen, dann muss er eben etwas darauf warten. Wenigstens bleibe ich sauber in dem ganzen Sumpf, in den ich hineingeraten bin.

Ich setzte mich in die Bahn. Lustlos. Zum ersten Mal fahre ich lustlos nach Hause. Es regnet, der Herbst hatte so richtig begonnen. Die Fenster, die sich im Sommer nicht öffnen ließen, lassen sich jetzt nicht schließen. Der Wind pfeift hindurch, und der Platz neben mir wird nass. Traurig. Grau.

Sonst tröste ich mich für gewöhnlich damit, dass es in meiner schönen Heimat keine Vulkane, Hurrikane und Erdbeben gibt, doch nun hat sich herausgestellt, dass ich auf einem Vulkan lebe und dass keine Erdbeben vonnöten sind, wenn so eine Renia neben mir wohnt. Nehmen wir aber mal an, dass sie es nicht war. Dann war es eine andere. Und schließlich hatte nicht sie mir Aufrichtigkeit und Liebe versprochen.

Ich fahre also mit der Bahn und habe keine allzu fröhlichen Gedanken. Zu allem Übel setzen sich auch noch zwei Männer neben mich, die sehr, aber wirklich sehr nach gestern riechen. Vielleicht sogar nach vorgestern. Verdauter Alkohol gemischt mit frischem Bier, eine Verbindung, die vernichtend auf meine Nase wirkt. Nicht genug, dass es brechend voll ist, nicht genug, dass neben mir, im Gang, ein Rottweiler (wenngleich mit Maulkorb) liegt, nicht genug, dass es hinterm Fenster regnet, von der Sonne weit und breit keine Spur, bis zum nächsten Sommer noch eine Ewigkeit – ich habe zudem noch keine Lust mehr zu leben.

Und so habe ich keine Lust mehr zu leben, keine Lust mehr zu leben, schon seit vier Haltestellen, gute zwölf Minuten, als der Rottweiler mit seinem Herrchen aussteigt. Das erste positive Ereignis an diesem Tag. Beim nächsten Halt steigen weitere Leute aus, und es lichtet sich etwas, aber die beiden Herren von gestern sitzen nach wie vor neben mir, und ich kann nicht so tun, als würde ich sie nicht sehen, hören und riechen. Geduldig sitze ich da und blicke aus dem Fenster. Gesprächsfetzen der beiden dringen hartnäckig an mein Ohr:

Der eine fragt den anderen:

»Und was wirst du ihr sagen?«

»Ich weiß nicht«, die Stimme des anderen klingt traurig. »Und du?«

»Ich weiß es auch nicht«, antwortet der, der vorher gefragt hat.

»Vielleicht die Wahrheit?«

»Das wird sie nicht verstehen.«

»Dann denk dir doch was aus …«

»Was soll ich mir denn ausdenken …«, gab der Erste vorwurfsvoll zurück.

Ich tue, als würde ich sie nicht beachten, denn was gehen mich schließlich zwei Männer von gestern an, wenn sich sowieso alles gegen mich verschworen hat. Aber ich kann mir doch nicht die Ohren zuhalten, und, ob ich will oder nicht, nehme ich passiv an dem Gespräch teil.

»Wenn ich mir was zusammenlüge, wird sie mir nie wieder glauben«, sagt der Erste.

»Stimmt«, pflichtet der andere bei. »Besser nicht lügen. Wenn man einmal anfängt zu lügen, dann nimmt das kein Ende.«

»Genau«, stimmt der Erste zu. »Ich lüge nicht gern.«

Die Männer verstummen, und ich bin gespannt, was ihnen einfällt. In Vorstadtzügen kann man doch immer was lernen.

»Liebst du sie denn?«

»Mehr als alles auf der Welt«, sagt der andere Mann, und er klingt so traurig wie das, was ich hinter dem Fenster sehe.

»Mensch!« Der Erste hob vor Freude die Stimme. »Mensch, was machst du dir dann für Sorgen? Am wichtigsten ist es, jemanden zu lieben! Wenn du weißt, dass du sie liebst, dann wird alles gut!« Und er beugt sich zu dem anderen Mann, ich kann nicht hören, was er ihm erklärt, aber er gestikuliert heftig dabei.

Hinterm Fenster ist es grau, nach Hause sind es noch drei Haltestellen, als der andere Mann aufsteht – er sieht nicht heruntergekommen aus, er riecht schlimmer, als seine Kleidung aussieht, und er verabschiedet sich von dem ersten. Er steigt aus, die Bahn fährt an, und der erste Mann lehnt sich aus dem Fenster, das sich nicht schließen lässt, und ruft ihm nach:

»Vergiss nur nicht, dass du sie liebst! Denk immer daran!«

Dann gelingt es ihm irgendwie doch, das Fenster zu schließen, und an der nächsten Haltestelle steigt auch er aus.

Danach steige ich aus.

Nichts auf der Welt hatte sich verändert. Es war genauso grau und verregnet. Kalt. Und bis zum Sommer immer noch fast ein ganzes Jahr. Und Adam dachte nicht daran, dass er mich liebt. Vielleicht liebte er mich gar nicht? Vielleicht war er nicht liebesfähig? Ich aber bin ganz sicher liebesfähig. Und ich werde daran denken. Nur weil sich herausgestellt hat, dass ein Typ ein Versager ist, lasse ich mich doch nicht fertig machen, damit das Leben wie ein Misthaufen aussieht. Nein. Diesmal nicht. Es wird nicht so laufen wie nach der Geschichte mit dem von Jola. Kein Mann wird mich fertig machen!

Ich komme ins Haus, der Hund stürzt sich auf mich, ohne zu beachten, dass ich Einkaufstaschen trage, in der Küche steht der Abwasch, meine Tochter sitzt vor dem Fernseher und isst Pizza. Ich bin kurz davor, einen Streit vom Zaun zu brechen. Da sitzt sie Gott weiß wie lange schon zu Hause, und ich muss hier, und so weiter. Und plötzlich kommt mir der erste Mann mit seiner rauen Stimme in den Sinn: »Vergiss nicht, dass du sie liebst!«

Ich stelle die Einkaufstaschen ab und begrüße den verrückten Hund, der mich mehr als alles auf der Welt liebt. Dann gehe ich ins Wohnzimmer und begrüße Tosia. Wenn ich sie doch liebe, werde ich nicht mit Motzen anfangen.

»Ich habe dir Pizza im Ofen warmgestellt«, verkündet mir meine Tochter. »Ich bin gerade erst wiedergekommen.«

Ich esse die Pizza. Das Geschirr steht in der Spüle. Es läuft nicht weg – das ist mal sicher.

»Vergiss nicht, dass du sie liebst« – der Satz verfolgt mich weiterhin. Adam ruft an, dass er etwas später kommt, so gegen acht, er möchte aber, dass ich Zeit finde, mit ihm zu reden, ob ich mich vielleicht mal nicht mit Ula, Renia usw. verabreden könnte. Zum ersten Mal sagt er so etwas. Nun gut, so also geht eine Beziehung zwischen zwei Menschen um die vierzig zu Ende. Was für eine Beziehung war das überhaupt, schließlich waren wir ja nicht einmal verheiratet. Ich bin nicht sauer, ich bin nur traurig. Am Nachmittag rufe ich meinen Bruder an, der vierhundert Kilometer von hier entfernt wohnt.

»Ist etwas passiert?«, höre ich seine entsetzte Stimme, und mir wird bewusst, dass ich ihn normalerweise zu Feiertagen anrufe, zum Namenstag oder Geburtstag, oder ... Mit einem Wort, ich rufe ihn niemals ohne Grund an – wozu auch. Als würde ich nicht daran denken, dass ich ihn liebe.

Wir haben kurz über Belangloses gequatscht, es war sehr nett, dann habe ich gespült, und meine Tochter machte sich daran, das Bad zu putzen. Ich habe Ula angerufen, jetzt konnte ich ihr sagen, wie sehr sie sich bezüglich Adam geirrt hat, aber es stellte sich heraus, dass Manka sie gestern Abend abgeholt und für drei Tage nach Krasnystaw mitgenommen hat, zu Freunden, zur Hopfenernte – ein tolles Bierfest.

»Du bist nicht mitgefahren?«, frage ich Krzys.

»Ich muss bis morgen ein Projekt abschließen, aber ich schaue abends mal bei euch rein«, kündigt Krzys an, und ich kann ihm nicht einmal sagen, dass er nie wieder bei uns reinschauen wird.

Er wird bei mir reinschauen. Bei Tosia. Bei uns – also Tosia und mir. Er hatte aber Adam gemeint. Dann geht das Telefon.

»Ich möchte die Buchung bestätigen für den Flug …«

»Falsch verbunden!«, sage ich viel zu laut und verspüre Lust, das Telefon abzuschaffen, die Nummer zu ändern, ich will mich nicht um Abwasserentsorgung kümmern, um Buchungsbestätigungen, ich will nie wieder im Leben mit jemandem reden.

Nie im Leben

Adam kommt um acht. Ich begrüße ihn, dann sage ich Tosia, sie möchte uns nicht stören. Adam hält einen Viererpack Bier in der Hand, er will sich eins aufmachen, aber ich bitte ihn, es nicht zu tun. Er wird sich doch nicht mit Alkohol ans Steuer setzen.

Er setzt sich mir gegenüber, ich schließe die Tür zum Flur, Boris legt sich unter den Tisch. Es wird schwül. Adam sieht mich ernst an, und ich weiß, dass ich nicht gleich mit Vorwürfen anfangen kann, erst muss ich ihm erklären, was ich getan habe, er braucht nichts zu erklären, alles ist entschieden, man muss nur noch die Formalitäten regeln.

»Ich wollte dir sagen, dass ich unsere Zehntausend genommen habe, auf dem Konto sind nur noch zweieinhalb, den Rest zahle ich ein, sobald ich ihn verdient habe, aber dass kann noch etwas dauern« – sprudelt es aus mir heraus, mir ist alles egal, ich will es hinter mir haben.

»Ich weiß«, sagt Adam und atmet erleichtert auf. »Meine Güte, ich dachte schon, du würdest mir das nie sagen! Kannst du mir erklären, was passiert ist?«

Wenn er mich lieben würde … Oh Gott … Wir könnten so glücklich sein. Aber er hat sich nicht einmal aufgeregt.

»Ich entschuldige mich bei dir. Ostapko hat mir ein Geschäft vorgeschlagen, ich wollte dir nichts davon erzählen. Sie hat mich bestohlen. Aber du musst dir keine Sorgen machen, ich werde dir das Geld zurückgeben.«

Dann dringt in mein Bewusstsein, dass er Bescheid weiß. Woher kann er das wissen?

»Du Dummerchen«, sagt Adam, und wenn ich nicht wüsste, dass er noch zärtlicher zu einer anderen redet, würde ich wie Wachs dahinschmelzen. »Die ganzen Aufträge beim Sender habe ich doch nur angenommen, damit du dich nicht umbringst.«

Und er sieht meinen Blick, kommt zu mir, will mich umarmen, ich weiche zurück, er wundert sich, er ahnt nicht, dass ich ebenfalls Bescheid weiß.

»Wie hast du es erfahren?«, frage ich, aber eigentlich ist es mir egal.

»Als du in Berlin warst, brauchte Szymon dringend Geld für eine Reise, ich bin bei der Bank gewesen, und da ...«

»Du hast mich nicht gefragt, wieso ich unser Geld veruntreut habe?« Meine Stimme klingt leblos.

Was wird er sich noch ausdenken, um als toller Mensch dazustehen?

»Nein ...«, gibt Adam zögernd zur Antwort. »Du bist erwachsen, du weißt, was du tust. Du hattest offenbar deine Gründe, mir nichts davon zu erzählen.«

Ach. So ist das also. Erwachsene Menschen leben zwar zusammen, sie dürfen allerdings ihre Gründe haben, unaufrichtig zu sein, wichtige Dinge vor dem anderen zu verbergen, zu lügen und zu betrügen. So sieht also das

Erwachsensein aus. Dass ich unser Geld stehlen und er mit meiner Freundin schlafen kann. Danke.

»Und warst du nicht neugierig?«

»Hättest du gewollt, hättest du es mir erzählt, oder?«

»Ich habe mich von Ostapko reinlegen lassen. Sie hat mich betrogen. Sie gibt mir dieses Geld nicht zurück, du musst warten, bis ich es verdient habe, und das kann etwas dauern«, wiederhole ich.

»Ach, Jutka«, sagt Adam, und seine Stimme klingt immer noch samtweich. »Vielleicht verrätst du mir beim nächsten Mal vorher ... Mit solchen wunderbaren Geschäften muss man sehr vorsichtig sein. Aber wir schaffen das schon.«

Judas. Ich will ihm nicht zuhören, ich will, dass er seine Sachen packt, geht und niemals wiederkommt.

»Du musst dir keine Sorgen machen, denn ...«

Die Hausklingel läutet wie verrückt. Boris stellt sich vor die Tür und heult. Adam steht auf.

»Ich wollte dir auch schon seit einiger Zeit etwas sagen, aber du bist mir aus dem Weg gegangen ...« Adam dreht sich in der Tür um. »Hast du jemanden eingeladen?«

Ich kauerte mich zusammen. Welch Edelmut. Welch Sorge um mich. Welch Verständnis. Dieses Leben kann mich nur noch anekeln. Alles auf Falschheit gebaut.

Da höre ich fröhliche Stimmen aus dem Flur, und mir stehen die Haare zu Berge. Renia und Artur. Wie kann sie es wagen, hier aufzutauchen?

Ich springe auf und fühle, wie eine Woge von Wut mich packt. Ich werde mich nicht beherrschen, ich muss keine wunderbare, verständnisvolle, edle Idiotin sein! Ich werde ihnen alles ins Gesicht schreien! Vielleicht weiß Artur von nichts, dann wird er es eben erfahren. Renia kam mit einem Blumenstrauß ins Zimmer gelaufen und überreicht ihn mir:

»Stell sie in die Vase, sie sind für Adam, aber er weiß nicht, wo die Vasen stehen! Ich freue mich so! Ich freue mich ja so!«

Ich erstarre. Auch Unverschämtheit hat ihre Grenzen, die gerade um etwa dreitausend Kilometer überschritten worden sind.

Dann taucht Artur, wie ich ihn noch nie gesehen habe, in der Tür auf. Strahlende Augen, mit der einen Hand klopft er Adam auf die Schulter, in der anderen hält er eine Flasche Sekt. Er streckt mir die Hand mit dem Sekt entgegen.

»Wir werden feiern, hey, Alter, man kann sagen, dass du der Vater unseres Kindes bist!«

Meine Knie werden weich. Stecke ich in irgendeinem amerikanischen Film? Artur, Renias Mann, kommt mit Sekt zu mir, um zu feiern, dass sein Kumpel seine treulose Frau geschwängert hat, und das in Gegenwart der betrogenen Lebenspartnerin des Vaters in spe?

»Jutka, hol Gläser, ich freue mich so«, sagt Adam, und seine Augen lachen in der Tat. Renia umschlingt Adams Hals. Artur steht daneben und sieht aus, als würde er am liebsten das Gleiche tun. Ich löse mich aus meiner Erstarrung, stoße die ganze Gesellschaft auseinander und renne ins Bad. Ich beuge mich übers Waschbecken und lasse kaltes Wasser über mein Gesicht laufen. Da fühle ich eine Berührung auf meinem Arm. Ich hatte die Tür nicht abgeschlossen. Im Spiegel sehe ich Renias besorgtes Gesicht.

»Jutka, was ist mit dir? Du bist so schrecklich blass geworden …«

»Du bist schwanger?«, frage ich leise.

Renia setzt sich auf den Rand der Badewanne.

»Geht es dir nicht gut?«

Sie wird nicht auf meine Fragen mit Gegenfragen antworten!

»Doch. Bist du von Adam schwanger?«

Renia schaut mich verblüfft an, dann prustet sie los. Wirklich, sehr, aber auch sehr witzig.

»Ju… Jutka«, stammelt sie, obwohl keiner außer Ula und Adam das Recht hat, mich so zu nennen, und jetzt nur noch Ula. »Bist du … bist du … verrückt geworden?«

Und dort, in diesem Badezimmer, habe ich alles erfahren. Dass Renia seit Jahren in Behandlung war, weil sie sich so sehr Kinder wünschte. Dieses Haus auf dem Land hatten sie gebaut, um die Umgebung zu wechseln, die Luft, um den Stress loszuwerden. Seit zehn Jahren war sie in Behandlung. Sie hatte nie etwas gesagt, weil Ula und ich ständig nur von Kindern redeten, und ihr sprang das Herz entzwei. Und sie war fremd hier. Und Artur rückte von ihr ab, als sie ihn, nachdem sie den Brief an die Redaktion gelesen hatte, darum bat, sich untersuchen zu lassen. Denn Artur wollte sich nicht untersuchen lassen. Aber da ich zurückgeschrieben hatte, diese Frau solle einen Freund einschalten, hat sie beschlossen, Adam zu überreden, mit Artur zu sprechen, da Adam ja fast so etwas wie ein Psychologe sei, ein Arzt also. Adam hat sich mit Artur getroffen. Und es stellte sich heraus, dass Artur Medikamente nehmen sollte, und jetzt ist alles super, denn seit drei Tagen war sie schwanger, heute waren sie beim Ultraschall, und man konnte schon etwas sehen, und sie sind gekommen, um sich bei Adam zu bedanken, der Klasse ist und Pate werden soll, und ich könnte Patentante werden, und sie seien ja so glücklich!

Mir wird schwindelig, aber Renia muss doch mit Adam in Warschau gewesen sein.

»Ich war nie mit ihm in Warschau, spinnst du?«, sagt Renia. »Wie würde ich mich denn dir gegenüber fühlen?«

Aber ich muss alles bis zum Schluss ergründen. Und das verdammte Jungle Kenzo Elephant?

»Ich benutze dieses Parfüm nicht mehr, du kannst es haben«, sagt Renia und zieht mich ins Zimmer.

»Adam, mit was für einer Frau hat Konrads Frau dich gesehen?«, frage ich gleich in der Tür. Artur sieht erschrocken aus. Er nimmt nicht gerne an Familienstreitigkeiten teil. Adam schaut mich erstaunt an.

»Ich mit einer Rothaarigen? – Aaach«, Adams Gesicht hellt sich auf. »Mit Tosia. Wir haben uns am Bahnhof getroffen, als sie ans Meer fuhr.«

Ich fühle mich wie ein Luftschiff, aus dem Helium entweicht. Gleich stürze ich ab und zerschelle. Na klar, Tosia war damals doch rothaarig, so drei Wochen lang.

»Und dieses Parfüm? Als du nachts nach Hause gekommen bist? Du hast nach Kenzo gestunken!« Ich beachte die entsetzten Blicke nicht, laufe zum Schrank, nehme das Päckchen mit dem Parfüm, das Tosia mir zu Weihnachten schenken soll, öffne das Fläschchen und halte es Adam unter die Nase.

»Dieses!«

»Toller Duft. Mariolka aus unserer Redaktion riecht danach.«

»Toller Duft. Du hast danach gestunken wie …«

Adam legt die Hände an seine Ohren und blickt mich mit hochgezogenen Brauen an. Es reicht. Da fällt mir ein, wie die Kopfhörer aussehen. Dick, zottelig und flauschig. Wenn eine Frau stark parfümiert ist, besteht keine Chance, dass die Dinger nicht danach riechen. Kein fremdgehender Mann wird nach einem anderen Parfüm riechen. Und wenn er sich in einer Pfütze waschen müsste, damit seine Lebensgefährtin nicht von dem Treuebruch erfährt. Und er kam und roch einfach vor sich hin.

Ich lasse mich in den Sessel plumpsen, Adam sieht Artur an, als wollte er sagen: Sorry, Alter, diese Frauen. Ich mache ihm keinen Vorwurf daraus. Dann klopft es an die Scheibe, und Adam öffnet die Terrassentür. Krzys kommt herein und grinst breit.

»Was gibt es zu feiern?«

»Unser Kind«, sagt Artur und umfasst Renia. Sie geben wirklich ein schönes Paar ab! Dann rufen wir Isia und Agata an, Tosia kommt herunter, Adam schenkt jedem ein bisschen Sekt ein. Denn das ist eine Gelegenheit, bei der sogar siebzehnjährige Kinder teilhaben dürfen, ja sollten. Und plötzlich wird es gesellig und fröhlich in unserem Wohnzimmer. Jedes Mal, wenn sich unsere Blicke begegnen, schüttelt Adam ungläubig den Kopf.

»Du überraschst mich total!«, sagt er leise, als er mit dem Sekt zu mir tritt. »Ich weiß nicht, ob ich jemals mit dir Schritt halten kann. Hast du wirklich geglaubt, dass Renia und ich? Süßes Kindchen, wenn ich wollte …«

Aber ich will gar nicht hören, was er täte, wenn er wollte.

Isia hebt ihr Glas und sieht ihren Vater an.

»Ich bin minderjährig, du füllst uns mit Alkohol ab, das erzählen wir der Mama.«

»Genau!«, freut sich Agata und trinkt ihren Sekt.

»Auf das neue Leben«, prostet Krzys allen zu, leert sein Glas und wendet sich dann mit strenger Stimme an seine Töchter. »Nun, von heute an gelten neue Gesetze. Männliche, nicht weibliche. Ich habe in diesem Haus die Hosen an, verstanden?! Es wird nie anders sein!«

An dieser Stelle setzt Agata ihr Glas auf dem Tisch ab und fällt ihrem Vater ins Wort.

»Aber, Papa …«

»Misch dich nicht ein, wenn Männer sich unterhalten!«, ruft Krzys und macht ein sehr strenges Gesicht.

»Weiß Mama denn davon?« Agata sieht ihren Vater an und lächelt.

»Irgendwer wird es ihr sagen müssen. Aber nicht ich. Ich habe Angst«, prustet Krzys los.

Ich sah in die Gesichter meiner Freunde in meinem Haus, die der Mädchen, Isia, Tosia und Agata – alle haben sie seit zwei Tagen die gleiche Haarfarbe, irgendwie lila –, die von Renia und dem glücklichen Artur, das von Krzys, der die Gitarre zur Hand nahm, und das von Boris, der da saß, Adam aufmerksam anstarrte, und Gleich und Später, die auf der Fensterbank hockten und sofort in den Garten hinauswollten, und ich dachte mir, dass ich die glücklichste aller Frauen bin. Unter der Voraussetzung natürlich, dass ich es nicht vergesse und mich keinen merkwürdigen Ideen hingebe.

Doch am Abend, als ich mich nach Wochen sicher an Adam schmiegen konnte, hörte ich:

»Jutka, aber ich muss dir auch etwas sagen. Wir müssen uns trennen.«

Vor meinem geistigen Auge zog Anna Karenina vorbei, wie sie zum Bahnhof fährt, die Tochter des Gondoliere mit sechs Fingern, die vom Canale Grande aus winkt, Agata, die sich vor die Straßenbahn wirft, Julia, die sich einen Dolch in den Leib rammt, weil Romeo natürlich das ganze Gift selbst gesoffen und ihr nichts übrig gelassen hatte, und dann, ohne von ihm abzurücken, fragte ich:

»Warum?«

»Ich habe ein halbjähriges Stipendium in Chicago bekommen. Das ist für mich eine einmalige berufliche Chance. Ich möchte fahren. Ich habe schon gebucht …«

Er hat ohne mich entschieden, nun ja, er muss ja keine Rücksicht auf mich nehmen, ich bin ja nicht einmal seine Frau.

Und dann weiß ich, dass ich ihn liebe, denn tief in mir drin, in der Herzgegend, erfasst mich Freude. Ich weiß, dass er immer von der Chicagoer Soziologieschule fasziniert gewesen war. Ich fühle, dass er vollkommen glücklich sein muss, und ich freue mich, dass ich einen glücklichen Menschen neben mir habe. Ich kuschele mich fest an ihn, der Himmelblaue umfasst mich ganz eng, und wir brauchen keine Worte mehr.

»Aber vorher wollte ich dich noch etwas fragen«, flüstert mir Adam direkt ins Ohr. »Ich habe mit Szymon und Tosia gesprochen … Ob, wenn ich wieder da bin … wir darüber nachdenken könnten …« Zum ersten Mal, seit ich den Himmelblauen kenne, verheddert er sich. »Mit einem Wort, ist es nicht an der Zeit, dass am Briefkasten ein gemeinsamer Name steht?«

Ich liege reglos da und weiß nicht, was ich antworten soll. Mir ist klar, dass er fahren wird und fahren soll. Dass wir zusammen sind, sollte keinen von uns beiden einschränken.

Aber heiraten? War das nötig? Nach der Hochzeit fangen doch all die Probleme an.

»Und dann wird alles erste Sahne?«, rutscht es mir heraus.

»Kindchen, ich weiß, dass du verletzt bist. Ich bin nicht der andere. In dieser Angelegenheit könnte dir nur eine Therapie helfen, aber das ist deine Entscheidung, ich werde dich nicht überreden. Das hat was mit Projektion zu tun. Du machst damit, was du für richtig hältst. Du quälst dich mehr als ich, wenn du die ganze Zeit vergleichst und Angst hast, ein Risiko einzugehen. Mindestens genauso fürchtest du wahrscheinlich eine Therapie, um damit aufzuräumen.«

Ich, Angst? Wovor sollte ich Angst haben? Vor der Ehe? Wozu sollte ich heiraten? Wozu eine Trauung? Nie im Leben. Gewiss nicht.

Nein, eher nicht.

Es ist gut, so wie es ist.

Und man müsste eine große Feier ausrichten. Agnieszka und Grzesiek einladen, Ula, Krzys, Renia und Artur, Manka, ich habe keine Ahnung, wie es ihr geht, die ganze Redaktion und meinen Chef. Eine Therapie? Zum

Teufel mit einer Therapie. Wieso meint er, ich würde mich keiner Therapie stellen? Ich soll Angst haben? Sollte Tosia mit Jakub kommen? Und mit wem kommt Szymon? Eine Therapie ... Interessant ... Ich werde es ihm zeigen ...

Heiraten? In einem halben Jahr? Bis dahin ist es noch lang ...

Ich werde übermorgen darüber nachdenken.